U0534632

西南交通大学人文学术文丛

乡土末路与城市魅影
——新世纪小说中农民与城市的错位及融合

黄曙光 ◎ 著

中国社会科学出版社

图书在版编目(CIP)数据

乡土末路与城市魅影：新世纪小说中农民与城市的错位及融合 / 黄曙光著 . —北京：中国社会科学出版社，2020.7

（西南交通大学人文学术文丛）

ISBN 978-7-5203-6566-6

Ⅰ.①乡… Ⅱ.①黄… Ⅲ.①乡土小说—小说研究—中国—当代 Ⅳ.①I207.42

中国版本图书馆 CIP 数据核字（2020）第 092815 号

出 版 人	赵剑英
责任编辑	任　明
责任校对	赵雪姣
责任印制	郝美娜

出　　版	中国社会科学出版社
社　　址	北京鼓楼西大街甲 158 号
邮　　编	100720
网　　址	http：//www.csspw.cn
发 行 部	010-84083685
门 市 部	010-84029450
经　　销	新华书店及其他书店
印刷装订	北京君升印刷有限公司
版　　次	2020 年 7 月第 1 版
印　　次	2020 年 7 月第 1 次印刷
开　　本	710×1000　1/16
印　　张	12
插　　页	2
字　　数	250 千字
定　　价	85.00 元

凡购买中国社会科学出版社图书，如有质量问题请与本社营销中心联系调换
电话：010-84083683
版权所有　侵权必究

"西南交通大学人文学术文丛"编纂委员会名单

顾　　　问：桂富强　周仲荣
主　　　编：石　磊　向仲敏
副　主　编：徐行言　汪启明　沈如泉　邢　文
执行副主编：汪启明
编　　　委：（按姓氏笔画排列）
　　　　　　王长才　刘飞云　刘广宇　刘玉珺
　　　　　　吕鹏志　安　燕　肖　平　肖　芃
　　　　　　李　岗　杨树莉　罗　宁　周俊勋
　　　　　　段从学　胡　红　柏　桦　郭立昌
　　　　　　蒋宁平

目 录

绪 论 ··· (1)
 第一节 中国现代史：源自农耕文明的现代性追求 ············ (1)
 第二节 中国现代文学：新旧纠缠与城乡困惑 ···················· (18)

第一章 乡土：逃离与守望 ·· (31)
 第一节 家园与梦想 ·· (32)
 第二节 逃离 ·· (37)
 第三节 守望 ·· (55)

第二章 城里的"乡下人" ··· (77)
 第一节 农民进城：身份焦虑与身体分裂 ·························· (78)
 第二节 城乡隔膜与"种族"意识 ·· (88)
 第三节 城乡转换：仇恨与诗意的纠结 ······························ (98)

第三章 城乡生存空间的对立与互补 ····························· (108)
 第一节 城乡差距与对立 ·· (109)
 第二节 城乡的异质与互补 ·· (125)

第四章 传统与现代的融合及归宿 ·································· (142)
 第一节 被写作凝固的传统与现代 ······································ (143)
 第二节 从传统的"匮乏"走向现代的"丰裕" ················ (154)
 第三节 农耕传统的整合与新生 ·· (163)

结 语 ··· (175)

主要参考文献 ··· (178)

绪 论

第一节 中国现代史：源自农耕文明的现代性追求

一

城市化进程不只是一个城乡转换的空间问题，更是一个关于历史传统和未来发展的时间层面的问题。尤其是对一个有着深厚农耕文化背景的国度而言，"城乡"一词在表达空间的二元结构的同时，还呈现出特别的时间概念："乡"是古老的、落后的、前现代的，代表着传统与历史，承载着一个民族关于过去的记忆；而"城"则是先进的、时尚的、现代的，代表着新的文明与进步，承载着理想和未来。所以，城市化带来的不只是从乡村到城市的大规模迁徙，同时也是从传统到现代的时间层面的过渡和跨越。如果仅仅是空间层面的迁徙，问题也许会单纯许多。而一旦涉及时间层面的跨越，生存空间的转换就不再仅仅属于现实层面的问题，而变成了历史问题、文化问题、价值问题。在一个急剧转型、时刻充满变数和未知的时代，人很容易丧失稳定感、安全感。当身外的世界变得越来越不可捉摸、无从把握，人自然会无所适从、惶惑不安，焦虑、迷惘、狂躁等遂成为一个时代的主流情绪。越是在这种时刻，人越是需要得到自我确认。我们从哪里来？将向何处去？这样的问题可以是现实层面的指涉，也可以是文化和哲学层面的追问。

从表面看，在当前急剧的城市化进程中，中国的乡村和城市都充满了变数，无论城里人还是乡下人，都生活在不停的迁徙和变动之中。城市化进程以空前的力度影响和改变着每个人的生存空间，迫使日常生活变得空前的不稳定，每个人都不得不时时提防和应对意料之外的社会环境和生存局面。社会的发展变化在让人感到紧张、惶惑的同时，对相对稳定的归宿的渴望也变得空前急切。传统农耕社会的生存环境是相对稳定的，给人以熟悉、亲切、安全的生存体验；而在城市化进程中，生存空间的剧烈改变甚至变幻莫测，导致了一个时代精神层面普遍的迷惘和焦虑。可以说，中国当前城市化进程中的许多问题，更多的是因为时间层面的过渡与跨越而引起的。

首先，与西方的城市化、工业化有一个漫长的、渐进的过程不同，中国的城市化、工业化进程是突进的、疾风暴雨式的，这就使得传统与现代、乡村与城市之间的对立和冲突尤为突出。当"乡土中国"的子民突然遭遇现代城市，他们身上背负的却主要是传统农耕文明。城市文明的"现代"与农耕文明的"传统"之间缺乏足够的时间缓冲，而是直接发生正面碰撞，使得相当一部分人在城乡双重生存空间和两种文明形态之间无所适从。特别是对辗转在城乡之间的农民工而言，急剧的城市化进程导致了他们被动的、畸形的生存方式。他们遭遇的生存困境与困惑是传统与现代的冲突最集中最激烈的表现形式。

其次，由于中华人民共和国成立之后，特别是1958年《中华人民共和国户口登记条例》颁布以来，在中华大地上逐渐建立起了城乡分割的户籍制度，严格区分"农业户口"和"非农业户口"，最大限度地剥夺了农民自由迁徙和进入城市的权利。这种户籍制度最终导致了城市与乡村彼此封闭的二元对立的社会结构，所有中国人都被分隔为两大阶层：农业人口和非农业人口。而且户籍变成一种身份，以世袭方式承传。再加上"剪刀差"导致的越来越严重的城乡差别，使得"农业"与"非农业"的悬殊越来越明显，并且不断用制度的方式加以强化。"农"与"非农"的差别不仅是一种普遍的社会共识，甚至变成一种贵贱标准。"非农"就是对农业的否定和超越，意味着城镇、现代，意味着历史进步的方向，意味着身份的高贵和优越；而"农"则意味着原始、愚昧、贫穷、落后，意味着与城市和现代无缘，甚至意味着世袭的卑贱……城乡二元对立的户籍制度换来的是等级的森严，尊卑的分明！正如学者指出的那样，"一道户口的鸿沟横亘在城乡之间，城外的人想进来，城里的人不愿出去。这种户籍制度距现代文明太远了。户口之墙与其说建在世上，不如说建在人的心上"[①]。就这样，农民被严格限制在乡村，固定在乡村，像钉子一样被

---

① 钟姜岩：《转型时期的中国农民问题（代序）》，见《从减负到发展——中国三农问题剖析》，中央编译出版社2006年版，第3页。

钉在土地上，失去了选择职业、自由流动的权利。农民不仅不能从乡村流向城市，甚至连乡村之间的流动也一度被严令禁止。从此，世世代代以农为生的中国人，开始以农为耻，并把"非农"作为他们一生追求的最高目标。几十年严厉的城乡分割的户籍制度，导致了更深的城乡隔阂，进一步强化并人为地制造了更多的城乡差别。然而，就在这种户籍制度仍在延续的时候，轰轰烈烈的城市化运动却随着改革开放拉开了序幕。大量农民工涌进城里，先是以非法或暂住的方式栖身城市的角落，接下来便是拼命地挣钱买房，以换取城市户口。对这一类进城农民而言，他们的人生可以明显分为两个部分，一是前半生的"乡"，二是后半生的"城"。在他们身上，城乡文明的转化、传统与现代之间的跨越与他们的人生经历奇妙地结合在一起：他们的前半生属于农耕文明，背负传统，带着古老的乡土气息；而他们的后半生则属于现代工商文明，面对时尚的城市，努力适应着另一种生存方式。特殊的户籍制度不仅强化了城乡之间的空间隔阂，也人为地扩大了时间层面的跨越，导致农民在面对现代城市时普遍的不适应。他们大多只能出于谋生的目的进入空间意义上的城市，而无法在文化层面真正融入现代城市，成为具有相应行为素质和思想观念的现代市民。当漫长的历史文化转型与个体命运的变化紧密重叠时，中国农民在这一过程中所经历的额外的沧桑与阵痛就更加难以言表了。

再次，中国城市化进程的加速期恰逢新旧世纪的跨越。以西元为标准的所谓新世纪本来仅仅是对时间的一种命名，从"1999"年到"2000"年的时间变化与其他任何年份的时间流逝方式并无不同，对新世纪的强调不过是对一种命名的强调。但是，当新世纪的到来和旧世纪的离去，与一个社会以及众多社会成员的命运所发生的巨大改变相重叠时，那么时间的正常改变便被赋予了特殊的历史含义，甚至会给人以这样的错觉：正是千年一遇的世纪跨越，导致我们生存现实的剧烈改变！尽管时间的流逝方式是一以贯之的，并未发生任何实质性的突变，但新世纪的命名的确也会给人们带来诸多的心理暗示，并反过来进一步强化人们面对变动不居的现实时的心理恐慌。正是在这一个意义上，"新世纪"这一词语在各种场合被反复提及、强调。特别是在中国急剧的城市化进程中，"城"与"乡"的空间转换和"新""旧"世纪的时间跨越大致重叠，由此一来，"新""旧"世纪的命名似乎便有了更加确切的内涵，甚至与个体生命的生存体验发生了密切联系：一个世纪的终结伴随着一种曾经熟悉的生活方式的终结，似乎也带走了生命中那些不可再现的美好记忆；而新世纪则与生活的剧烈改变相伴而来，它带来新鲜与陌生的同时，也带来无尽的迷惘和焦虑……本课题之所以把研究对象限制"新世纪"这一时间范畴之内，也正是出于这一历史巧合的考虑。

所以，中国在城市化进程中遭遇的问题，既有空间层面的问题，也有时间层面的问题。城乡生存空间的转换属于历史发展变化过程中一个明显的社会现象，而时间层面的问题则指向这一现象背后的历史、文化、价值等领域。

二

毋庸置疑，在目前尚在加速推进的这场城市化运动中，受冲击最严重的是中国的乡村和农民。多方面的历史原因以及城市化运动推进的现实方式，决定了中国农民必然要经历空前的阵痛，承担中国社会的多重危机，再一次为中国社会经济的转型和发展作出巨大的牺牲。

20世纪90年代，当改革开放的重点逐渐由农业转向工业，由农村转移到城市之后，包产到户的农业生产模式已基本耗尽农业生产的潜力，农村经济开始原地踏步，甚至出现了负增长。与此同时，中国工业化、城市化的速度明显加快，农民越来越多地涌向城市。在这一特殊的历史阶段，中国农民的负担不仅没有减轻，反而越来越重，从而导致了一系列严重的社会问题。政府竭泽而渔，农民几乎就要揭竿而起。1996年，著名学者温铁军针对日益严峻的农民、农村、农业形势，提出了"三农"问题。2000年3月，湖北省监利县棋盘乡党委书记李昌平在给朱镕基总理的信中写道：农民真苦，农村真穷，农业真危险。① 由此，中国的"三农"问题很快成为全社会共同关注的焦点问题，李昌平也一下子成为"中国最著名的乡党委书记"，并当选《南方周末》评选的2000年年度人物。"其实三农问题是一个问题：农民问题"②，而"农民问题"的一个关键是农民的地位问题。中华人民共和国成立几十年了，占中国人口绝大多数的农民却一直未能获得"国民待遇"。"从理论和法律地位上讲，农民是全体社会成员中最具平等地位的构成部分，与工、兵、学、商、干享有同样的

---

① 李昌平：《我向总理说实话》，光明日报出版社2002年版，第20页。
② 钟姜岩：《转型时期的中国农民问题（代序）》，见《从减负到发展——中国三农问题剖析》，中央编译出版社2006年版。

权利，并不低人一等。但是，农民的名义社会地位和实际社会地位相差甚远。农民在社会结构中的实际地位处于最底层。农民的职业本来是神圣的，没有农民的辛勤劳作和耕耘，就没有人类生存所必需的生存资料，也就没有人类社会的存在和发展。然而，鄙视农民、看不起农民职业的社会心理却根深蒂固。"① 几十年来，"农民是中国最大的纳税群体，却享受不到纳税人的待遇：没有公费医疗，没有养老保险，更没有城里人那么多名目繁多的社会福利待遇"②。在中国最近20多年来的现代化浪潮中，城乡差距不仅未见缩小，反而进一步扩大了。为了改善自己的生存条件，相当一部分农民不得不选择进城务工。于是，中国出现了历史上最大的一次人口迁徙，迁徙目的地就是城市。迁徙城市的农民有了另一种身份——农民工，简称民工。大量农民就这样走向了土地之外的另一谋生空间。城乡二元对立的社会结构以农民涌入城市的方式得以表面上的瓦解。而在他们弃土离乡之后，他们却依然要尽一个老家农民的义务，名目繁多的各种赋税并不因为他们已经离乡进城而有所减少。城市在大量廉价民工的建设下日新月异，而乡村则进一步颓废、凋敝。"负担的日益增加，价格的逐年回落，被农民视为生命的土地已成为农民的沉重包袱，联产承包责任制被农民视为套在他们脖子上的枷锁"③。到20世纪末期，出现了大量土地被撂荒的情形，而土地承载的赋税却不曾减轻。常年流徙于城市角落和铁路线上的如蚁的民工开始成为中国大地上最壮观也最令人心酸的一道风景。

然而，由于中国严苛而又绝对不平等的户籍制度，使得被标注了"农业人口"的农民很难真正融入城市，享受到城市居民的待遇。即使他们长期在城市辛勤劳作，也只能以"民工"或"盲流"的身份被城里人另眼相看。他们只被允许"暂住"城市，无异于寄人篱下，战战兢兢地看着城里人侮蔑的脸色。城市不属于他们，"现代"也不属于他们。但是，追求美好生活的本能又使得农民无法心甘情愿地回到贫瘠的农村。他们宁愿弃田撂荒，也要住在简陋肮脏的工棚里，干着城市人嗤之以鼻的最脏最累最危险的活，忍辱负重却义无反顾。他们在城市里挣扎，在现代化

---

① 宫希魁：《中国"三农问题"的观察与思考》，见《从减负到发展——中国三农问题剖析》，中央编译出版社2006年版，第8页。

② 钟姜岩：《转型时期的中国农民问题（代序）》，见《从减负到发展——中国三农问题剖析》，中央编译出版社2006年版。

③ 李昌平：《我向总理说实话》，光明日报出版社2002年版，第22页。

的诱惑面前徘徊。他们是与现代城市不相和谐的一群,是来自另一时空——"乡土中国"的古老子民。他们在城市面前如临深渊,一脸惶惑;更其艰难的是,他们还必须面对冷酷森严的制度障碍,曾经一不留神就会被当作盲流遣返。

毫无疑问,在这次城市化浪潮的早期阶段,农民首先遭遇的主要不是城乡文化差别的问题,也不是传统与现代的问题,而是社会制度的问题。特殊的制度设计进一步强化了城乡差别,突出了城乡矛盾,导致农民在由"乡"而"城"的转换过程中要忍受更多的屈辱与磨难,付出更大的代价。所以,不难理解,在农民工进城的早期阶段,在东南沿海城市曾风靡一时的打工文学中,随处可见的是打工仔对城市的满腔仇恨和血泪控诉。

世纪之交的"三农"问题是新中国长期实行的城乡分治政策积累下来的多重问题的集中爆发。而当"三农"问题集中爆发时,停滞多年的城市化进程重新启动,农民终于有了土地之外的另一谋生空间。毫不夸张地说,相当一部分中国农民是在走投无路的情况之下才迫不得已地选择进城谋生。然而进城之后,他们是外来者,享受不到市民待遇;而在农村,他们山穷水尽,不堪重负,土地成了他们甩都甩不掉的包袱。特殊的历史情形造成了他们进退维艰的生存困境,也造就了他们对乡村和城市的双重仇恨。这种极端的仇恨式的进城方式最大限度地斩断了农耕社会传承了数千年的人与土地的情感,扼杀了农民对乡土世界的最后一丝留恋,造成了情感上与传统乡土的脱节。

在一个以农耕为传统的国度,农民对土地的珍爱与眷恋延续了几千年,传统文化与这种土地情怀有着千丝万缕的联系,华夏子孙可以说都是大地母亲孕育的"地之子"。然而到了千年一遇的世纪之交,农民与土地的情感联系突然被生生撕裂。谁也不会想到,"地之子"与土地的告别方式竟然是如此决绝而残酷!不难想象,告别乡土之后,伤心绝望的"地之子"还会像当年的梁三老汉那样,久久徜徉在刚刚分得的土地上不忍回家吗?

中华人民共和国成立之后,中国农民获得解放的同时,也不再有把握自己命运的主动权。必须承认,党和国家在特定历史阶段的特殊政策不仅决定了中国农民的命运,而且极大地影响了现代化进程中传统文化的传承方式。

三

回溯历史，我们不难发现，世纪之交的这场城市化运动，是中国在整个20世纪从来不曾间断过的由传统向现代转型过程中的一环，也是传统与现代对话的高潮部分，既有世纪之交的时代特色，也有其背后一以贯之的价值选择和理想追求。无论从文学还是社会历史的角度进行研究，我们都必须把问题置于更宏大的历史背景之下，才可能有更全面更深入的探讨。

中国是个传统的农业国度，历来以农为本，无农不稳。费孝通先生所说的"乡土中国"是传统文化生长的土壤，也是每一个中国人基本的生存背景。如果不是数典忘祖的话，只要是中国人，大概都可以坦然地承认自己是农民的儿子。农业是中国传统文化里最强大的基因，它构成中国人鲜明的文化身份，支配着中国人的思维方式、文化视野、价值观念、美学趣味和人生范式等多个方面。尽管在传统社会里，士大夫阶层可能疏远或者不屑于具体的农事耕作，但是他们最基本的精神渊源和人生经验都离不开"乡土"。尽管他们属于农耕社会的上层，但从骨子里讲，他们首先是农民，然后才是知识分子。而且"知识分子因其教养和精神生活，也因其与土地的非基本生存关系，更利于保存古旧梦境、传统诗趣，知识分子往往是比农民更严整的传统人格"[①]。正是在这个意义上，赵园先生说，"广义的农民文化，即使不等同于传统文化，也是其重要部分；且因形态的稳定单一而具体，易于标本化。"[②] 因此，在源远流长的古典文学传统里，"乡土中国"以及由此生发的具有鲜明农耕社会特色的生命体验和哲学感悟，成为一代代文人墨客笔下的主要内容。虽然在历史长河中，我们不难发现历朝历代繁华都市的影迹，但是城市仅仅是作为农业文明的延伸而存在，是农业子民在田间地头之外的另一生存空间。城市即使成为诗人的书写对象，承载的依然是浓郁的乡土趣味。哪怕到了20世纪，乡土依然是中国作家最基本的生命背景。所以"城市从来没有为中国现代作家提供像陀思妥耶夫斯基在彼得堡或乔伊斯在都柏林所找到的哲学体系，从

---

① 赵园：《地之子·自序》，《地之子》，北京十月文艺出版社1993年版。
② 赵园：《地之子》，北京十月文艺出版社1993年版，第73页。

来没有像支配西方现代派文学那样支配中国文学的想象力"①。从这个意义上讲,城市和乡村的区别主要不在空间形态层面,而在于其背后的历史渊源和文明形态。

意识到自己文明的"农业"特点并非易事。不识庐山真面目,只缘身在此山中,在相当长的时间里,中华民族心目中只有自己的一种文明。也就是说我们曾以为我们的农业文明是天下唯一的文明,真正的文明。即使还有其他的文明,那也只是化外的蛮夷之流。这种封闭自大的心态一直到鸦片战争惨败之后,才开始受到冲击。西方文明的坚船利炮轻而易举轰开了中国古老的大门,以摧枯拉朽之势横扫中华大地。再也无法回避,我们被迫面对另一种陌生而强大的文明。从此,认识、研究、比较、学习另一种文明,就成了中国学人的基本功课。正是在与西方文明的并置与比较中,中国传统文明的"农业"特点才凸显出来。我们遭遇的西方文明是经历了几百年发展的资本主义文明,工业化城市化是其显著的特点。正是以工业化城市化为标准,我们才获得了从另一角度打量自己文明的机会,才发现以"农业"为特点的中国传统文化的局限性,以及自己作为农业子民在世界上的真实处境。

东西文明的并置一开始就是不平等的,从表面上看可谓强弱悬殊,高下分明。西方文明在中国学人的眼中从夷学、西学到新学,很快确立起在东方文明面前的优势地位。五四新文化运动更是把西方文明的诸多标准确立为"现代"的,是中华民族的发展目标和前进方向。而以"农业"为基本特点的传统文化则被视为"前现代"的,成为中华民族向前发展必须超越的对象。这样一来,东西文明并置的空间概念便转化为不同发展程度和不同历史阶段的时间概念。西方不再仅仅是我们空间意义上的邻居,更是我们的未来和理想。再加上达尔文进化论的广泛传播,使得中华子民逐渐抛弃了根深蒂固的今不如古的时间观念,接受了与之截然相反的另一种时间观。于是乎,以西方现代资本主义文明作参照,一个崭新的时空呈现在古老的中华民族面前,诱发古老子民关于未来的无尽想象,历史的车轮终于在泥泞和混乱中缓缓驶上了"现代"的轨道。"二十世纪上半叶的几十年间,中国人跨入了一个广阔的文化和知识空间,这个空间是由欧洲

---

① 李欧梵、邓卓:《论中国现代小说(摘要)》,《中国现代文学研究丛刊》1985年第3期。

两个世纪的现代化所开拓的;同时又把中国的文化局面抛入了动荡的漩涡中,当时中国人正试图寻找一种与他们选择的现代性范式相应的文化。"①20世纪下半叶中华民族依然继续着这种寻找和探索,世纪之交的城市化运动可以说正是我们所选择的现代性范式在实践层面的最激烈体现。

现代化追求使中国人跨入了一个"由欧洲两个世纪的现代化所开拓的"空间,这种说法对一位西方学者而言,似乎难掩几丝扬扬自得。而对于中国人而言,则意味着忍辱含羞和痛苦的自我反省与自我否定。西方文明引着我们走出深陷其中的"庐山"之后,我们从此就再也不能心安理得地回到自己的乡土家园。在强弱悬殊的文化环境下,五四新文化运动的先驱者们痛定思痛,大多选择了比较激烈的自我否定和自我批判。在内忧外患的具体历史情境中,爱国心切的知识分子往往来不及细数传统文化的好处,而更多地看到其包脓裹血的一面,吃人的一面。矫枉或许有些过正,正是借助对传统文化极端否定的反向推动力,中国的现代化进程才得以缓缓启动。痛快淋漓的自我否定也许更能起到警醒人心的作用,主张批判地继承和吸收,古为今用、洋为中用,取其精华、弃其糟粕的毛泽东,在年轻时也曾有过这样激烈的言论:

> 原来我国人只知道各营最不合算最没有出息的私利,做商的不知道设立公司,做工的不知道设立工党,作学问的只知道闭门造车的老办法,不知道同共(共同)的研究。大规模有组织的事业,我国人简直不能过问。政治的办不好,不消说。邮政和盐务有点成绩,就是依靠了洋人。海禁开了这么久,还没有一头走欧州(洲)的小船。全国唯一的招商局和"汉冶萍",还是每年亏本,亏本不了,就招入外股。凡是被外人管理的铁路,清洁、设备、用人,都要好些。铁路一被交通部管理,便要糟糕,坐京汉、京浦、武长,过身的人,没有不嗤着鼻子咬着牙齿的!其余像学校办不好,自治办不好,乃至一个家庭也办不好,一个身子也办不好,"一丘之貉""千篇一律"的是如此。②

---

① [美]阿瑞夫·德里克:《现代主义和反现代主义——毛泽东的马克思主义》,邓正来译,见萧延中主编《在历史的天平上》,中国工人出版社1997年版,第219页。

② 《毛泽东早期文稿(1912.6—1920.11)》,湖南出版社1990年版,第294页。

从这段文字中，我们不难看到毛泽东在风华正茂、年轻气盛时所呈现出来的另一面。虽然这一面在后来逐渐被伟大的无产阶级革命导师的形象所取代，但我们不难从整个毛泽东时代乃至整个 20 世纪动荡不安的历史进程中，发现其表象背后一以贯之的价值选择。

既然中国社会的现代化进程主要启动于横的移植，而非纵的生长，那么基本可以断定，以"农业"为基本特点的传统文化，其自身是不具备发展现代社会的基因的。著名学者费孝通先生曾这样分析，"中国传统文化中不发生科学，绝不是中国人心思不灵，手脚不巧，而是中国的匮乏经济和儒家的知足教条配上了，使我们不去注重人和自然间的问题，而去注重人和人间的位育问题了"[①]。正是由于"现代"的移植特征，相当长的一段历史时期里，在中国人的"现代"观念里，农业与现代文明基本标志之一的工业不被认为是互补关系，而是对立关系。传统文化的主要载体农业不被视为发展现代社会的基础，而被视为中国社会现代化进程中的绊脚石。当"现代"成为一种价值观，那么在五四知识分子那里，乡村、农业、农民便被视为是逆历史发展潮流的、反价值的。"新文化对于乡土社会的表现基本上就固定在一个阴暗悲惨的基调上，乡土成了一个令人窒息的、盲目僵死的社会象征。最有代表性的是鲁迅的短篇《祝福》和《故乡》，当然还有《阿 Q 正传》。30 年代也有不少写农村生活的小说把乡土呈现为一个社会灾难的缩影，只有不多的几个作家（如沈从文）力图以写作复原乡土本身的美和价值，但是多罩以一种抒情怀旧的情调。新文学主流在表现乡土社会上落入这种套子，一个重要的原因在于新文化先驱们的'现代观'。在现代民族国家间的霸权争夺的紧迫情境中，极要'现代化'的新文化倡导者们往往把前现代的乡土社会形态视为一种反价值。乡土的社会结构，乡土人的精神心态因为不现代而被表现为病态乃至罪大恶极。在这个意义上，'乡土'在新文学中是一个被'现代'话语所压抑的表现领域，乡土生活的合法性，其可能尚还'健康'的生命力被排斥在新文学的话语之外，成了表现领域里的一个空白。"[②]

这样一来，乡土中国、农业、农民，就成了中国不现代的替罪羊。在

[①] 费孝通：《中国社会变迁中的文化结症》，见《乡土中国》，上海人民出版社 2006 年版，第 250 页。

[②] 孟悦：《〈白毛女〉演变的启示》，收入唐小兵编《再解读——大众文艺与意识形态》，牛津大学出版社 1993 年版，第 87 页。

知识分子现代眼光的审视之下，中国农民呈现出愚昧麻木迷信保守自私吝啬的"新"形象。就20世纪农民的文学形象而言，中国新文学首先树立起来的不是具有现代品质的正面形象，而是在批判中树立起来的与现代性相对立的反面形象。

四

正如前文所述，由于中国的现代化追求主要源于横的移植，而非纵的生长，所以，与西方现代化追求过程相比较，一个显著不同之处是，中国的现代化追求是被动的，身不由己的，一开始就伴随西方列强的巧取豪夺和肆意欺凌。如此情形之下，在追求民主进步的现代社会的同时，也伴随着争取民族解放的抗争，现代化追求与民族解放被统一在同一历史进程中，"落后就要挨打"是中华民族用切肤之痛换来的至理名言。"落后"是现代性层面的问题，也是价值标准选择的问题，即用西方资本主义现代文明的标准来衡量，我们是大大的落后了，西方是我们的老师，我们必须向西方学习；"挨打"则是民族解放层面的问题，面对西方列强的欺凌，我们要争取民族的独立解放和尊严，要争取和西方平等的国际地位。于是乎，在中国社会现代化进程中，"西方"成为中国人心中永远的痛：它一方面是我们的榜样，是我们追求现代化必须要请教的"老师"；同时又是我们争取民族国家独立和解放的反抗对象，是我们要对付的"敌人"。"老师"的称谓源于对西方代表的现代价值观的认同，"敌人"的界定则源自民族国家的自我认同，二者合二为一，造成了中华民族在现代化追求中异常复杂、痛苦的心理沉疴。现代性价值观的启蒙与传播总是伴随着浓烈的爱国主义情绪，理性的价值选择与感性的家国情怀总是相生相随。

显然，现代化追求和民族解放虽然被统一在同一历史进程，但二者并不具备逻辑上的正比例关系，顾此失彼总是难免的。"1840年以后，中国在总体上发生了农业文明形态急剧解体，现代文明形态快速增长，并最终发展为现代国家的进程。这是中国近代历史的演历主调和基本格局。承认这个历史进程具有客观实在性，并不否定西方列强把中国逐步变为半殖民地、半封建国家和中国人民不断进行反帝反封建革命斗争的过程。二者都能，也都应得到确认。民族的尊严、独立与社会发展进步有联系，但并不具有逻辑上的正比例关系，更不是任何时候都具有正比例关系。前者主要是道义问题，评判主要建立在正义逻辑之上；后者主要是历史问题，评判主要建立在不断向前发展的历史逻辑之上。"① 笔者以为，正是由于现代化追求和民族解放在具体的历史进程中的不同步性，导致了中国现代历史发展不同阶段的不同形态。五四新文化运动显然是侧重于理性的价值层面，以科学和民主为代表的现代基本价值观念的传播成了那一时代的主要任务。而且由于情势的急迫，爱之愈深、恨之愈切的情绪在知识分子中普遍蔓延，使不少五四先驱们采取矫枉过正的激烈态度，对本民族的传统文化进行了几乎是没有节制的否定和批判。鲁迅"翻开历史一查"，"满本都写着两个字是'吃人'"！所以他这样奉劝当时的青年：我以为要少——或者竟不——看中国书，多看外国书。少看中国书，其结果不过不能作文而已。但现在的青年要紧的是"行"，不是"言"。只要是活人，不能作文算什么大不了的事。② "外国书"因为和现代价值观联系在一起而获得高人一等的地位，"中国书"因为和腐朽的传统文化联系在一起而代表着一种反价值。对"外国书"和"中国书"的一臧一否显然不是从民族情怀的角度，而是从价值选择的角度。在鲁迅这里，现代价值观的确立显然要比民族文化的认同重要得多，"人"的解放是第一位的，没有"人"的解放，就不会有民族的解放。以鲁迅为代表的五四新文化运动的先驱者们，把现代价值观的传播视为自己义不容辞的责任，书写了中国现代历史上厚重的启蒙篇章。

毋庸置疑，以启蒙为主要任务的五四新文化运动是由具有超前意识和世界眼光的知识分子发起的。启蒙可以看作中国的现代性追求与知识阶层结合的结果。也只有知识分子才会痛切地感受到精神和灵魂的独立对一个"现代人"而言有多么的重要。"凡愚弱的国民，即使体格如何健全，如何茁壮，也只能做毫无意义的示众的材料和看客，病死多少是不必以为不幸的。所以我们的第一要著，是在改变他们的精神。"③ 这里的"愚弱的国民"就是作家笔下的阿Q、祥林嫂、闰土、华老栓等人，是以农民为主体的中华民族愚昧麻木的古老子民。他们是启蒙的对象，是现代文化要拯救的对象，是与先知先觉的民族精英们相对应的另一极。

―――――――――
① 陈廷湘主编：《中国现代史·再版前言》，见《中国现代史》（第二版），四川大学出版社2004年版。
② 鲁迅：《青年必读书——应〈京报副刊的征求〉》，《鲁迅全集》第三卷，人民文学出版社1981年版，第12页。
③ 鲁迅：《呐喊·自序》，《鲁迅全集》第一卷，人民文学出版社1981年版，第417页。

然而，由知识分子主宰话语空间的时间毕竟是短暂的。中国的历史长河里很快掀起了国内战争和民族解放战争的巨澜，情形变得复杂起来。多年来，以李泽厚为代表的一个颇为流行的论点将历史进程的这一变化描述为"救亡压倒启蒙"。这种说法自有其无可怀疑的正确性，但将救亡和启蒙如此并置，很容易给人一种二者不可得兼的印象，从而忽略二者背后可能存在的一致性。1947年，在人民解放军由战略防御转入战略进攻之后，毛泽东向全党全军发出号召：中国人民的任务，是要在第二次世界大战结束、日本帝国主义被打倒以后，在政治上、经济上、文化上完成新民主主义的改革，实现国家的统一和独立，由农业国变成工业国。① 在毛泽东那里，革命的根本任务依然是实现中国社会的现代化。在这一点上，救亡和启蒙绝不是相互排斥的，而是一致的。毛泽东虽然是一个传统文化的集大成者，但是他毕竟经历过五四新文化运动的洗礼，骨子里弥漫着对现代性的浪漫诉求。李陀曾在一篇文章中指出：我以为毛文体较之其他话语有一个特别重要的优势是研究者绝不能忽视的，这一优势是：毛文体或毛话语从根本上该是一种现代性话语——一种和西方现代性话语有着密切关联，却被深刻地中国化了的中国现代性话语。② 因此可以说，无论是启蒙、救亡，还是毛泽东领导的新民主主义革命，都可以纳入现代化追求这一历史进程。

与由知识分子主导的启蒙阶段不同，当现代化追求与政治斗争紧密结合之后，知识分子话语便让位于政治话语。出于革命斗争的现实策略性，启蒙阶段的一些基本立场不得不作出调整，其中最重要的一点便是对农民的看法。启蒙阶段，知识分子眼中最需要改造的是农民，他们是国民劣根性的主要载体，是中国现代化进程需要跨越的障碍；而在毛泽东那里，农民成了最具革命性的群体，是革命最主要的依靠对象。与五四运动从中国最具影响的大城市开始不同，在毛泽东那里，农村成了中国革命的策源地，中国革命的进程也成了一个由农村包围城市的过程。

尽管如此，我们还是不能把毛泽东领导的革命理解成代表传统文化的乡村包围并攻克代表现代文明的城市的过程。毛泽东领导的革命和他的现

---

① 毛泽东：《目前形势和我们的任务》，《毛泽东选集》第四卷，人民出版社1991年版，第1245页。

② 李陀：《丁玲不简单——毛体制下知识分子在话语生产中的复杂角色》，《今天》1993年第3期。

代化追求有其一致的方面。他甚至把五四运动也纳入了中国共产党领导的新民主主义革命的范畴。在毛泽东那里，革命几乎成了中国人民追求现代化的唯一有效途径。这样一来，"革命"和"现代"具有了历史价值的一致性，在一定程度上我们可以说，现代化也是革命追求的目标，革命也是通往现代化的一条途径。

当20世纪连绵不断的战争和政治运动与中国历史从传统到现代的转型过程合二为一之后，传统与现代、农村与城市的关系就变得更为复杂，不仅与历史渊源和文明形态相关，也与政治层面的现实策略性密切相关。

五

对于知识分子而言，农民是启蒙的对象；而对于政治家革命家而言，农民因为数量的庞大，自然而然成了依靠的对象。毛泽东曾这样描述中国农民：

> 农民——这是中国工人的前身。将来还要有几千万农民进入城市，进入工厂。如果中国需要建设强大的民族工业，建设很多的近代的大城市，就要有一个变农村人口为城市人口的长过程。
>
> 农民——这是中国工业市场的主体。只有他们能够供给最丰富的粮食和原料，并吸收最大量的工业品。
>
> 农民——这是中国军队的来源。士兵就是穿起军服的农民，他们是日本侵略者的死敌。
>
> 农民——这是现阶段中国民主政治的主要力量。中国的民主主义者如不依靠三亿六千万农民群众的援助，他们就将一事无成。
>
> 农民——这是现阶段中国文化运动的主要对象。所谓扫除文盲，所谓普及教育，所谓大众文艺，所谓国民卫生，离开了三亿六千万农民，岂非大半成了空话？①

同样是中国农民，为什么革命话语和启蒙话语却给出了迥然不同的描

---

① 毛泽东：《论联合政府》，《毛泽东选集》第三卷，人民出版社1991年版，第1077—1078页。

述？考察这种差别时，笔者以为要注意到两个不同的角度。第一，是历史的角度。从历史发展的表象看，中国现代历史在不同的阶段有不同的任务，前阶段是启蒙，后阶段是救亡和解放。正是这种历史任务的不同，决定了农民在历史进程中所扮演的不同角色。第二，是农民描述者的角度。农民虽然占着中国人口的绝大多数，但却是一个没有话语权的群体，所以农民在现代历史进程中的作用不是由农民自身来描述的，而是由"他者"来描述的。正是由于"他者"身份和角度的不同，对农民所作的描述也不一样。

当革命家意识到农民是一股不可忽视的强大力量时，知识分子的启蒙对象就变成了革命的主要依靠对象。历史话语的主导权从知识分子那里转移到革命家手中，并鲜明地向农民倾斜。农民在现代历史进程中的作用变了，但农民作为被描述者的地位却并未发生根本改变。

显然，如果采用李陀的观点，承认"毛文体或毛话语从根本上该是一种现代性话语"，那么这种现代性和五四启蒙阶段的现代性是有着诸多差异的。五四时期的现代性标准主要是西方的，是横的移植。而毛泽东的现代性则是高度中国化了的。在毛的著作里，我们经常可以看到他对未来独立统一的工业化中国的想象，却极少具体论及五四启蒙阶段所倡导的一些现代性的基本原则。可以这样说，五四新文化运动大大地激发起了毛泽东关于现代化中国的想象，却并未使他深入理解西方现代性在价值观层面的基本原则。"解放"是毛话语里最具包容性和诱惑力的一个词，也是毛思想里中国现代化最重要的标准。在《中国人民解放军宣言》里，毛泽东这样写道：本军作战目的，迭经宣告中外，是为了中国人民和中华民族的解放。而在今天，则是实现全国人民的迫切要求，打倒内战祸首蒋介石，组织民主联合政府，借以达到解放人民和民族的总目标……到了今天，全国绝大多数人民，地无分南北，年无分老幼，都认识了蒋介石的滔天罪恶，盼望本军从速反攻，打倒蒋介石，解放全中国。① 在《全世界革命力量团结起来，反对帝国主义的侵略》一文里有这样几句：十月革命的光芒照耀着我们。苦难的中国人民必须求得解放，并且他们坚信是能够求得解放的……中国人民是勇敢的，中国共产党也是勇敢的，他们一定要

---

① 毛泽东：《中国人民解放军宣言》，《毛泽东选集》第四卷，人民出版社1991年版，第1235、1237页。

解放全中国。① 毛话语里随处可见的"解放"一词，几乎可以囊括所有关于现代中国的美好想象，"解放"成了一个无所不包的庞杂而又模糊的价值标准。作为革命家的毛泽东，他无意对人口众多的中国农民来一次彻彻底底的任重道远的灵魂改造，而是用简洁的、最能为中国广大农民轻易理解和接受的关于现代化中国的朴素想象，召唤起了中国贫困农民空前的革命激情。

这样，毛泽东事实上在一定程度上改变了五四所确立的现代性目标，同时为中国现代历史的发展注入了另一种现代性诉求，那就是民族的解放，被压迫阶级的解放。"中国人与现代性的斗争体现在其历史人物的现代主义眼光中，体现在这种眼光所暴露出来的矛盾之中，这种眼光显示出中国人无法使自己从过去的沉重包袱中解脱出来；这场斗争被陷入在两种不同的现代性之间的夹缝中，其中，一种现代性是霸权主义的现实，另一种现代性则是一项解放事业。"② "解放"一词的广泛使用和被接受，主要源于不平等的现实。它既包括国家民族间的不平等，也包括民族内部人与人之间的不平等。而在毛泽东看来，解决不平等的唯一办法便是斗争。于是共产党毛主席领导的反帝反封建的革命战争，其目的不仅仅是获得政权，更重要的是解放祖国和人民，实现中国的现代化，如毛泽东所说，"在政治上、经济上、文化上完成新民主主义的改革，实现国家的统一和独立，由农业国变成工业国"③。

毛泽东领导的新民主主义革命改变了农民在中国社会现代化进程中的角色。农民作为最需要获得解放的群体，首要的是改变他们的处境和命运，改变他们的物质生存条件，而不是改变他们的精神。马克思认为："物资生活的生产方式制约着整个社会生活、政治生活和精神生活的过程。不是人们的意识决定人们的存在，相反，是人们的社会存在决定人们的意识。社会的物资生产力发展到一定阶段，便同它们一直在其活动的现存生产关系或财产关系（这只是生产关系的法律用语）发生矛盾。于是

---

① 毛泽东：《全世界革命力量团结起来，反对帝国主义的侵略》《毛泽东选集》第四卷，人民出版社1991年版，第1359页。
② ［美］阿瑞夫·德里克：《现代主义和反现代主义——毛泽东的马克思主义》，邓正来译，见萧延中主编《在历史的天平上》，中国工人出版社1997年版，第220页。
③ 毛泽东：《目前形势和我们的任务》，《毛泽东选集》第四卷，人民出版社1991年版，第1245页。

这些关系便由生产力的发展形式变成生产力的桎梏。那时社会革命的时代就到来了。随着经济基础的变更，全部庞大的上层建筑也或快或慢地发生变革。"① 如果按马克思这一著名观点来分析，五四时期知识分子主导的启蒙运动试图以批判国民劣根性的精神改造来推动中国的现代化进程，这种做法是有违唯物主义物质决定精神、存在决定意识的基本规律的。当无产阶级革命的重心由城市转移到农村之后，中国共产党从物质层面入手，从中国农民最关心的土地问题入手，开始了改造旧中国的轰轰烈烈的革命实践。从1928年开始，共产党领导的井冈山、湘鄂赣、闽浙赣、鄂豫皖、湘鄂西等革命根据地先后开展了废除封建土地所有制的土地革命。"这一斗争调动了农民的生产积极性，推动了根据地农业生产的发展，对支援红军战争和巩固根据地起了巨大的作用。"② 红军第五次反"围剿"失利后，被迫长征，北上抗日。"经过八年抗战，中国共产党及其领导的人民武装力量有了巨大的发展"③，为以后的革命打下了坚实的基础。抗战胜利后，为了应对内战，充分发动广大农民起来推翻国民党的反动统治，中共中央于1946年5月初就土地问题召开专门会议，并通过了《中共中央关于土地问题的指示》，随后在解放区掀起了轰轰烈烈的土地改革运动。"土地改革的开展，调动了广大农民的革命积极性，翻身农民参军参战、支援前线形成热潮。到1946年10月，新参军的农民已达30余万，并有300万—400万农民参加了民兵和游击队。……土地改革运动在人力、物力、财力方面为即将到来的人民解放战争胜利提供了最重要而又坚实的政治和物质基础。"④

很明显，无论是土地革命，还是土地改革运动，其根本的目的都在于激发农民的革命积极性，保障革命的推进，捍卫革命的成果。但是，当初无论是打土豪还是斗地主，都是为了给农民分田地。革命理论告诉农民，土地私有制是万恶之源。而剥夺地主的土地然后分给农民，却并未丝毫改变土地私有的性质。革命关于土地的理论呈现出自相矛盾的一面，这一"解放"农民的革命行为，只是在传统农耕社会最在乎的土地所有权这一问题上转圈子，在推动中国社会由传统向现代的转型方面并无明显的作

---

① 《马克思恩格斯选集》第2卷，人民出版社1972年版，第82页。
② 陈廷湘主编：《中国现代史》，四川大学出版社2004年版，第258页。
③ 罗平汉：《土地改革运动史》，福建人民出版社2005年版，第2页。
④ 陈廷湘主编：《中国现代史》，四川大学出版社2004年版，第473页。

用。在这里,革命进程与中国社会的现代化追求在一定程度上脱节。历史被蒙上一层面纱,增加了阐释的难度。

土地改革这一革命行为与革命理论的自相矛盾很快在现实层面暴露无遗。中华人民共和国成立后,在土地改革在全国范围内基本完成之后的几年时间之内,农村的土地又出现了集中现象。不少游手好闲或者体弱多病无劳动能力的农民再次失去了土地,而那些吃苦耐劳、身强力壮的农民私下购买土地,成了新中国的新"地主"。于是,农村又掀起了连绵不断的社会主义革命运动,先是互助合作,接着又是长达20多年的人民公社运动。然而,这些否定土地私有制的做法不仅未能解放农民,反而把农民带入了万劫不复的深渊。人民公社的神话破灭之后,农村进行了以包产到户为主要内容的改革,重新回到以家庭为单位的小农生产模式,在一定程度上又回到了土地私有制。包产到户之后,农村生产效率大大提升,中国经济几近崩溃之后在农村率先复苏。而到了20世纪90年代,市场经济的概念提出后,中国城市化、工业化速度骤然加快,与此同时,农村经济已耗尽增长潜力,基本陷于停顿,甚至出现负增长,土地被撂荒,大量农民涌入城市谋生。

现代性和革命构成了20世纪中国历史的主旋律,而中国农民被革命和现代性的浪潮裹挟着,驱使着,身不由己地随波浮沉。他们首先是现代性启蒙的对象,继而又是无产阶级革命的主力。到了世纪之交,当城市化运动轰轰烈烈地展开,中国农民的前途命运再次变得捉摸不定,农民又一次成为历史的焦点。作为传统农耕社会的主要构成部分,中国农民注定要成为中国现代化追求过程中的重要角色。

第二节　中国现代文学:新旧纠缠与城乡困惑

一

中国现代文学自诞生之日起,就与中国的现代化历史进程息息相关,并构成了这一历史进程不可或缺的一部分。考察近百年的现代文学史可以发现,不管时代的主题是启蒙、救亡、革命还是改革,在每一历史阶段,关于乡土与农民的书写都是现代文学最重要的组成部分。传统与现代的碰撞与交流、乡土中国与工商都市的对峙与互渗构成了中国现代文学一以贯之的主题,"乡村和农民一直是其最重要的文学场景和文学形象,乡土题材成了新文学中最兴盛、影响最大、成就最高的创作"[1]。可以说,文学正是以其形象性、生动性,以及对人的个体命运和内心世界的深度观照,展现了中华民族在由古老的农耕文明向现代工业文明和城市文明转型过程中鲜活的历史细节和异常复杂的心路历程。

30年代被鲁迅称作"乡土文学"作家的蹇先艾、许钦文、王鲁彦等人身在城市却心系故土,带着缕缕乡愁书写故乡的苦难,作品呈现出具有浓郁地域特色的风土人情。"蹇先艾叙述过贵州,裴文中关心着榆关,凡在北京用笔写出他的胸臆的人们,无论他自称为主观或客观,其实往往是乡土文学……许钦文自名他的第一本短篇小说为《故乡》,也就是在不知不觉中自招为乡土文学的作者,不过在还未动手来写乡土文学之前,他却已被故乡所放逐,生活驱逐他到异地去了。"[2] 鲁迅所指的乡土文学往往带有浓郁的乡愁和乡土气息,虽然作者大多站在启蒙立场上以批判的眼光对故乡进行打量,却不乏眷恋故土的诗意情怀,而且这种眷恋往往和童年记忆联系在一起,使得"乡土中国"与作家的早期生命感受融为一体,构成与启蒙理性相对的深层生命体验。对这一代乡土作家而言,他们虽然渴望"现代",但毕竟在乡土长大,对"现代"多少有些隔膜。虽然对乡土持批判的眼光,但那毕竟是自己有着切身生命体验的最熟悉的领域,在创作过程中,能够调动的感性经验大多源自传统的乡土。对他们而言,乡土既是批判对象,又是文学创作不得不依赖的经验来源。所以,这一代作家在书写自己熟悉的乡土世界时往往胸有成竹,游刃有余;而当笔触伸向都市时,他们便不再那么自信,多少显得有些犹疑不定,甚至力不从心。从一定程度上说,这一代作家在精神气质上距离传统的乡土世界更近,所以对农耕文明的认识也更独到、深刻。

20年代末30年代初,随着无产阶级革命文学运动的崛起和中国左翼作家联盟的成立,越来越多的左翼作家旗帜鲜明地登上文坛,现代文学中的乡土书写开始与无产阶级革命紧密结合。茅盾、丁玲、沙汀、萧红、萧军等左翼作家都在尝试以革命的眼光来审视和把握中国乡村。这一时期左翼作家的乡村书写既有革命意识形态的影响,也有比较鲜明的个体色彩。

---

[1] 贺仲明:《一种文学与一个阶层》,人民出版社2008年版,第1页。
[2] 鲁迅:《中国新文学大系·小说二集序》,《鲁迅全集》第6卷,人民文学出版社2005年版,第255页。

但是到了 40 年代中后期,革命文学创作越来越受制于革命意识形态,毛泽东《在延安文艺座谈会上的讲话》逐渐成为革命作家创作的规范,文学作品开始自觉地演绎革命理论,作家个体的理性批判精神和生命经验的表达不得不弱化乃至消失。这一时期出现的描写土地改革的革命经典《暴风骤雨》和《太阳照在桑干河上》便是这类创作的典型代表。两部小说虽然都取材于农村,但与传统的"乡土"却相去甚远,失去了地域风情与故土情怀的农村变成了纯粹政治意义上的革命战场。革命的普遍性取代了传统乡土的地域性、特殊性,正像茅盾曾经期待的那样,"关于乡土文学,我们以为单有了特殊的风土人情的描写,只不过像看一幅异域的图画,虽然引起我们的惊异,然而给我们的,只是好奇心的餍足。因此,在特殊的风土人情而外,应当还有普遍性的与我们共同的对于命运的挣扎"[①]。当革命所要求的普遍性成为一种基本的叙述方式和流行风格后,乡土文学也就变成农村题材的文学了。从 40 年代的解放区文学到十七年文学再到"文革"文学,农村题材的小说都没有摆脱革命普遍性的制约。直到新时期开始,农村才被重新理解和阐释,对农村的书写终于突破革命叙述模式,"乡土"重新回到文学。

　　和乡土文学相比,农村题材的革命文学丧失了与作家自身生命经验密切相关的个人性,而与现实和政治有着更为紧密的联系,从而对当代中国的历史变迁有着更为直接同时也更为表象的书写。五四以来的乡土文学主要是在启蒙语境下获得繁荣的,乡土文学作家作为知识分子的身份具有极强的独立性,对乡土的审视与思考始终没有脱离独立知识分子的视角,使得乡土文学里"汇集了知识分子探索和改造国民性的启蒙主义和崇尚原始、民间和自然的田园浪漫主义这两大创作流派"[②]。到了 1942 年,毛泽东《在延安文艺座谈会上的讲话》发表,强调工农兵的生活"是一切文学艺术取之不尽、用之不竭的唯一的源泉",而且"是唯一的源泉,因为只能有这样的源泉,此外不能有第二个源泉"[③]。这样一来,在五四启蒙语境下的乡土文学中处于被审视地位的乡村世界一下由被动变主动,知识分子则由主动变被动,农村生活成了高于知识分子的存在。"中国的革命

---

① 茅盾:《关于乡土文学》,《茅盾全集》第 21 卷,人民文学出版社 1991 年版,第 89 页。
② 陈思和:《中国当代文学史教程》,复旦大学出版社 1999 年版,第 35 页。
③ 毛泽东:《在延安文艺座谈会上的讲话》,《毛泽东选集》第三卷,人民出版社 1991 年版,第 860 页。

的文学家艺术家，必须到群众中去，必须长期地无条件地全心全意地到工农兵群众中去，到火热的斗争中去，到唯一的最广大的最丰富的源泉中去，观察、体验、研究、分析一切人，一切阶级，一切群众，一切生动的生活形式和斗争形式，一切文学和艺术的原始材料，然后才有可能进入创作过程。"① 这其实是对知识分子与民众关系的重新定位，知识分子对民众启蒙的关系被完全否定，并且颠倒过来，知识分子成了改造对象，民众成了知识分子的导师，如此一来，知识分子的独立性和批判精神被扫荡一空。大批革命作家按照《讲话》的要求，深入火热的革命斗争生活中去，目睹和经历了新中国诞生和建设过程中的历史变迁。文学与现实生活的关系变得空前的紧密，作家反映"现实"的强烈愿望，使他们的创作变成了一种革命史的建构。正如温儒敏所描述的那样，"根据地和解放区的创作在题材上集中反映了党领导下工农民众翻身解放的伟大变革，表现了新社会新生活新风尚；作品所描写与歌颂的中心人物是过去文学史上未曾有过的、具有革命觉悟与英勇斗争精神的一代新人；创作形式手法也力求为工农民众所喜闻乐见。从总的趋向看，创作是与现实生活更加贴近了，与人民的联系空前密切"②。虽然20世纪中国社会从传统农耕文明迈向现代城市工商文明的脚步从未间断，但由于革命对农民的推崇和对知识分子的贬抑，在一定程度上放缓了这一进程，并将历史前进的方向重新命名为"新社会"，与之相对的则是"旧社会"，于是传统与现代的转型在革命年代就变成了新旧之间的置换。在革命文学中，我们几乎看不到文化转型的复杂性，只看到简单粗暴的新旧政治势力之间的斗争。

二

乡土文学无论是对中国乡村社会的批判还是崇尚，主要都是指向农耕文明根深蒂固的文化传统，尤其是传统中较为稳定的"不变"的那一部分；而农村题材的革命文学则主要"表现了新社会新生活新风尚"，这所谓的"新"就是不同于传统的部分，是乡村社会"变"的部分。正是因为对革命所引发的"变"的关注，使《讲话》之后革命文学的现实主义风格充满了冒险精神——革命文学对现实的近距离观照和亦步亦趋的被动

---

① 毛泽东：《在延安文艺座谈会上的讲话》，《毛泽东选集》第三卷，人民出版社1991年版，第860页。

② 温儒敏：《新文学现实主义的流变》，北京大学出版社1988年版，第188—189页。

反映，是否会影响作家与文学的独立品格？对现实特别是处于剧变中的现实的反映，是否需要远距离审视的理性精神？急遽变化的现实是否会走向革命所预期的目标？对于这些问题，40年代以来的革命文学显然只能选择有意或无意的忽略。

这种忽略必然导致革命文学对历史的把握是武断而片面的，充满了一厢情愿的浪漫主义色彩。就像毛泽东在《讲话》中所说的那样，"文艺作品中反映出来的生活却可以而且应该比普通的实际生活更高，更强烈，更有集中性，更典型，更理想，因此就更带普遍性"①。这著名的"六更"实质上是革命对文学提出的要求，是革命话语对现实和文学之关系的一种建构和阐释。对革命现实主义的创作方法而言，这"六更"实际上就是要求文学作品所反映的生活要比真实"更真实"，也就是不能停留于生活现象的真实，而要关注本质的真实。毛泽东说："我们看事情必须要看它的实质，而把它的现象只看作入门的向导，一进了门就要抓住它的实质，这才是可靠的科学的分析方法。"② 而所谓的"本质"又是和作家的"立场"密切相关的，只有立场正确了，才会把握住历史与生活的本质。于是革命现实主义不得不对现实作一种符合革命预期的理想化的观照，温儒敏指出，"特别是《在延安文艺座谈会上的讲话》强调了文艺高于生活的六个'更'，着重从理想性、普遍性方面去解释典型化，虽然加强了现实主义的倾向性，但也容易导致'规范化'的倾向。解放区现实主义总的来说，理想性有余，真实性不足"③。难怪哈佛大学教授哈利·利文说社会主义现实主义"按其实际，应该称为缺乏批判性的理想主义，或者按苏联批评家所直率地指出的那样，称为革命的浪漫主义"④。

打着革命现实主义旗帜的作品最终变得"理想性有余，真实性不足"。这种现象其实是文学在革命的理想、完美与现实的残缺、遗憾之间犹豫徘徊的必然结果。现实主义自然要求真实性，但革命的现实主义要求政治标准第一，也就是真实首先必须是有利于革命政治斗争的真实，只有

---

① 毛泽东：《在延安文艺座谈会上的讲话》，《毛泽东选集》第三卷，人民出版社1991年版，第861页。

② 毛泽东：《星星之火，可以燎原》，《毛泽东选集》第一卷，人民出版社1991年版，第99页。

③ 温儒敏：《新文学现实主义的流变》，北京大学出版社1988年版，第262页。

④ [美] 哈利·利文（Harry Levein）：*Apogee and Aftermath of the Novel*, Daedalus（Spring, 1963），第216页，转引自夏志清《中国现代小说史》，复旦大学出版社2005年版，第329页。

这种真实才是符合历史发展方向的真实，才是"本质的真实"，否则就是不真实的。因此作家必须首先确立起革命的立场和觉悟，然后才会有革命的态度和方法。换句话说，革命作家首先必须是一个政治家，至少也得是半个政治家，然后才能是作家。一个纯粹的作家永远不可能成为真正的革命作家。① 然而无法回避的还有问题的另一面，那就是既为作家，他（她）就不可能成为完完全全的政治家，即使在理性层面已经完全接纳革命的思想和理论，但在情感气质上总还会保留一些作家的特点，一些和政治家身份多少有些冲突的特点。革命作家这样一种复合身份可谓是一个"矛盾统一体"，虽然大多数时候能够和谐地统一起来，但矛盾终归是存在的，这使得作家在努力接纳并实践革命话语的过程中，总会时不时流露出自己独特的视角和感受。这种独特性会将其从统一规整的革命普遍性中分离出来，使革命普遍性无法淹没的作家个性或隐或显地暴露出来。这种个性的暴露有时是被革命所容许的，甚至会成为统一规整的革命话语必要的修饰和补充，但更大的可能性却是给作家带来不可预见的风险。比如农村题材的革命经典《太阳照在桑干河上》《暴风骤雨》和《创业史》等，在一个时期被奉为典范，在另一个时期却也可以给作者带来灭顶之灾。

革命现实主义之所以会造成温儒敏所说的"真实性不足"的结果，其原因主要在于作家在思考现实和进行创作的时候受到了革命话语的干扰。这恰恰是革命作家矛盾处境的体现。身为作家，就永远不可能像政治家那样放逐自我感性的一面，何况文学创作总是高度个人化的，纵然是革命作家，在写作过程中也会一定程度地回到自我。作家在现实生活中一些个人化的感受，甚至与革命话语多少有些龃龉的思想观念，总会在写作过程中或多或少地流露出来，成为作家自身立场隐晦而曲折的表达。这样一来，革命文学就成为多重矛盾的纠结体：在文学与革命的关系上，文学家无论怎样努力地用革命理念来武装自己，他们表达出的革命始终和革命家的期待有一定距离，从而导致革命文学与革命本身之间的错位；在文学与现实的关系方面，革命文学呈现出来的内容并不一定完全是作家想要表达的意思，有所顾忌或言不由衷成为作家的基本处境或一种策略；在文学创作与作家主体的关系上，作家总是在自我与革命之间寻求平衡的支点，其

---

① 当然在毛泽东看来，所谓纯粹的作家根本就不存在，因为"任何阶级社会中的任何阶级，总是以政治标准放在第一位，以艺术标准放在第二位的"。参见《毛泽东选集》第三卷，人民出版社1991年版，第869页。

主体性必然被一定程度地扭曲。

多重矛盾必然留下多道缝隙，在文学与革命意识形态、社会现实、作家主体之间，都会留下矛盾和缝隙的痕迹。从这些意味深长的痕迹入手，往往可以看见一部表面圆融一体的作品在深层却充满了矛盾。清理和追问这些矛盾既是对文学的深入，也是对历史的深入。沿着这样的思路对文学作品进行解读，就必须对文本自身可能包含的复杂信息进行细致的分析。这些信息可能并不是作品直接表达出来的意思，或者说可能并不是作者想要表达的意思，当然也可能是作者不曾意识到的不经意间流露出来的意思，但无论如何，这些意思或隐或显地就存在于文本之中。立足文本，反复玩味推敲文本，就可以发掘出这些意思，虽然这些意思甚至有可能完全背离作者的初衷。从反映40年代中后期解放区土地改革的革命经典《暴风骤雨》《太阳照在桑干河上》，到反映50年代初农村互助合作化运动的《创业史》《山乡巨变》《三里湾》，再到人民公社时期的《艳阳天》《金光大道》《风雷》《惊雷》等，这些农村题材的革命经典内部充满了革命文学特有的矛盾和悖谬，同时也以其特有的方式记录了农耕文明在革命年代所走过的特殊历程。考察世纪之交的城市化进程以及与之相关的文学创作，必须充分考虑到革命文化对传统农耕文明的特殊改造，政治环境对革命作家的引导和牵制，以及革命年代遗留的特殊精神烙印和文学传统在新世纪文学创作中的承传。

需要特别指出的是，由于中国无产阶级革命走了一条由农村包围城市的特殊道路，革命文学中乡村题材占了很大的比例，再加上政治斗争的现实功利性，城市和乡村背后的文化差异在革命年代被充分忽略，导致革命经典中城市只是一种空间意义上的存在，而缺乏现代性意义上的城市灵魂。正如学者李欧梵先生在其学术著作《现代性的追求》一书中表述的那样，"……革命的成功，剔除了中国现代文学的城市因素。而随着城市'精神状态'的消失，中国现代文学也丧失了它的主观活力、独特的洞察力、创造性的焦虑和批判精神，尽管它以农村题材作品为主流而获得了更广泛的活动场地和更大的'积极'性"[1]。所以，无论是革命还是革命文学，对中国现代城乡观念的影响都是异常深远的。

---

[1] 李欧梵：《现代性的追求》，生活·读书·新知三联书店2000年版，第330页。

三

革命经典一统文坛的年代，正是理想主义蔓延中国农村的时期。革命用关于未来的美好蓝图激励中国农民的同时，也大刀阔斧地改造中国农村的文化。强大的革命话语即使在中国农村饿殍遍野的艰难时期也让广袤的乡村充满了理想主义的浪漫激情。精神的力量是无穷的，贫穷和饥饿可以肆虐中华大地，却无法扫尽这片土地上的理想和激情。灾难年代制造出来的浅薄的欢欣，甚至可以让从劫难中走出的人们回味无穷。即使到了21世纪，也还有人念念不忘"文化大革命"时期的"自由"与"浪漫"。特殊的革命文化注定了革命经典里的农村是充满希望的，即使眼前布满艰难，但农村的未来是值得期待的，只要有了崇高的觉悟和勤劳的双手，农民就可以在这片土地上开创美好未来，实现自己的人生理想，建设起现代化的新农村。

但是，当时间缓缓流淌至70年代末80年代初，情形却在不知不觉中发生了变化。新时期以来的反思使革命褪去了魅人的光环，人们逐渐从革命话语召唤起来的激情和幻想中回到赤裸裸的残酷的生存现实。这一阶段的中国农民先后从革命集体痛痛快快地回到自己的承包地里，用勤劳的双手解决了绝大多数中国人的温饱问题。显然，在一个有着深厚农耕文化传统的社会里，只要没有大的天灾人祸，温饱其实不是一个问题。解决温饱问题既无法构成国家和社会的长期目标，更无法成为社会个体实现自身价值的人生抱负。温饱之后怎么办？当无数困惑的目光投向未来之际，铺天盖地的"现代化"口号适时地为迷茫中的人们指出了方向。

七八十年代之交掀起的"现代化"高潮和五四及革命时期的现代性追求有所不同。五四时期的现代性追求侧重于价值观的确立，"德先生"和"赛先生"所代表的是不同于传统文化的一套崭新的价值体系，民族文化和民族精神的自省、自新乃至重塑，是五四新文化运动的鲜明主题。到新民主主义革命阶段，夺取政权成为共产党人的第一奋斗目标，在革命话语主导之下，建立一个崭新的独立自主自由平等的现代民族国家，实现民族和人民的解放，成为革命时期现代性追求的理想。而七八十年代之交的"现代化"目标是在人民的物质文化生活水平极度低下的条件下提出来的，官方审时度势，重新把毛泽东和周恩来曾经论及的四个现代化作为一个具有时代标志性的口号鲜明地提出来。这一口号淡化了民族文化和政权体制的现代性诉求，再次把理想回归到"器物"层面。"四化"所涉及的工业、农业、国防和科学技术四个方面都指向物质领域。可以这样说，"实现四个现代化"这一口号显然为20世纪七八十年代以来的现代化追求确定了一个主旋律——那就是物质的现代化。于是，物质的焦虑或曰财富的焦虑就这样逐渐成为中国人关切的首要问题。

物质的确是一个问题，但绝不是唯一的问题。特别是在自给自足的小农经济模式所决定的传统文化里，学会在有限的物质条件下感到自足往往比获取额外的财富更为重要。但七八十年代之交，中国虽然依旧明显处于"前现代"状态，但距离传统似乎也有了相当的距离。当追求现代化（主要是物质的现代化）成为那个时代最狂热的主旋律时，物质财富便成为左右人们喜怒哀乐的关键因素。在农村，家庭联产承包责任制调动起了农民所有的积极性，土地的产能被充分挖掘，每一分土地都在竭尽所能地产出粮食。温饱问题解决的同时，现代化想象又召唤起人们无穷的物质欲望。温饱带来的满足是非常短暂的，商品经济的提出，极大地刺激了人们对商品的想象和消费欲望，奢侈品（就当时的标准而言）一时供不应求。然而，土地可以长出庄稼，却长不出钞票，高于温饱的所有奢求几乎都不能通过土地获得满足。土地可以满足衣食之需，却无法承载更为高远的人生理想。土地可以让人活着，而今却无法让人活得幸福。离开土地，走出农村，才可能过上幸福的现代生活，这一点几乎成为所有中国农民的共识。于是，在初步过上温饱生活之后，中国农民开始了改变自身命运的又一次壮举，这次他们采取的方式不再是革命，而是轰轰烈烈的"非农"运动：通过各种途径在户籍上实现"农转非"，改变自己的农民身份。作为20世纪中国革命的主力军，中国农民怎么也不会料到，几十年革命的最终结果却是建立了一套森严甚至有些残酷的城乡二元对立的社会结构。在这一结构之下，他们的身上被先天性地盖上了"农业人口"这几个颇有些血腥的大字，先天性地处于下等公民的地位。对他们而言，求得"非农"身份无疑是改变命运必不可少的第一步。自新时期以来的20多年，无数中国农民竭尽所能，各显神通，通过各种方式完成了对自己农民身份的否定，依靠自救实现了第二次翻身，挤进了代表着"现代"的城镇，成为"非农业"人口。而更多的无力实现"农转非"梦想的农民，也逐渐离开故土，进城打工，在土地之外艰难地寻找别的出路。

新时期之前农村题材的革命经典受制于革命话语，作家在配合政治任务的同时，对农民的表达不乏政治性的想象，对农村的苦难可以视而不见。新时期以来，文学逐渐挣脱政治的桎梏，农村文学在相当程度上回到作家自己的立场，对农民的命运进行了重新审视，并给予深切的同情。从70年代末周克芹的《许茂和他的女儿们》，到80年代路遥的《平凡的世界》，到90年代赵德发的《缱绻与决绝》，再到新世纪贾平凹的《秦腔》《高兴》等，这些农村题材的长篇小说中再也见不到革命经典中的浪漫与理想，甚至连乡土文学中的诗意与眷恋也荡然无存，取而代之的只有苦难、绝望、挣扎和迷茫。无论对农民还是作家来说，无论从生存还是美学意义上来讲，这些作品中的农村都处于被否定的地位，让人感到无限的沉闷和压抑。绵延数千年的土地情怀与乡村诗意似乎终于走到了尽头。

四

在中国追求现代化的历史进程中，不同的历史阶段有不同的主题。五四新文化运动以降20多年的时间里，知识分子寄希望于思想文化的启蒙，侧重点在"人的现代化"；抗战时期，民族的独立和解放成为首要诉求，他国的武力入侵在很大程度上改变了中国的现代化进程；而在革命战争年代，革命家实际上是想通过推翻旧政权的方式来实现跨越式的现代化追求，崇高的民族国家理想和严酷的政治斗争纠缠在一起；而中华人民共和国成立之后，无论是一次又一次政治运动，还是新时期以来的改革开放，背后都有一个现代化的强国梦想。与这一曲折的历史进程相呼应，中国现代文学在不同历史阶段也有各自不同的主题或侧重，并以文学艺术特有的方式呈现出近百年来中华民族所走过的坎坷的精神历程。

回首20世纪动荡不安的历史，从世纪初最后一个封建王朝的终结到世纪末市场经济体制的初步确立，在80多年的时间里，现代化追求在思想文化和意识形态层面与传统大大地拉开了距离，使现代与传统形成了清晰的两极，既相互矛盾，又相互依存；既有激烈的碰撞，也有持续的交流。然而，与现代思想文化和意识形态的广泛传播和接受形成鲜明对比的是，在中国广袤的乡村，由农耕文明所决定的生存方式，特别是在占人口绝大多数的广大农民的日常生活层面，却改变甚微。虽然城市也有相当程度的发展，但是中国的城市化水平总体上还很低。一直到新旧世纪之交，特别是实行商品房政策以来，中国的城市化进程才突然加速。随着城市的迅速膨胀，乡村开始萎缩、凋零，乡土中国及其所决定的生存方式第一次受到真正意义上的剧烈冲击。

在启蒙阶段,知识分子注重的是观念层面的现代化;在革命年代,革命家追求的主要是制度层面的现代化,其中不乏理想主义式的冒险和尝试。无论观念还是制度,都属于上层建筑的范畴。而在现实生活的层面,虽然有过连绵不断的战争和轰轰烈烈的革命运动,但在绝大多数人的生存方式上,却未能拉开和传统农耕文明的距离。直到20世纪末,城市化进程骤然提速,大量农民告别乡土涌进城市,中国的现代化进程才终于撼动了占人口绝大多数的中国农民的传统生存方式,农耕文明的生产方式才遭遇真正的挑战。显然,撇开绝大多数人口的现代化只能是局部的、片面的,只有当农耕文明的主要载体——中国农民汇入现代化的历史潮流之后,中国的现代化进程才算真正意义上的全面展开。从这个角度讲,20世纪中国的启蒙、革命等,都是在为全面的现代化做准备,当农耕文明的生存方式在相当一部分中国农民身上已经无以为继的时候,中国社会全面现代化的高潮才真正来临。

鸦片战争失败之后,中华民族的有识之士放眼世界,开始重新认识自我,由此开始了漫长的民族文化的反思历程。从器物到制度再到思想文化,这是贯穿近代史的中华民族反思的大致历程。而在20世纪的现代化实践进程中,却选择了与近代反思历程刚好相反的向度:先是思想文化的启蒙,主角为知识分子;然后是制度层面的探索,主角为革命家和执政党;最后才是现实生存方式的根本转变,主角为人口最庞大的农民阶层。这一历史特点在文学创作中也有所体现:在启蒙阶段,文学作品有着思想文化反思所特有的浓厚的形而上趣味;而在城乡剧烈转型的世纪之交,作家似乎对急剧变动的生存现实本身更感兴趣。具体到乡土文学创作这一领域,启蒙阶段的乡土文学更倾向于用乡土题材来演绎观念,即使面对现实倍感无奈,但在历史发展的大方向上却很有自信,因而批判起来颇具力度和深度;而在世纪之交,面对急剧变动的社会现实,不少乡土作家往往在强烈的历史使命感的支配之下,急于呈现身边的现实苦难,表达自己对底层的同情和焦虑,而来不及将感受和思考上升到明确的理性观念这一层面,甚至作家自身就处于观念迷失状态。

经过整整一个世纪的演绎,传统与现代、乡土与都市的碰撞与交流终于逐渐突破思想观念和政治制度的范畴,而深入了最根本的生存现实层面,深入了最广大的农民中间。笔者认为,始于世纪之交的这场轰轰烈烈的城市化运动，第一次真正动摇了乡土中国的生存方式、价值观念和土地情怀，是一百年来中西碰撞、传统与现代对话的高潮部分。乡土还是都市，已经成为绝大部分人必须作出选择的两种不同的生存空间和生命背景，只有当传统与现代的转型融入日常生存，与每一个个体生命休戚相关，我们才可能在更深层次上把握各自的精髓，作出更合理的选择。从这个意义上讲，世纪之交的"三农"问题决不仅仅是经济问题和社会问题，而是传统农耕文化再认识的问题，是如何建构未来理想蓝图的问题，是中华民族自何处来向何处去的问题。

在这样一个事关重大的历史十字路口，中国作家的紧张与忧虑是显而易见的。他们大多首先注意到了城市化进程中中国农民进退维艰这一社会现象，不少作家力图通过自己的创作唤起社会对农民命运的关注，并引发关于中国现代性追求的反思。新世纪以来，仅颇具影响力的中长篇小说就有贾平凹的《秦腔》《高兴》，毕飞宇的《玉米》，孙惠芬的《吉宽的马车》《上塘书》《民工》，罗伟章的《大嫂谣》，夏天敏的《接吻长安街》，李铁的《城市里的一棵庄稼》，王手的《乡下姑娘李美凤》，巴桥的《阿瑶》，鬼子的《瓦城上空的麦田》、吴玄的《发廊》，陈应松的《太平狗》，荆永鸣的《北京候鸟》，尤凤伟的《泥鳅》、张炜的《刺猬歌》，阿来的《空山》（共六卷），关仁山的《麦河》，刘亮程的《凿空》，等等。这些作品反映了特定历史条件下中国农民的生存状况，体现出作家强烈的社会责任感，同时也暴露了创作界在如何理解城市化这一历史进程方面存在着较大的分歧、矛盾和困惑。

新世纪以来，学术界对这一社会和文学现象也给予了充分的关注，并有一些相当深刻而精辟的见解。乡土文学研究专家丁帆教授认为，失地农民进城不仅改变了城市文明的生产关系的总和，而且它带来的两种文明的冲突，已经改变着中国传统的意识形态。孟繁华教授从近年来表现乡村生活的作品中感受到了乡村文化的深重危机，认为不少作家笔下的乡下人都有着执拗的进城情结，城市被农民视为救赎之地，破碎的乡村已难以整合成整体的"乡土中国"形象。贺仲明教授认为，中国乡土小说对现代性持有迎应和批判两种态度，并具体表现为改变乡村和守望乡村两种主题类型；农民是中国社会最基本的群体，其生存和精神深层次地联系着中华民族的本土文化，对新文学与农民问题思考的深化，将促进我们对新文学精神和发展问题的认识。徐德明教授认为，文学创作和批评都需要关注乡下人如何拥有并分享健康的都市化的过程,需要写出他们挣扎、奋斗中的精神世界与血肉共成的生命。2007年4月中旬,中国现代文学研究会、中国现代文学馆、扬州大学、《文学评论》《文艺争鸣》和《文艺报》在扬州联合举办了"'乡下人进城':现代化背景下的城乡迁移文学研讨会",就现当代文学范畴内农民与城市的关系作了深入的研讨。总体上看,由于这一文学和社会现象尚处于发展变化过程之中,虽然学术界已有不少研究成果,但力度和深度都还有待加强,特别是对创作界存在的比较混乱的乡土与现代观念的清理还远远不够。研究对象的发展变化不断向学界提出挑战,不断期待着新的研究力量和研究成果。

  文学是一个民族的心灵史。通过文学作品,我们往往可以更清晰地看见一个民族在文化转型过程中所经历的情感阵痛和精神变化,看见在过去与未来的合力之下艰难前行的足迹。

第一章

乡土：逃离与守望

在农耕传统的中国，乡土一直被视为家园。因为那里不仅有养育人们的土地，还有赋予其生命的先祖，所以对中国人而言，乡土不仅仅是生长着庄稼的、与城市相对的一片自然空间，同时也意味着农耕文化子民的家园和归宿。由于农耕文化与土地的紧密联系，导致了中华民族更加强烈的家园意识。所谓故土难离，就是把自己的生命和土地紧紧地联系在一起。就像庄稼一样，必须扎根土地，否则就难以生存。于是安土重迁自然而然成为农耕子民的普遍心态，即使迫不得已离乡背井，但生命之根依然与故土相连。不管离家多远，叶落归根总是游子在生命最后阶段的强烈心愿，也是农耕文明背景下对生命归宿的诗意向往与表达。

在农业社会，农事耕作是最主要的财富来源，所以历朝历代都以农为本，重农轻商。而在现代社会，农业虽然依然重要，但早已不是社会财富最主要的来源，农业变成了多级产业链中最底端的"第一产业"。农业地位的变化既是中国社会由传统向现代转型的必然结果，也是整个人类文明发展无法改变的趋势。所谓物质决定意识，经济基础决定上层建筑，物质财富生产方式的巨大改变必然导致思想文化的剧烈转型。就当下中国社会而言，由于官方强调以经济建设为中心，在政府强有力的主导之下，生产方式的转变和升级显得异常高效。然而，由于生产方式的转变而导致的社会文化转型，却是一个远远超出政府掌控范围的复杂问题。文化的转型是多层面的、长时期的、渐进缓变的，而且在很多方面是超乎预期的，因此对文化转型的研究必须有足够的耐力和耐心，不能急功近利，一锤定音。从这个意义上来讲，关于文化转型的研究既需要一定的前瞻性，更需要不急不躁的滞后性。学者重要的使命和研究的价值或许不在于对尚未发生的作出预见，而在于对已经发生的作出深入的分析和耐心的解释。

新世纪以来，在越来越急剧的城市化进程这一背景之下，关于乡土的文学表达呈现出明显的矛盾现象：面向乡土的写作，乡土往往成了愚昧、落后的代名词而受到批判，如《受活》《命案高悬》《马嘶岭血案》等作品；而在关注农民疾苦的一系列作品里，乡土又成了淳朴、善良和诗意的化身，与堕落的城市文明形成了鲜明的对比，如《拯救父亲》《城的灯》《无土时代》等。显然，在一个文化剧烈转型的时代，不同作家在对传统农耕文明的理解和把握方面出现了巨大的分歧。这些分歧不只存在于文学领域，也存在于整个社会文化领域，是文化转型给时代和社会带来的普遍性的迷茫与困惑。

第一节　家园与梦想

因为农事耕作是农业社会创造财富的主要方式，所以农耕子民的人生梦想大多与土地紧密相连。即使在科举体制之下，读书人离乡背井追求功名，大多也不会忘记在故乡置下一份田产。柳青在《创业史》中塑造的梁三老汉这一形象，是农耕文化造就的中国农民的典型。梁三老汉百折不挠的创业计划无一不与土地相关。小说中这样描写梁三老汉的人生规划：

> 他曾经日谋夜算过：种租地，破命劳动，半饱地节省，几分几分地置地，渐渐地、渐渐地创立起自己的家业来。①

一个满怀创业梦想的传统农民，实现梦想的途径就是拼命种地，最大的幸福就是靠自己的勤劳节俭一点一点地置地。如果不求额外的功名，土地几乎是万能的，最能给人以安全感、踏实感，差不多可以承载传统农民的所有梦想。正因为如此，农耕社会里世世代代延续着对土地的特殊感情，并以各种形式渗透在社会文化的各个领域，仿佛盐溶于水，有味无形。

农耕文明下人与土地的紧密联系会导致农耕文化偏于静态的特征，"农业和游牧或工业不同，它是直接取资于土地的。游牧的人可以逐水草而居，漂浮无定；做工业的人可以择地而居，迁移无碍；而种地的人却搬

---

① 柳青：《创业史》，中国青年出版社1960年版，第17页。

不动地，长在土里的庄稼行动不得，侍候庄家的老农也因之像是半身插入了土里"①。所以，"以农为生的人，世代定居是常态，迁移是变态"②。世代定居既强化了人和土地的联系，也强化了宗族伦理关系，让家族的生存繁衍和特定的土地紧密联系在一起。再加上农事耕作与自然规律密切相关，人的努力必须遵从自然之道，面对自然必须学会谦卑，懂得敬畏，依循季节，循环往复，这也会导致农耕文化依赖经验、不尚进取、注重守成的一面。正是由于对家园、土地和自然的崇奉，孕育了农耕文化中物我两忘的审美趣味与天人合一的生命境界，塑造了东方文化鲜明的精神气质。

在农耕传统的框架之下，土地既承载家园，又出产财富，而且还孕育了形而上的精神追求，再加上没有现代社会强大的第二、第三产业的诱惑，所以农民完全可以把自己的一生托付给土地，在土地上实现自己的人生价值。因此，在传统农耕社会里，对家园的依恋和对梦想的追求基本上是并行不悖的、和谐统一的。无论梁三老汉式的传统农民，还是已经不事耕作的知识分子，都可以依托土地实现自己的人生梦想。家园和梦想的并行不悖及和谐统一更容易让人体验到生命的圆融与完整，形而下的欲求与形而上的追索乃至生命的最终归宿，都可以融入生养自己的土地。

然而，在现代工商社会，这方面的情形却发生了根本性的改变。生产效率的迅速提高与物质财富的成倍增长彻底改变了传统农耕社会自给自足的小农经济模式，财富的概念早已超过了生存所需的范畴，农事耕作不再是社会生产的主要方式，农业成为第一产业，处于产业链的最底端，意味着原始、低端和粗放。而第二、第三产业的工商服务业成为现代社会的主流产业，是现代社会创造财富的主要途径。这就意味着，在现代社会，仅仅依靠农事耕作已经无法完成财富的积累，更无法以此实现人生梦想。只要有超出温饱的需求，现代社会的农民就不得不离开土地进入城市，在农业之外的范畴去追求更高的人生理想。如此一来，传统意义上的乡土家园再也无法承载现代社会的人生梦想，延续了数千年的农民与土地的紧密联系逐渐松动，梦想与家园再也无法圆融统一，离乡背井走向城市成为现代中国大部分农民迫不得已的选择和人生常态。

自中国进入现代历史阶段，城市化进程虽然缓慢，但始终不曾停止

---

① 费孝通：《乡土中国》，北京出版社2005年版，第3页。
② 费孝通：《乡土中国》，第3页。

过。在这一缓慢的历史进程中,始终存在着一个让人倍感纠结的问题,那就是人与土地的关系问题,或者说如何面对延续了数千年的土地情感的问题。中华民族向来将大地视为母亲,所谓"父者犹天,母者犹地,子犹万物"。农耕民族对大地母亲般的博大慈爱和无私奉献无疑有着更深切的体验,所以中华民族在告别传统走向现代这一历史进程中,注定要经历更加曲折复杂的心路历程。自五四新文学诞生以来,每一代知识分子在反思传统文化时,都有对封建伦理道德文化的激烈批判。然而不管怎样偏激和决绝,在走向现代的过程中,几乎所有知识分子都会对传统的乡土家园流露出无限的眷恋。离开故土进入城市并没有让他们在现代社会如鱼得水,反倒变得瞻前顾后,忧心忡忡。也正是在现代城市的文化背景之下,他们更清晰地认识到了自己的精神渊源。1936年,芦焚在其散文集《黄花苔》的序言中写道:我是从乡下来的人,说来可怜,除却一点泥土气息,带到身边的真亦可谓空空如也。① 芦焚的感叹是绝大部分中国现代知识分子的心声,即使决绝冷峻如鲁迅,也会在对故土的回忆中变得温馨柔软,一往情深。从表面上看,离开乡土进入城市仅仅是生存空间和生存方式的转变,然而告别乡土之后才发现和乡土之间无法割断的是无形而隐秘的联系。中华民族的农耕文明实在太过悠久,代代传承的农耕基因既溶解在传统文化中,也流贯在华夏子民的血液里。对大地母亲的感恩和对乡土家园的依恋深埋在内心隐秘的角落,一有机会就会重新萌芽。恰如丁帆先生所说:"'城市'作为'乡村'的对照物,使作家更清楚地看到了'乡村'的本质。"② 就这一点而言,五四这一代知识分子多少有些像智慧勇敢而又不乏任性的孩子,一度不顾一切离家出走,出走之后很快就发现自己身边如芦焚所说的那样"空空如也",于是又在城市的孤独中念念不忘地忆述起自己的故乡来。以鲁迅为代表的五四乡土小说家,便是这样的一群。他们从中国广袤的传统乡村世界来到已具现代雏形的大都市,两个世界的巨大反差一方面强化了他们开启另一种全新人生的迫切愿望,然而另一方面,虽然身在都市,他们对都市却无法有足够的认同,不能摆脱客居异乡的漂泊感。"蹇先艾叙述过贵州,裴文中关心着榆关,凡在北京用笔写出他的胸臆来的人们,无论他自称为用主观或客观,其实往往是乡土文学,

---

① 芦焚:《黄花苔》,上海良友复兴图书印刷公司1937年版,第1页。
② 丁帆:《中国乡土小说史》,北京大学出版社2007年版,第43页。

从北京这方面说，则是侨寓文学的作者。"① 所谓"侨寓"，其实是中国现代知识分子（尤其是五四那一代）生存状态的普遍写照，这意味着中国知识分子虽然将远离故土，客居城市，但根似乎依然在乡下。城市虽然成为安身立命不得不选择的处所，但是始终无法成为真正意义上的归宿。梦想与家园从此分裂，农耕传统下生命的圆融与完整体验不复存在，中国知识分子传统的精神家园开始变得残缺，从此踏上了漫长的不归之旅。

如果说五四那一代离开故土进入城市的作家丧失的主要是精神意义上的家园，那么近百年之后的世纪之交开始，弃田撂荒进城务工的中国农民丧失的则是现实生活意义上的家园。回首近百年的中国现代史，不难发现这样一个奇特的现象：中国的现代化城市化进程首先是从文化层面和知识分子那里开始的，经历了近百年的曲折历程之后，现代化城市化进程终于突然最大限度地落脚到现实层面和中国农民身上。中国社会的现代化和城市化最具实质性和决定性的内容当然是大量农村人口的市民化，只有这样，现代化城市化才会从一种理想追求变成社会现实。然而在 20 世纪的绝大部分时间里，无论启蒙还是革命，其实主要都是在意识形态层面为现代价值观进行宣传，在社会现实层面所做的准备和铺垫并不充分，导致中国的城市化进程一直非常缓慢，在特殊历史阶段甚至几近停滞。所以世纪之交的城市化浪潮仿佛一场突然降临的疾风暴雨，将中华大地上的农民冲击得七零八落，四散飘零。

同样是离开乡土家园进入城市，五四那一代知识分子和世纪之交的中国农民却有着迥然不同的现实处境和命运走向。除了历史阶段和社会环境的差异之外，二者的不同还体现在以下几个方面：

首先是进城的目的和处境不同。五四知识分子离乡进城大多和自身的求学经历密切相关。受五四新思潮影响，不少青年知识分子对源于西方的新知充满了兴趣。而五四新知的集散地主要在城市的高校和刊物，要接受五四思潮的进一步洗礼，知识分子就必须冲出乡间传统私塾的范畴，进入城市接受新式的教育，阅读进步的书刊。所以，对五四那一代进城的知识分子而言，城市的魅力和价值主要在于新学新知，进城的主要目的首先是求学，而非谋生。他们中的相当一部分人在城市求学期间的花费依然来自

---

① 鲁迅：《〈中国新文学大系〉小说二集序》，《鲁迅全集》第六卷，人民文学出版社 2005 年版，第 255 页。

乡下的老家，虽然也不乏完全依靠自己在城市立足的人。这些年轻的知识分子尽管"侨寓"城市，然而除了可能存在的客居他乡的漂泊感之外，他们并不会受到城市的排挤，甚至依然可以在陌生的城市里保持着传统知识分子的那份优越感。然而，近百年之后，纷纷弃田撂荒进城务工的中国农民则有着完全不同的境遇和目的。20世纪90年代，在中国产业结构调整和国企改革的阵痛时期，中国农村的负担空前沉重，农事耕作已经变得无利可图，甚至入不敷出。与此同时，中国的城市建设开始大规模铺开，对低端劳动力的需求猛增，尽管报酬极低，但对已经走投无路的中国农民而言还是有着极大的吸引力，于是大量农民涌进城市，几乎包揽了城市里最苦最累最脏最危险的一切体力活。农民进城的目的异常简单，除了谋生而外别无所求，所以他们尽管备受歧视，却可以处之泰然，甚至由于长期的城乡分治，他们内心深处已经坦然接受了低人一等的社会现实。

其次，进城之后传统乡土家园对于他们的意义截然不同。五四知识分子进城之后，乡土家园对他们而言更多地意味着一种精神层面的存在，这种精神层面的存在既有对传统文化的现代性反思，也有对农耕传统特有的东方韵味的眷恋。所以五四乡土作家对故乡的感情是纠结的，既有尖锐的批判又有无限的留恋。但这种纠结主要是精神层面的困惑，是文化和价值选择方面的彷徨。然而，对世纪之交进城的农民工而言，家园几乎是惨不忍睹的，留守乡下就意味着生活几乎无以为继。当时中国农村遭遇的危机是空前的，1996年，著名学者温铁军针对日益严峻的农民、农村、农业形势，提出了"三农"问题。2000年3月，湖北省监利县棋盘乡党委书记李昌平在给朱镕基总理的信中写道：农民真苦，农村真穷，农业真危险[1]。农村的普遍危机迫使相当一部分农民不得不离开破败的家园，然而，进城之后他们只能"暂住"城市，从法律上讲他们依然属于老家。可是对他们而言，乡土家园早已褪去了农耕传统积累下来的诗情画意，成了怎么也无法挣脱的包袱。

农耕文化主要扎根在乡土，现代性梦想主要构建于城市。乡土曾是我们数千年的家园，而城市又将是我们无法逃避的未来所在。乡土孕育了博大精深的东方文化，给了华夏子民农耕文化的基因；而城市正以其繁华富裕五彩缤纷的面孔给我们以现代性的诱惑。何去何从？如何面对我们的家

---

[1] 李昌平：《我向总理说实话》，光明日报出版社2002年版，第20页。

园和梦想？这既是中国农民面临的非常现实的社会问题，也是中国知识分子无法逃避的文化问题。不少当代中国作家试图以文学的方式把握历史丰富复杂的细节，在历史彷徨前行的途路上刻下民族心灵和情感的轨迹。他们有的关注大量农民逃离土地这一社会现象，为农民的现实生存和未来出路深切担忧；有的感叹乡土世界执着的守望者，他们留守土地，继续在农耕传统中寻找自己的梦想和归宿。

第二节 逃离

在鲁迅有关故乡的一系列小说中，我们看到了一个现代知识分子在丧失传统精神家园之后的苦闷和彷徨，以及无所归依、在而不属的分裂和漂泊。"现代"的介入为传统农耕社会的子民开启了另一片生存空间，正是借助这另一片空间，他们获得了从另一角度审视自身传统的机会。而在现代眼光的审视之下，传统农耕文明自给自足、圆满无缺的一面解体了。一旦从信奉走向怀疑，人就更不愿轻易归依，也就更难建构起新的精神家园。所以五四这一代乡土作家一再写到的故乡，其实更多地代表着情感上的恋旧，而非精神意义上的家园。近百年之后，在世纪之交的乡土小说中，不少作家似乎更愿意从现实生存的层面呈现农民与家园的矛盾关系。从这些小说中，我们看到的主要不是寻找家园和归宿的精神欲求，取而代之的是坚定执着、一意孤行的谋生意志。这些小说形而上的意味虽然淡化了，却获得了贴近底层生存现实的另一种力度和品质。

尽管近百年的历史已经过去，但乡土小说中还是延续了某些一以贯之的题材和主题，比如寻找理想、逃离故土家园……在新世纪乡土小说中，逃离故土、家园大致可以分为两种情形：一是离乡不弃土式逃离，也就是离开了家乡，但并未放弃乡下的土地，身份还是农民，家依然在乡下，城市仅仅是挣钱谋生的临时场所，而非久居之地；二是离乡弃土式逃离，也就是视农村为苦海，告别家乡的目的就是永远地逃离土地，不惜一切代价改变农民身份，义无反顾地走向城市。

一 离乡不弃土式逃离

在中国现代文学的范畴内，乡土文学往往有两个不同的侧重点：文化反思或者审美追求。前者以鲁迅为旗帜，在对故乡的频频回首中，既有无限眷恋，更有挥之不去的隐忧和痛彻骨髓的反思；后者以沈从文为代表，在对故乡荡气回肠的忆述中，作者一往情深，每一次写作都是对故乡山水和风土人情如醉如痴的再次体验。而在当代文学的范畴内，由于革命意识形态的巨大影响，关于乡土的写作往往更加看重对农民现实命运的反映。从《创业史》中的梁三老汉，到《平凡的世界》中的孙少安孙少平兄弟，都离不开对农民出路的关注和思考。世纪之交，伴随着城市化的加速，中国农村陷入空前的困境，"三农"问题成为全社会关注的焦点问题，与之相关的小说创作对社会剧烈转型期中国农民的命运也给予了充分的关注。从这些作品中，我们不难看到大量的关于乡村凋零衰败现实的描述，以及农耕子民走投无路的生存窘况。

四川作家罗伟章被视为"底层写作"的重要一员，有论者曾批评"底层写作一味地渲染贫穷、剥削、残酷、绝望，使读者感受到的是一种视觉的惊悚与感情的宣泄"①。如果我们对世纪之交中国农民的生存现实缺乏足够的考察和了解，仅仅在书斋里翻翻报纸看看作品，就认为作家的描写脱离现实，渲染苦难，甚至认为他们的动机不纯，这样的批评可能才是真正的心怀叵测。罗伟章的中篇小说《大嫂谣》所描写的新世纪初川东北农村的贫穷与绝望，令我深有同感，丝毫不觉得"扭曲""夸大"和"渲染"。小说中"我"的大嫂50多岁，吃苦耐劳，勤俭持家，从未出过远门，"连汽车也没坐过"。然而由于家里无钱供小儿子上中学，大嫂不得不远离故土，到广东打工挣钱。大嫂纯朴善良，从来就不知道累，属于典型的"好媳妇"。

> 大嫂走之前，把家里什么都安排好了。虽然田地很少，但她怕大哥累着，把一半的田都送给了别人种，大哥舍不得送，大嫂说，一个人要知道轻重，要是累得把命都搭进去了，值吗？这样的话，大嫂对父亲说过，也对我说过，说不定还对别的人说过。至于她自己，从来就不知道累。在家里时，三伏天的午后，村里再勤苦的人也躲在院坝外的竹林里或果木底下摇篾笆扇，大嫂还在阳光暴晒的坡地上扯草，或者锄地，现在，她满五十三岁的时候又到一个完全陌生的地方搞建

---

① 陈树义：《文学要切实面向底层》，《人民日报》2009年12月1日。

筑去了，那是男人也畏惧的活，她却不怕。①

一位大半生扎根土地的农村妇女，年过半百却不得不弃土离乡，到城市建筑工地拌灰浆、推斗车，看起来有些不可思议，其实哪怕在多年之后的当下，在城市仍旧轰轰烈烈的建筑工地上，这样的农村妇女依然随处可见。

中国幅员辽阔，各地自然条件大不相同，虽然同为农耕传统，都靠种地为生，但不同地域的经济发展程度和生活水平差异很大。而大量关于农耕文明的诗意描述往往未能顾及这种差异性，导致一些穷乡僻壤长期成为被忽略的存在。相对于条件优越的地区而言，穷乡僻壤往往更加封闭自足，停滞不前，从而更易保留农耕文明稳定性的一面。虽然在现代历史阶段这些地方也受到了来自外部世界的多次冲击，但就土地产出的财富总量和人们基本的生产生活方式而言，却并没有什么大的改变。罗伟章的《大嫂谣》就是以这样一个穷乡僻壤为背景，而小说中的"大嫂"也是在这种穷乡僻壤常见的传统妇女形象。然而，不同之处是，以前的"大嫂"大多生于斯死于斯，终身无缘走出去；如今的"大嫂"却有机会远走他乡，虽然出于被逼无奈。

作为传统农耕社会的一隅，穷乡僻壤一样可以自给自足，并在几乎静态的停滞不前中繁衍生息，代代流传。然而，为什么这种循环到了世纪之交就再也无法继续呢？到底是什么撕碎了其宁静自足的一面，让它变得残缺而不安？小说呈现了大量相关信息，仔细分析我们不难发现，时时刻刻对这个地处山区的穷乡僻壤构成诱惑的，是与山区遥相对应的外面的世界。虽然那个世界很遥远，但从那个世界传来的一切信息都极具蛊惑力，并且构成了对山区世界的否定。

小说中把山区和外面世界连接起来的主要有两个人，一个是大学毕业后定居城市的"我"，另一个是在广东当建筑包工头的胡贵。两个人以各自不同的方式把山区老家和外面的世界连接起来，同时也对老家人构成了两种不同的诱惑，代表着通往外面世界的两条途径。在老家人悲苦绝望的生活中，正是两个已经走向外面世界的人（特别是包工头胡贵），成了能给他们帮助和希望的人。当然，也正是因为有了外面的世界作对比，老家

---

① 罗伟章：《大嫂谣》，《人民文学》2005 年第 11 期。

穷苦沉滞的一面才显现出来，封闭自足的一面才被打破。

在此前漫长的岁月中（包括现代历史阶段的绝大部分时期），这样的山区村落往往更加封闭自足，尽管有些贫穷艰辛，但仍能以自己的方式顽强生存下来。外面的世界也一直存在，但与山区村落的关系不大，虽然也会有一些交流，但从来不至于轻易撼动山区村落的基本生存方式。也就是说，在过去的漫长岁月中，山区村落虽然偏远落后，但生活于其间的人们仍能以某种方式坦然平和地面对外面的世界，以自己独特的方式偏安一隅。然而，当山区村落在停滞和循环中过着一成不变的日子时，外面的世界却开始变化，而且速度越来越快，当外面世界的变化积累到一定程度时，以前的平衡被打破了，曾经偏安一隅的山区村落轻而易举就解体了。这种不平衡表面上是空间层面的，背后却有着传统与现代在效率方面的落差。具体到现实生活中，就变成了进城农民工有着切肤之痛的生存体验。

> 大嫂的工钱是每个月六百块，包住，不包吃。大嫂说，六百呀，够多的了！想想在家里刨那瘦筋筋的泥巴，除了糊自己的嘴，刨上一年到头哪里挣得了六百？①

不难看出，两个世界在生产方式和效率方面的巨大悬殊以及由此带来的收益方面的天壤之别，构成了对传统农民的巨大冲击和改变。传统农耕方式之下，一年到头"刨那瘦筋筋的泥巴"，结果还比不上在外面辛苦一个月的收入。两相比较，土地自然而然失去了原有的魅力，村民开始大量离乡背井涌入城市，乡村失去了人气，开始迅速凋零。

> 胡贵的家在磨子村的最下头，我一眼就看到了。那已经不是家了，房子彻底垮掉，到处是朽木烂瓦，周围长满了一人多高的蒿蒿，我路过的时候，几只肥野鸡从那蒿蒿丛里扑楞楞地飞起，嘎嘎地鸣叫着，飞到了遥远的树梢上。我又爬了一程，又遇到几间摇摇欲坠的空房子，看来也是至少两三年没人住，都拖儿带女举家外出打工了。②

---

① 罗伟章：《大嫂谣》，《人民文学》2005 年第 11 期。
② 罗伟章：《大嫂谣》。

到处是残垣断壁，朽木烂瓦，乡村的破败令人触目惊心！然而，乡村的这种破败却并不等同于乡民生活的凄凉，甚至在一定程度上可以说，这种破败恰恰代表着一种发展，只是这种发展不是在农村，而是在城市。正是20世纪90年代以来城市的加速发展，吸引了乡下的农民，导致他们弃土离乡。虽然在外面不一定有城里人一样的地位和尊严，但收入无论如何也比土里刨食强上了许多。这意味着，外面世界的发展也为山里的农民打开了一片以前不曾有过的生存空间，虽然这片空间里暂时没有地位和尊严，但现实收益却又是传统生存空间所无法相比的。

1949年之后，中国曾经长期牺牲农民的利益，以此换来工业的起步和发展。而在世纪之交的城市化进程中，农民和农村又一次成为历史发展的垫脚石。从理论上讲，所谓城市化就是把非城市的部分转化为城市的，因此可以说城市化本来就应该服务于广大农民。但是从现实层面看，中国的城市始终不肯为农民敞开大门，人为地设置了许多制度性的障碍，只让农民进城干活，却不愿给农民与市民平等的待遇。如此一来，这一本来代表着历史发展方向的城市化进程却不可避免地再次给中国农民带来了深深的伤害，无论留守老家还是进城务工，他们都未能享受到这个迅速发展的伟大时代应该得到的平等待遇。小说中关于留守农民的描写，似乎与若干年前革命文学塑造的水深火热的旧社会中的农民形象并无二致。

> 大哥听出我在责备他，紧着脖子咳肺里的痰。他很年轻的时候身体就不好，时常胸闷。他去检查过几次，没有结核病，可就是呼吸不上来，痰也咳不上来，咳的时候空空空的，把脊梁都咳弯了。每次去检查前，大哥都说，要是结核病就好了，晚期最好，我就用不着医治，自己绑块石头在身上，跳进清溪河喂鱼，也免得家里花钱办丧事。其实他舍不得死，他跟大嫂的关系很好。[①]

小说中的大哥不仅贫穷无助，身体也羸弱不堪，和那片暮气沉沉的古老土地相互映衬。而那些进城务工的农民，虽然身在城市，却依然无法摆脱户口上以法律形式规定的农民身份，城里人的地位及各种待遇一概与他们无关。但只要有老家的贫穷落后作比较，他们就会无怨无悔地为城市卖

---

① 罗伟章：《大嫂谣》，《人民文学》2005年第11期。

力。再加上几十年等级森严的城乡分治,使他们已经能够心安理得地接受人与人之间的这种等级差别。

> 对农民工来说,就是靠近纽约也无所谓,他们身在城市或者城市的边缘,但并不证明他们生活在那里。他们成天接触的,都是跟自己来自同一个阶层的人,像胡贵工地上的,很大一部分还来自同一个故乡,他们说着家乡的方言,谈着家乡的人事,就像是把家乡搬到这里来了。农民工自成一体,成为散布在中国城市汪洋中的一座座孤岛。①

对进城农民工而言,故乡是遥远的,城市是陌生的。他们就像被连根拔起的庄稼,被时代的浪潮卷进城市,然后居无定所,随风漂泊,成为城市化时代一个悬浮的群落。罗伟章不仅对农民工的生存现状深有体察,而且也意识到了这一现象背后十分堪忧的文化问题。农民工是城市汪洋中的一座座"孤岛",这些"孤岛"之孤包括方方面面,不仅在身份层面被城市拒绝,而且在语言、话题、情感等诸方面,都与所在的城市格格不入。这种情形反过来又强化了他们的阶层和故乡意识,只有来自同一阶层或者同一故乡的人,才会有共同语言,才可能彼此慰藉。城市的孤岛与遥远的故乡隔空相望,城市只与他们改善经济条件的迫切愿望相关,除此之外不敢有额外的奢求;而故乡虽然偏僻遥远,但依然令人牵挂,他们甚至要在乡音中重建一个故乡……

在城市的汪洋中以乡音的形式虚构故乡,就不再仅仅是个社会问题,也是一个文化传统的问题。农耕文化传统的表现是多方面多层次的,在哲学层面,有天人合一的东方智慧;在美学层面,有情景交融、物我两忘的意境追求;而在现实生活的层面,对土地的看重,特别是农民对土地的情感,也是农耕文明的重要体现。在农耕社会,直接从事农事耕作的农民与土地的关系更为直接和密切,而知识分子和土地的关系相对松散且间接,所以与知识分子相比,农民的生存范围往往更加固定,更不具流动性,和特定的地域联系更为紧密,更具地方性,由此导致中国农民身上往往具有与当地自然条件相适应的技能和特质,一旦离开家乡,很容易水土不服。

---

① 罗伟章:《大嫂谣》,《人民文学》2005 年第 11 期。

因此，农民往往更加在乎家乡，脱离家乡的自然和人文环境，他们往往不知所措，无所适从。正是由于这方面的原因，农民工与城里人虽然水火不容，但与家乡人的联系却异常紧密，即使不在同一个工地，但是他们一般都知道同村有几个人在同一座城市，分别散布在城市的哪几个角落，遇到困难时，老乡就成了他们在城市汪洋中的救命稻草。

学术界在关注中国的城市化进程和文化转型问题时，也应该注意到不同侧面和不同层次的区分。体制、历史、哲学、美学等方面是讨论较多的大问题，而具体到农民工个体进城之后在心理、情感乃至人格方面的适应和变化，则是相对琐碎然而却十分重要的问题。在《大嫂谣》这篇小说中，已经可以看出进城农民的不同类型、进城的不同途径以及进城之后迥然不同的命运。小说中的"我"出身贫民，通过考大学的方式进城，这是体制认可的最彻底的进城方式，进城之后面对体制的心理障碍相对较少，与城市的隔膜不深，适应起来相对较快。然而对农民而言，"我"的这种进城方式是可望而不可即的。包工头胡贵是当地的名人，在乡亲们眼中他不仅在城里站稳了脚跟，甚至连城里人都怕他。

> 胡贵压根儿就是个文盲，可他却当上了老板，把父母和兄弟姐妹都接到了广东，还把亲戚全都带过去发财了。不仅如此，他还为对河两面山上的人做了许多事，凡是杨侯山和老君山的人，只要愿意去他工地上，他一律接纳，而且从不拖欠工资。他允许别人欠他的钱，决不允许自己欠别人的钱。从那边回来的人都说，胡贵在广东很吃得开，连城里人都怕他。[①]

但作为包工头的胡贵其实并未成为真正意义上的城里人，仅仅是作为农民工的首领与城里人打交道而已。尽管他发了财，人品不错，深受乡亲的拥戴，但在城市面前他依然自卑，对城市的生存法则也不甚了解，只能以一个乡下人简单粗暴的方式来应对在城市遭遇的困境。

> 胡贵不是老板，只是一个包工头，而且是比较低级的包工头，而那些级别较高的包工头，乡下人是做不了的，他们通常都是城里人，

---

① 罗伟章：《大嫂谣》，《人民文学》2005年第11期。

还不是普普通通的城里人,而是多多少少都有些背景的城里人,有的本身就是政府官员,他们与作为开发商的建筑公司一起联手倒卖土地。胡贵千方百计把工程弄到了手,他上面那一层一层的包工头就隐去了,他又直接受建筑公司下属的项目部领导了。他干了事情,修了房子,就找项目部拿钱,而项目部往往以各种理由克扣他的钱,实在克扣不下来的,就找胡贵"借"。①

这段文字比较形象而客观地呈现了"城里人"和"乡下人"在城市大规模建设过程中各自不同的角色和境遇。胡贵虽然是乡亲们眼中的能人,但是在与城里人打交道的过程中其实只能任人宰割。无论文化层面还是制度层面,乡下人与城市始终处于错位的状态。不管是胡贵那样的能人还是"大嫂"一般的普通农妇,前半生纯粹的农耕生活已经造就了他们纯粹的农民秉性,对他们而言,融入城市差不多意味着对前半生人生经验的彻底否定和抛弃,这几乎是不可能完成的事情,可是死守土地拒绝进城又将使他们的生活无以为继。因此他们只能到城里挣钱,却又无法融入城市,变成城里人。纵然是胡贵这样的包工头,他身边环绕的依然是一群离乡进城的农民。他们不仅在身份上是农民,骨子里也是农民。他们虽然长期生活在城里,但在家乡还有一份土地,那里有他们的前半生,也是他们的根之所在。即使告别了家乡的土地,他们也无法斩断家乡的人事和亲情。虽然故乡的土地已经无法承载他们想要的生活,但他们也只能是离乡不弃土。无论怎么折腾,他们似乎永远不可能在城市找到最终的归宿。

从人类文明发展史来看,虽然城市化进程必然涉及人类生存方式的转变,但转变过程如此剧烈甚至残酷,却并不多见。西方的工业化城市化有一个漫长的、渐进的历程。以18世纪英国工业革命为序幕,西方城市开始从传统意义上的政治中心和军事堡垒向现代工商城市转变,人口开始向城市集中,到20世纪中期西方国家的工业化城市化进程基本完成,前后经历了约两百年时间。中国在20世纪初才步入现代历史阶段,而在20世纪的绝大部分时间里,工业化城市化进程都非常缓慢,尤其是中华人民共和国成立之后的30多年时间里几乎是停滞不前。而到了20世纪末期,中国的城市化进程才突然加速,短短20来年的时间里,无数中国农民几乎

---

① 罗伟章:《大嫂谣》,《人民文学》2005年第11期。

是在毫无过渡和准备的情况下突然遭遇了由乡村到城市的急剧转变。

更为严重的是，由于新中国长期实行严厉的城乡分治，再加上极"左"思潮影响，严禁农民离开土地从事任何农业之外的生产经营活动，严苛的政策把几代农民都塑造成了实实在在的纯粹的绝对的农民，使其生存技能和生活经验都被严格限制在农事耕作的范畴之内，面对城市，体力是他们唯一可以出卖的资本。特殊的国策国情使新中国的几代农民只专于农活，对土地有着更强的依赖性，虽然土地已经不能承载他们的生活，迫不得已离开了家乡，但他们依然视土为家，永远无法把自己从故土连根拔去。很显然，《大嫂谣》中的大嫂和包工头胡贵都是这样的农民，无论他们离家多远，他们的根永远在乡下。

孙惠芬的中篇小说《民工》更细腻深入地呈现了农民工与城市和乡村的不同关系。小说中鞠广大和儿子鞠福生在城里同一个建筑工地打工，妻子则在家中务农。这是城市化进程中中国农村家庭最常见的一种模式：男的进城挣钱，女的留守务农。鞠广大已经在城里打工十多年了，除工地之外，他对城市唯一有感性认识的就是公交车。有一年靠近年根，鞠广大好不容易领到一点工资，背着行李回家，结果在挤公交车时用力过猛，撞倒了城里人，挨了一顿打不说，行李还被扔到车窗外。从此鞠广大最怕挤车，一挤车膝盖就发抖。而他儿子鞠福生，对城市最直接的了解不过是在办好暂住证的那天晚上，花了六枚硬币，坐了贯穿全城的702公交三趟来回，美美地看了一顿城里风光。对鞠广大和鞠福生父子而言，他们清楚地知道城市是不属于自己的，他们的根在乡下。小说写的是他们父子回家奔丧的故事，在奔丧途中，当火车离开城市行驶在乡村田野时，农民工鞠广大不是被奔丧的痛苦所攫住，而是沉醉在乡野田园的美景中。可以说，在城里的建筑工地上，鞠广大只是一台干活的机器，只有回到乡野，他才由机器重新变成一个有血有肉的人。

> 火车由东向西一点点转向北了，火车只要向北，就是告别了城市，告别了郊区，告别了开发区和旅游度假区，驶入一片田野当中。鞠广大的眼睛里满满当当全是绿，绿的苞米绿的大豆绿的野草和蔬菜。在外边当民工，很少见到这大片的绿，春天出来时还没有播种，冬天回来时又遍野荒凉，工地上的大半年，除了砖瓦石块就是水泥钢筋，偶尔在路边见到绿树和草坪，都要长时间看着它们，用目光抚摸

它们。……

　　看着窗外的田野，鞠广大不安起来，他特别想捅捅儿子，叫他也往外看，多么好的景色！①

这段描写看似有些不近人情：自己死了老婆，儿子死了母亲，鞠广大不知悲痛，想到的竟然是叫儿子看窗外的田野风景！但是反过来也可以这样说，正是窗外的田野，复活了鞠广大的人性，在他的人性复活之前，谁有理由要求他必须悲痛呢？鞠广大就像一颗庄稼，早已深深扎根乡土。离开了土地，他仅仅是一台干活的机器而已。所以当鞠广大和儿子鞠福生踏上故乡的土地时，他们几乎完全忘记了奔丧的痛苦，而是陶醉在乡野气息之中。

　　田野的感觉简直好极了，庄稼生长的气息灌在风里，香香的，浓浓的，软软的，每走一步，都有被搂抱的感觉。鞠广大和鞠福生走在沟谷边的小道上，十分的陶醉，庄稼的叶子不时地抚摸着他们的胳膊，蚊虫们不时地碰撞着他们的脸庞。乡村的亲切往往就由田野拉开序幕，即使冬天，地里没有庄稼和蚊虫，那庄稼的枯秸，冻结在地垄上黑黑的洞穴，也会不时地晃进你的眼睛，向你报告着冬闲的消息。走在一处被苞米叶重围的窄窄的小道上，父与子几乎忘记了发生在他们生活中的不幸，迷失了他们回家来的初衷……②

对鞠广大鞠福生这样的农民工而言，乡村田野已经构成了他们生命的一部分。无论他们离家多远，都不可能在乡土之外找到另外的归宿。离乡进城仅仅是他们迫不得已的谋生行为，对故土的依恋早已超越了现实层面的谋生问题，而与他们的灵魂息息相关。

二　离乡弃土式逃离

21世纪以来大量离乡进城题材的小说中，有一种告别故土的方式非常决绝，那就是视农村为苦海，告别家乡的目的就是永远地逃离土地，一

---

①　孙惠芬：《民工·孙惠芬小说精品选》，作家出版社2005年版，第237页。
②　孙惠芬：《民工·孙惠芬小说精品选》，第239页。

去不复返,义无反顾地走向城市。如果说离乡不弃土式的逃离是迫不得已、被动的,那么离乡弃土式的逃离则属于主观的选择和规划,在价值观上是对农村的彻底否定,表现在行为上则是主动地挣脱苦海。

刘庆邦写于新世纪初的中篇小说《到城里去》比较深刻呈现了新中国几代农民与城市特殊的情感关系,既有社会制度层面的宏观指涉,也有微观的个体生存的命运与挣扎。可以说《到城里去》这篇小说是从新中国的历史长河中打捞起来的一段有着鲜明时代烙印和广泛代表性的广大农民的伤痛记忆。

《到城里去》塑造了一位执着、勤劳、倔强、虚荣、争强好胜而富有心机的农村妇女形象,小说的时间跨度长,包括计划经济(人民公社)、改革开放(包产到户)和市场经济几个历史阶段。主人公宋家银出身农民,在谈婚论嫁的时候一心想嫁给工人。别人给她介绍的第一个对象是一位准工人,将来可能因为父亲的关系到新疆参工。宋家银为了稳住准工人的心,尽早把他们的关系确定下来,提前奉送了自己的处女之身,结果准工人变成正式工人之后却把她踹了。于是宋家银只好退而求其次,嫁给了在县城预制厂上班的临时工。丈夫虽然是临时工,但在宋家银看来临时工也是工人,是领工资的,和农民有着本质的不同。她处心积虑地向人展示自己作为工人家属的优越性,时时处处都要表现出高人一等姿态。但是后来预制厂倒闭,临时工丈夫回到农村,宋家银不能接受这一现实,逼着丈夫进城,自己则在继续在乡亲面前编织丈夫在城里上班的谎言,维持自己作为工人家属的特殊尊严。丈夫在城里走投无路,只得靠捡垃圾挣钱,后来又因为盗窃被拘留15天。即使丈夫在城里出事之后,宋家银依然要和丈夫"衣锦还乡",勉强维持自己曾经作为工人家属的虚荣。

宋家银的梦想和追求其实是几代中国农民的梦想和追求。路遥的中篇小说《人生》的主人公高加林,其奋斗目标也无外乎逃离土地不当农民。高加林先是在村里当代课教师,后来又因为伯父的原因进城当记者,春风得意之时他抛弃了乡下的恋人刘巧珍,为了大城市的梦想而和城市女性黄亚萍走到一起。虽然最后东窗事发又回到了农村,但高加林无疑是那一代农村有志青年的典型代表,他们的共同梦想就是逃离土地进入城市。路遥的长篇小说《平凡的世界》中的孙少安孙少平兄弟也是挣扎在农村这片苦海中,孙少平的奋斗经历就是从农村走向城市的"非"农的过程。河南作家李佩甫出版于2009年的长篇小说《城的灯》依然延续了路遥式的主题，写的是农村青年冯家昌不惜一切代价逃离土地要做城里人的故事。

无论是20世纪文学中的高加林、孙少平，还是新世纪文学中的宋家银、冯家昌，这些文学形象都有一个共同特点，那就是他们本来生于土地，长于土地，而最坚定的人生目标却是逃离土地。显然，这一现象是有悖于中华民族源远流长的农耕文明传统的，延续了几千年的对土地的深情厚谊在他们身上突然变得荡然无存。于是我们不得不思考和追问这样一些问题：到底是什么改变了中华民族和土地的传统关系？既然传统文化中情感的部分已发生根本改变，那么传统文化又将以怎样的方式延续？如果说文学是一个民族的情感史、心灵史，那么从文学作品中我们或许会找到这些问题的答案。

《到城里去》的主人公宋家银出身农村，并且没有摆脱农民身份的任何可能性，但争强好胜的她依然不死心，想凭自己的青春和几分姿色攀上工人阶级。其实，一个公平合理的社会应该为每一个有上进心的人提供足够的发展空间，这样既促进了个体的发展，也推动了整个社会的进步。当年的革命理论在批判旧社会时强调的就是其不公平不平等的一面，这也是闹革命的最大理由。然而革命成功之后，新中国又以另外的方式造成了另一种不平等，那就是工农差别和城乡差别，而且这种不平等被以国家政策的形式予以强化，因而更加等级森严，不可逾越。宋家银一生下来就面对这种不平等，而且没有任何通过自己奋斗改变命运的可能性。宋家银的处境反映出当时中国社会现实中严酷的一面——人的生而不平等，并且几乎没有改变的可能。中国传统社会向来重农轻商，即使知识分子也注重耕读传家，然而中华人民共和国成立后，在追求工业化现代化过程中，农业几乎成了原始资本的唯一来源，农民被迫作出了最大限度的牺牲。"延续二十多年的人民公社时期，由于工农业产品价格的剪刀差，农业为国家工业化提供了大量资金……从1958年到1982年间，我国农业为国家工业化提供了5400多亿的资金，年均210多亿元，为国家工业化完成原始积累做出了不可磨灭的贡献。"[①] 再加上1958年颁布的《中华人民共和国户口登记条例》，严格区分"农业户口"和"非农业户口"，最大限度地限制农民进城。如此一来，中国农民就长期陷入了无处可逃、只能奉献的极端性处境，沦为新中国最低等的公民，一个有着数千年农耕传统的国度开始以

[①] 罗平汉：《农村人民公社史》，福建人民出版社2006年版，第403页。

农为耻。"从理论和法律地位上讲，农民是全体社会成员中最具平等地位的构成部分，与工、兵、学、商、干享有同样的权利，并不低人一等。但是，农民的名义社会地位和实际社会地位相差甚远。农民在社会结构中的实际地位处于最底层。农民的职业本来是神圣的，没有农民的劳作和辛勤耕耘，就没有人类生存所必需的生存资料，也就没有人类社会的存在和发展。然而，鄙视农民、看不起农民职业的社会心理却根深蒂固。"① 宋家银作为一个农村弱女子，她面对的正是这样一个特殊的时代和社会环境。不甘于现实的她最强烈的愿望就是嫁给工人阶级，通过婚姻改变自己的命运。这是由社会体制决定的个人命运和奋斗模式。当代中国学界对历史的研究喜欢侧重于宏观的大角度，而对历史洪流中个体生命的生存状态和命运处境则很少关注，这难免让人扼腕唏嘘。宋家银对命运的抗争出于本能需求，但我们应该看到这种出于本能的抗争既是体制内无望的挣扎，也是对体制无声的反抗。

在极端二元对立的社会结构里，作为农民的宋家银反抗命运的唯一方式就是最大限度地否定自己的农民身份，通过"非"农的方式最大限度地靠近理想的彼岸——工人阶级。

> 她不把自己混同于普通农民家庭中的农妇，她给自己的定位是工人家属。在家庭建设上，她定的是工人家属的标准，一切在悄悄地向工人家属看齐。②

我们也可以说宋家银很虚荣，但对一个不安于现状的农村女子，她的愿望过分吗？在社会体制未能为个体提供任何自主发展机会的情形下，这是宋家银从严酷的生存环境中发现的唯一一点改善自己生存状况的空间。而且，这点空间还有主观臆想的成分，因为她的丈夫仅仅是临时工，她也就根本不是什么工人家属。

其实，工人阶级的世界对宋家银来说完全是另一个陌生的世界，她只是通过有限的信息知道那是一个更美好的世界，一个比农村不知要好多少倍的世界，一个自己永远也无法触及的世界。她很清楚这一点，也很有自

---

① 宫希魁：《中国"三农问题"的观察与思考》，见《从减负到发展——中国三农问题剖析》，中央编译出版社2006年版，第8页。
② 刘庆邦：《到城里去》，花城出版社2010年版，第18页。

知之明，所以她只是以家属的身份沾了一点那个世界的光而已。当丈夫流落到北京出事之后，宋家银终于第一次到了大城市。这位一直以自己的工人家属身份而自豪的农村妇女，在城市面前却一下子受到沉重打击，仿佛大梦初醒，终于意识到了自己的真实处境。

> 去了一趟北京，宋家银对城市有了新的认识，那就是，城市是城里人的。你去城市打工，不管你受多少苦，出多大力，也不管你在城里干多少年，城市也不承认你，不接纳你。除非你当了官，调到城里去了，或者上了大学，分配到城里去了，在城里有了户口，有了工作，有了房子，再有了老婆孩子，你才真正算是一个城里人了。宋家银很明白，当城里人，她这一辈子是别想了。当工人家属，也不过是个虚名。①

在残酷的现实面前，宋家银终于认输了。以前在农村想象城市，还以为城市不是那么遥远。现在进了一趟城之后，城市反而变得遥不可及了。这位争强好胜的农村妇女，曾经处心积虑向工人阶级靠近，一厢情愿地为自己贴上工人家属的标签，一旦走出农村见到真正的城市，她的自信与优越感便轰然坍塌。面对城市时，她才发现自己与城市的真正距离，那是她花上一辈子也够不着的距离，农村成了她永远无法逃离的伤心之地。

从宋家银渴求"非农"的强烈愿望中，我们不难看出新中国对传统价值观的重新塑造。在一个以农耕为传统的社会里，竟然到了以农为耻的地步，官方甚至将下放农村从事农业生产作为对"非农"阶层的惩罚手段，按此逻辑，新中国的农民天生就是被发配、被改造的一个阶层！正是中国农民这一极端弱势处境，导致他们对"非农"身份的强烈渴望，只要有机会，他们中的很多人会不惜一切代价逃离土地。宋家银挖空心思、费尽心机，却一辈子也没能如愿走出农村。她对土地没有任何感情和眷恋，却无力挣脱和土地之间的制度性联结。

鬼子的中篇小说《瓦城上空的麦田》写了两位农民父亲，这两位农民父亲最大的愿望都是让子女进城，不再当农民。李四的愿望已经实现了，他的三个子女如今都已经进城，只剩下他和老伴还留在乡下。而小说

---

① 刘庆邦：《到城里去》，花城出版社 2010 年版，第 77 页。

中的"我"(胡来城)七岁那一年,刚上小学才三天,父亲(胡来)就拉着"我"进城捡垃圾去了。父亲的目的简单而直接,就是要让"我"成为城里人。

> 父亲说,只要你自己不离开瓦城,只要你永远在瓦城住下去,总有一天你会成为瓦城人的你知道吗?他说,你别小看你现在只是一个捡垃圾的小孩,你要知道,捡垃圾也是能够发大财的,等到你有了钱了,你就在瓦城买一套房子,那时候,你就是真正的瓦城人了,你知道吗?①

为了后代不再当农民,胡来采取了非常极端的方式,直接带儿子进城捡垃圾,连学也不上。和宋家银一样,胡来身为农民,最大的愿望却是走出农村逃离土地。为了让儿子能够进城,胡来痛下决心,将儿子从农村连根拔去,直接移栽到城市的垃圾堆旁。从身份上讲,胡来城虽然进城了,但他依然是农民,属新生代农民。老一辈农民虽然以农为耻,但毕竟一生都在土里谋食,身上有股挥之不去的土气。而胡来城所代表的新生代农民几乎没有从事农事耕作的具体经验,与土地的联结也很松散,离乡进城之后,他们很容易褪掉身上的土气。其实这也是他们父辈所期望的,他们不想把自己受过的苦难再留传给后代。

很明显,农耕传统在这里终于出现了一次大的断裂,宋家银、胡来那一代农民进城之后还可以回去继续种地,而胡来城所代表的新生代农民离乡进城的目的就是不再当农民,彻底斩断与土地的联系。他们离开时就没打算再回到土地,即使重回故里,也不可能回到父辈的耕作生活方式。鲁迅曾经寄希望于后辈:他们应该有新的生活,为我们所未经生活过的。新生代农民逃离土地不一定是件坏事,无法回到土地也并不意味着生活的终结。他们以自己的方式开拓未来,在各种不确定性中寻找适合自己的生活方式,过着父辈"所未经生活过"的另一种生活。

吴玄的中篇小说《发廊》塑造了一位开发廊的新生代农民女孩儿形象。小说的主人公方圆 16 岁就进城在发廊打工,但是她进发廊并非为生

---

① 鬼子:《瓦城上空的麦田》,白烨主编《中国乡土小说大系》第三卷(2000—2009),农村读物出版社 2012 年版,第 1 页。

活所迫，而是出于对一种朦朦胧胧的新的生活方式的向往。

  对于我妹妹方圆来说，去发廊当工人，并非想为家里赚钱。那时她才十六岁，家庭责任感还很淡薄，再说这个家庭也不该由她来负责。她是在晚秋身上看见了一种她所向往的生活，她在深圳显然比在西地过得愉快。那时村里没有电话，她勉强能写几个字，每月给家里写一封信，都是同样的几句话：爸爸、妈妈，你们身体好吗？我身体很好，其他也很好，请别挂念。她的愉快找不到适当的词向父母表达，大概是惟一比较苦恼的。①

  和刘庆邦的中篇小说《到城里去》中的宋家银相比，方圆和她同样是农民，同样是女人，同样不安于农村的现实，但不同的是两人生活在不同时代，所以便有了截然不同的命运。对宋家银而言，城市是遥不可及的，她只能困在农村无法动弹；而对方圆来讲，她有了选择的空间和权力，虽然有些幼稚，但却可以按照自己的想法一步步走下去。到城市一年之后，方圆似乎就找到了自己的方向和定位，将自己改造成了完全不同的另一个人。

  十七岁那年，她从广州回来，鼻子突然隆高了，眼睛也从单眼皮变成了双眼皮，弄得连我母亲也差点不认识。那是妹妹第一次给我带来的陌生感。应该说整容非常成功，好像她的鼻子本来就这么高、这么挺，我早已想不起她原来塌鼻是什么样子。②

  方圆不仅对自己外形的改造非常成功，而且由外而内，打造起了她的城市气质。几年之后当"我"再次见到妹妹方圆时，她再次给"我"带来了陌生感。

  这回，她的五官并没有什么变化，那陌生感完全是一种感觉，一种难以名状被称作气质的东西。她确实越来越漂亮，脱尽了乡气，成

---

① 吴玄：《发廊》，《花城》2002年10月版。

② 吴玄：《发廊》。

长为都市里的时髦女郎了。①

方圆对城市的向往没有任何过错，为了在城市立足选择开发廊也无可指责。一个农民女孩儿能靠自己的勤劳努力在城里安身，说明中国的城乡关系已经发生了巨大的变化。毫无疑问，这些变化从总体上来讲是历史的进步，因为社会个体获得了更多的发展机会和更大的发展空间。如果没有足够的机会和空间，个体的潜能就无从发挥，社会的进步也就无从谈起。但是发展也会带来伤害，如果农耕传统与城市化之间缺乏有效的缓冲过渡，而是生生地断裂，那么我们极可能在失去不该失去的同时，却并未收获想要收获的。方圆在城里经历了一系列的磨难之后，终于心灰意懒。她转让了发廊，一个人回到了故乡西地。

> 但是，故乡西地也没给她什么安慰，西地，在她的心里已经很陌生，她还延续着城里的生活，白天睡觉，夜里劳作，可是在西地，夜里根本就没事可做……回家的第三天，方圆到山下的镇里买了一台VCD机，发疯似的购买了两百多盘碟片，然后躺在家里看碟片。
> 方圆在家待了一个月。一个月后，她去了广州，还是开发廊。②

小说的这一情节极具象征意义，似乎在追问我们该如何告别过去，走向未来。方圆和胡来城告别乡土的方式在当下极具代表性。而在告别乡土之后，如果找不到自己想要的生活，他们还能重回乡土吗？方圆作了一次尝试，在城市遭遇挫折之后，她下意识地回到了故乡，希望故乡能为自己疗伤。然而回去之后才发现，故乡仍在，但她却是永远也回不去了，更不可能在故乡获得安慰。所以她只有再次逃离故土，重新进入城市。可以确定的是她的未来在城市，却无法确定的是那将是怎样的一种未来。

尤凤伟的长篇小说《泥鳅》也刻画了一群年轻农民工的形象，他们年纪轻轻，满怀豪情，渴望在城市找到自己的美好生活。然而进城之后他们才发现城市的阴险和残酷，等待他们的是无情的压榨和一个又一个陷阱。他们毫无保留地奉献自己的青春、力气甚至肉体，最终仍然无法逃脱

---

① 吴玄：《发廊》，《花城》2002年10月版。
② 吴玄：《发廊》。

城市对他们的无情伤害：女性要么出卖肉体，要么进入疯人院；而男性要么致残，要么被逼走上黑道，甚至搭上自己的性命。这一群农民工在城里四处碰壁，走投无路，却没有一个选择重回自己的故土。他们的青春即使死无葬身之地，也不愿离开城市。小说开始有一段主人公国瑞和女友陶凤的对白，可以看作这一群农民工进城时的典型心态。

> "我知道城里不好混。"陶凤说。
> "你来了就好了。两个人在一起，再苦也甜。"国瑞说。
> "工作好找吗？"陶凤问。
> "问题不大，找工作，女的比男的容易。"国瑞说。
> "不行就回去，你也回去。"陶凤说。
> "回去种地？"国瑞问。
> "该种地就种地啊。"陶凤说。
> "我可不想种地了，既然出来了，再怎么也不回去了。"国瑞说。①

年轻农民对农事耕作本来就不熟悉，更谈不上对土地的感情，一旦出来，见识了城里的灯红酒绿，就再也无法回到相对单纯宁静的乡土世界。城市是一个喧嚣的欲望世界，对年轻人有着无法抗拒的诱惑力；而乡土是含蓄、淡泊、古老而沉滞的，很难挽留住那些年轻躁动的心灵。在他们心目中，守着土地只有死路一条。国瑞进城后，哥哥对他放心不下，说混不下去就回家。

> 但哥哥是只知其一不知其二的，混不下去回家又怎样呢？又有什么前途？还不是"锄禾日当午，汗滴禾下土"？好歹留在城里，没准哪一天就会得到机遇。②

的确，乡土相对来说是静态的、确定的，尤其是对土里刨食的生存方式而言，但它给人安全感的同时也在一定程度上扼杀了梦想；而城市则是

---

① 尤凤伟：《泥鳅》，春风文艺出版社2002年版，第9页。
② 尤凤伟：《泥鳅》，第90页。

动态的、不确定的、变幻莫测的，让人紧张迷离，充满幻想。对绝大部分年轻农民工来说，从他们离开土地的那一刻起，就从来没打算还要回去。

第三节 守望

社会的剧烈转型必然带来现实生存与精神文化的动荡接替和迷惘彷徨，这一过程既伴随着对新鲜事物的认知与吸收，也伴随着对旧有传统的重估与扬弃。新旧交替的时代往往也是一个价值多元的时代，不同的社会阶层和角色常常有各自不同的价值立场、利益诉求和理想蓝图。那些离乡进城的农民，他们一般从最现实的生存需要出发，用脚投票，这一选择的背后是乡村的溃退、凋零和枯竭。而在城市推进、乡村溃退的时代背景之下，也有一部分人没有随着迁徙的大潮随波逐流，而是守望在家园。如果说逃离故土大多源于现实生存的迫不得已，那么主动选择守望家园则往往和精神层面的坚守与追求有关。那些选择坚守故土的人，他们面对风雨飘摇中的古老家园往往有种责任感、使命感。他们在乎的不是现在，而是无法割舍的过去和尚不确定的未来。

在新世纪以来有关"三农"问题的小说创作中，作家的关切也可以明显分为两个方面，一方面是从现实的角度关注城市化时代农民的苦难，批判社会的不公，竭力为农民特别是进城农民工代言，前些年颇受关注的"底层写作"大多属于此列；另一方面是从文化的角度关注社会转型过程中传统文化遭遇的危机，思考农耕文明在城市化时代的出路问题。贾平凹的《秦腔》，周大新的《湖光山色》，李佩甫的《城的灯》等小说，在这方面都作了令人深思的探索。这些作品中都有这样一类人物：在城市化背景下他们不为潮流所动，坚守乡土家园，他们对自己与乡土的关系有自觉的体认，对乡土世界所承载的传统有无法割舍的情怀。他们对乡土的守望又可以分为两种类型：一类是怀旧式守望；另一类是梦想式守望。

一 怀旧式守望

贾平凹是一位擅长描写乡土与传统的作家，自出道以来，他的绝大部分作品都在建构他心目中的乡土世界，即使偶尔有表现都市的作品，其中的人物形象身上也总是有一股挥之不去的乡土气息。或许正是这样一位钟情于传统乡土的作家,在城市化时代对乡村世界的变化和命运才会更加敏感。

贾平凹出身农民,心系农民。早些年,他曾这样描述自己,"我是山里人。……我是在门前的山路爬滚大的;爬滚大了,就到山上割那高高的柴草,吃山果子,喝山泉水,唱爬山调。山养活了我,我也懂得了山。……后来,我进了城,在山里爱山,离开山,更想山了"①。这种深刻的乡村记忆已经成为贾平凹创作的基本背景,尽管在城市生活已经几十年,但乡下故土始终是贾平凹魂牵梦萦之地。贾平凹曾经这样描述自己的进城经历:"我终于在偶尔的机遇中离开了故乡,那曾经在棣花街是一件惊天动地的事情,记得我背着被褥坐在去省城的汽车上,经过秦岭时停车小便,我说:'我把农民皮剥了!'可后来,做起城里人了,我才发现,我的本性依旧是农民,如乌鸡一样,那是乌在了骨头里的。"② 后来,尽管他也写过《废都》《白夜》等城市题材的小说,但在这些小说中,城市并未成为作者真正意义上的精神家园,反倒"流露了对于现代性城市明显的反感和厌恶"③。正如在《废都》中,贾平凹借孟云房之口说的那句话:"别看庄之蝶在这个城市里几十年了,但他并没有城市现代思维,还整个价的乡下人意识。"这话与其说是评价庄之蝶,还不如说是在评价贾平凹。对城市的"反感和厌恶"促使贾平凹情感的天平继续向乡村倾斜,进一步加深了他对乡村的牵挂。贾平凹这样一种独特的人生经历和农民气质,导致他在农村与城市、传统与现代之间更倾向于传统的乡土世界,使得他在农耕中国追求现代化城市化的过程中对农村的困境与迷茫有更直接更深入的体会,相关的文学创作也可能更具分量。

贾平凹早期创作的农村题材小说还多少弥漫着淳朴的田园诗气息,呈现出来的农村生活虽然不乏迷茫与焦虑,但主调却是健康明朗、积极向上、充满希望的。二十几年之后,中国已经发生了翻天覆地的变化,现代化浪潮越来越汹涌,扫荡着中国的每一个角落。城市日新月异,疯狂膨胀;乡村日益凋零,千疮百孔。贾平凹再次面对乡村时,心头难免几丝现代性的恐慌。现代性魔力让农村的未来变得越来越不确定,一切都处于风雨飘摇之中,曾经那么熟悉而温暖的乡村再也无力承载和延续一个游子关

---

① 贾平凹:《〈山地笔记〉序》,《山地笔记》,上海文艺出版社1979年版。
② 贾平凹:《〈秦腔〉后记》,《秦腔》,作家出版社2005年版,第560页。
③ 旷新年:《从〈废都〉到〈白夜〉》,《小说评论》1996年第1期。

于故乡的文化记忆和心灵慰藉。大半个世纪前的革命是农村包围城市,而今似乎轮到城市反攻农村了。正如一位论者指出的那样,"几千年传统文明在现代社会隆隆前行的车轮下几成齑粉;几千年来中国农民休养生息赖以生存的土地消亡殆尽;数百年来激越秦人生命的秦腔艺术声嘶曲尽,作者无奈、哀叹,一种在传统农业文明与现代工业文明之间的自我挣扎暴露无遗。在现代化进程中,城市将不断向周边扩展,乡村文学将留下一曲苍凉、悲怆的挽歌。城市要发展,乡村必然被侵占,乡村被蚕食,传统文化必然面临危难,这是中国现代化不可回避的残酷现实,生于这个变革的时代必须面对这种心灵上的折磨"[①]。

2005年,贾平凹出版了他的长篇力作《秦腔》,该小说后来获得第七届茅盾文学奖。和贾平凹以前的作品相比,《秦腔》有了一些明显的变化,比如以前的作品一般都有相对完整的故事情节和贯穿始终的主要人物形象,而《秦腔》则变得零散化、碎片化,充斥全篇的是琐屑的日常生活细节,和一个又一个相互之间并无直接关联的事件。这样的小说从作者方面来看仿佛是不厌其烦的唠叨,从读者方面来说,则会因其不再具有连贯的故事情节和人物命运起伏所带来的吸引力而失去了相当一部分阅读兴趣。但是读者如果能耐着性子读上一阵,就会逐渐进入一个零散然而却不乏吸引力的弥漫着浓烈乡土气息的艺术世界。《秦腔》不再像贾平凹以前的作品那样注重故事性乃至猎奇性,或许是因为作者关注的重点不再是作品的可读性,而是自己不吐不快的表达愿望。也就是说,由于异常强烈的不吐不快的内在郁积和立场宣示的冲动,导致《秦腔》自我表达的色彩远远超过了故事情节带来的趣味性。

《秦腔》的零散化、碎片化在使其丧失部分可读性的同时,却也有了另一种收获,那就是对作者魂牵梦萦却又忧心忡忡的故土家园做了一次全景式的呈现。贾平凹一直痴迷于故土,并以之为豪,然而在20世纪末拉开帷幕的这场轰轰烈烈的城市化运动中,贾平凹发现自己魂牵梦萦引以为豪的故乡离自己越来越远了,美好的记忆在现实中已痕迹难觅,一个渐行渐远背影模糊的故乡让作者不禁感到失落、惆怅甚至恐惧。

  我站在老街上,老街几乎要废弃了,门面板有的还在,有的全然

[①] 刘宁:《论贾平凹小说中"城乡"间的两难抉择》,《文艺争鸣》2007年第8期。

腐烂,从塌了一角的檐头到门框脑上亮亮地挂了蛛网,蜘蛛是长腿花纹的大蜘蛛,形象丑陋,使你立即想到那是魔鬼的变种。街面上生满了草,没有老鼠,黑蚊子一抬脚就轰轰响,那间曾经是商店的门面屋前,石砌的台阶上有蛇蜕一半在石缝里一半吊着……村镇外出打工的几十人,男的一半在铜川下煤窑,在潼关背金矿,一半在省城里拉煤、捡破烂,女的谁知道在外边干什么,她们从来不说,回来都花枝招展……村镇里没有了精壮劳力,原本地不够种,地又荒了许多,死了人都煎熬抬不到坟里去。我站在街巷的石磙子碾盘前,想,难道棣花街上我的亲人、熟人就这么很快地要消失吗?这条老街很快就要消失吗?土地从此要消失吗?真的是在城市化,而农村能真正地消失吗?如果消失不了,那又该怎么办呢?①

从这段文字中我们不难看出一位游子对故乡的拳拳之心。正是基于对故乡的现实与未来的深切忧虑,作者"决心以这本书为故乡竖起一块碑子"②。显然,作者于困苦迷茫之中有了一种不祥的预感,那就是记忆中的故乡可能永远不再回来了,于是作者迫不及待地要为故乡立下一块碑,既为正在逝去的故乡,也为自己心灵深处那永远不再复现的记忆。如此写作动机决定了《秦腔》是一曲挽歌,既是献给故乡的,也是献给传统农耕文化的。

在《秦腔》多少有些散漫零乱的叙事中有两个核心的意象:秦腔和土地。正是这两个核心意象把全篇庞杂的人事串联在一起,显得形散而神不散。无论秦腔还是土地,都有久远的历史,曾在故乡的社会发展过程中扮演十分重要的角色。如果说土地为故乡的人们提供了粮食,是故乡赖以存在的物质基础,那么秦腔为故乡提供的则是精神食粮,是故乡的灵魂。然而在城市化时代,秦腔和土地都被年轻人抛弃,传统文化在现代社会四处碰壁,奄奄一息,岌岌可危。

小说一开始就从秦腔写起。著名的秦腔演员白雪和在省城上班的当地名人夏风结婚,清风街村上请来县剧团唱秦腔。夏风的父亲夏天智原来是清风街小学校长,酷爱秦腔,退休后闲着没事就用马勺画各种秦腔脸谱。

---

① 贾平凹:《秦腔·后记》,《秦腔》,作家出版社 2005 年版,第 562—563 页。

② 贾平凹:《秦腔·后记》,《秦腔》,第 563 页。

夏风的新娘子白雪虽然是著名秦腔演员，但他却厌烦秦腔，准备结婚后就把白雪调到省城，改行干别的。

夏天智对秦腔的痴迷和儿子对秦腔的反感恰好形成鲜明的对比。"文化大革命"中，夏天智经常被批斗，一度想到自杀，就在他准备上吊之际，突然听到有人唱秦腔，一下子就打消了自杀的念头。

> 那一阵我被关在牛棚里，一天三晌被批斗，我不想活啦，半夜里把绳拴在窗脑上都绾了圈儿，谁在牛棚外的厕所里唱秦腔。唱得好得很！我就没把绳圈子往脖子上套，我想：死啥哩，这么好的戏我还没唱过的！就把绳子又解下来了。①

当夏天智万念俱灰的时候，秦腔可以唤起他生的希望和勇气，可以成为他活下去的唯一理由。同样是秦腔，为什么下一辈就不再感兴趣了呢？夏风尽管娶了秦腔演员白雪，可他对秦腔还是提不起兴趣，并且认定戏剧已经没落，没有指望，一再催促白雪改行。在清风街，夏氏父子对秦腔的两种截然不同的态度不是个别现象，除了老人，秦腔似乎很少有人问津了。清风街的一家酒楼开业时，请县剧团的演员来唱大戏。夏天智听得如醉如痴，荡气回肠，当他很想同晚辈分享这种美妙的感觉时，夏风的同学赵宏声却是另一种完全不同感受，让他大为扫兴。

> 一奏曲牌，台下的人倒安静了，夏天智远远地站在斜对面街房台阶上，那家人搬出了椅子让他坐，他坐了，眯着眼，手在椅子扶手上拍节奏。赵宏声已经悄悄站在他的身后，夏天智还是没理会，手不拍打了，脚指头还一屈一张地动。赵宏声说："四叔，节奏打得美！"夏天智睁开了眼，说："这些曲牌我熟得很，你听听人家拉的这'哭音慢板'，你往心里听，肠肠肚肚的都能给你拉出来！"赵宏声说："我听着像杀猪哩！"②

秦腔如今只能吸引夏天智这样的老人，年轻人对此毫无兴趣。庆祝酒

---

① 贾平凹：《秦腔·后记》，《秦腔》，作家出版社2005年版，第61页。
② 贾平凹：《秦腔》，作家出版社2005年版，第256页。

楼开业的大戏唱到最后阶段，在清风街承包果园的陈星唱起了流行歌曲，结果一下子就吸引了众多的年轻人，酒楼前的街道上顿时挤得水泄不通，连剧团的演员也都跟着唱起流行歌曲来。在现代流行歌曲面前，秦腔不堪一击，一位业余歌手就让专业演员轻易地败下阵来。清风街的老支书夏天义对剧团改唱流行歌曲十分不满。

    这壶酒喝得不美气，两人也没多少话，听得不远处咿咿呀呀演奏了一阵秦腔曲牌，竟然唱起了流行歌。夏天义说："你瞧瞧现在这演员，秦腔没唱几个段子，倒唱起这些软沓沓的歌了！"赵宏声说："年轻人爱听么。"①

  秦腔和流行歌曲属于不同的范畴，秦腔代表传统，而流行歌曲则指向现代。在清风街，传统和现代之间缺乏足够的沟通和交融，甚至有些水火不容。与之相应，夏天义夏天智这一代和年轻人之间也出现了严重的隔膜，他们对年轻人所喜欢的不屑一顾，而年轻人对他们所钟情的也爱理不理。但是历史的潮流已经无法阻挡，年轻一代正在成为这世界的主角，就像流行歌曲越来越流行，而秦腔越来越落寞一样。

  然而这并不是秦腔和流行歌曲之间内在实力的真实体现，比如唱流行歌曲的陈星，连谱也不识，剧团的每个演员都能做他的老师，他却可以大受欢迎。一个值得深思的问题是：为什么秦腔越来越受冷落，而流行歌曲却备受追捧呢？答案肯定不在艺术本身，而在艺术之外，时代环境的变迁可能是其中最关键的因素。秦腔作为中国最古老的戏剧之一，可以说已经深入秦地社会生活的方方面面，是秦人精神生活必不可少的一部分。在漫长的历史演进过程中，秦腔已经成为当地传统文化中显著的遗传基因，以至于连狗吠都有秦腔的声调。如此富有生命力的传统文化为什么会在当今遭受冷落呢？我们还得从另一角度来找原因。秦地是中国传统农耕版图的重要组成部分，秦腔当然也是整个中国传统农耕文化的重要构成因子。秦人自古耿直豪爽，慷慨好义，民风淳朴，特定的人文环境孕育了特殊的戏曲形式，成就了秦腔昔日的辉煌。而当文化生态发生变化，特别是工业化城市化进程越来越迅猛，传统农耕社会日渐式微，秦腔赖以生存的社会人

---

① 贾平凹：《秦腔》，作家出版社2005年版，第257页。

文土壤也随之变得越来越稀薄贫瘠，那么秦腔自然而然就无法延续昔日的辉煌，至少目前是陷入了穷途末路、举步维艰的境地。表现在现实生活中，那就是秦腔的戏迷越来越少，秦腔演员的身价不断降低，甚至连基本的日常生活也成了问题。曾经风光无比的县剧团演员为生计所迫，有的竟然在剧团大门外的街上摆摊做起了小生意。

> 剧团的大门楼在县城的那条街上算是最气派的，但紧挨着大门口却搭起了几间牛毛毡小棚，开着门面，一家卖水饺，一家卖杂货，一家竟卖花圈、寿衣和冥纸。
> ……原本大家的工资就低，现在又只发百分之六十，许多人就组成乐班去走穴了。走穴也只是哪里有了红白事，去吹吹打打一场，挣个四五十元。①

尽管秦腔差不多已经走到山穷水尽的地步，但夏天智依然故我，独自沉浸在秦腔的艺术世界里，除了用马勺画秦腔脸谱外，一遇高兴的事就在高音喇叭里放秦腔。儿子夏风为了讨父亲的欢喜，建议把脸谱马勺拍照出一本关于秦腔的书，夏天智感到非常欣慰。在夏风捎回印好的《秦腔脸谱集》那天，夏天智把村里的高音喇叭借来安装在自家屋顶上，先念了书的序言，然后又开始播放秦腔。

> 夏风反对夏天智播放秦腔，一是嫌太张扬，二是嫌太吵，聒得他睡不好。可白雪却拥护，说她坐在床上整日没事，听听秦腔倒能岔岔心慌。出奇的是婴儿一听秦腔就不哭了，睁着一对小眼睛一动不动。而夏家的猫在屋顶的瓦槽上蹀步，立即像一疙瘩云落到院里，耳朵耸得直直的。月季花在一层一层绽瓣。最是那来运（一条狗的称呼，引者注），只要没去七里沟，秦腔声一起，它就后腿卧着，前腿撑着，瞅着大喇叭，顺着秦腔的节奏长声嘶叫。②

秦腔不愧是秦地的灵魂，不仅能够安抚婴儿，而且连猫、狗甚至月季

---

① 贾平凹：《秦腔》，作家出版社2005年版，第253—254页。
② 贾平凹：《秦腔》，第404—405页。

花，都对秦腔有了感应。这种感应有些超现实的味道，体现出天人合一的大智慧、大境界。不管怎样，秦腔已经深入秦人的骨髓，它曾给一代又一代秦人在有限而艰辛的生命中带来无限的快乐和自由。然而时过境迁，如今的年轻人已经不屑于戏曲中这种快乐和自由，这难道不是他们生命中的一大遗憾吗？难道说他们真的找到了另一种更幸福更自在的人生？

万变不离其宗，在人类生生不息的历史长河中，既有大浪淘沙优胜劣汰的选择竞争，也有源远流长一脉相承的根本精髓。不管身外世界如何变化，夏天智只执着于一件事情，那就是守住秦腔。对他而言，守住秦腔也就守住了根本，守住了灵魂。然而，在一个越来越现代的社会，传统的灵魂难免变得越来越孤独，就像夏天智一样，形单影只，无人理解。在整个清风街，只有儿媳妇白雪能够体会夏天智对秦腔的一腔热血。作为秦腔专业演员的白雪，不仅漂亮、贤惠，而且忍辱负重、善解人意，简直就是传统文化孕育的精灵。然而就是这样一个传统文化的精灵，在现代社会一样举步维艰，最后依然无法逃脱被人抛弃的命运。夏天智虽然心疼白雪，就像心疼秦腔一样，但终究回天无力，于事无补。夏天智去世后，在入殓时未能如他心愿，于是显灵，旁人皆不知所措，只有白雪懂得他的心思。

> 上善就说："四叔四叔，还有啥没办到你的心上？"屋子里没有风，夏天智脸上的麻纸却滑落下来，在场的人都惊了一下。院子里有人说："新生回来了！"上善说："好了，好了，新生回来了，四叔操心他的时辰哩！"就又喊："新生！新生！"新生就跑进来。上善说："时辰咋定的？"新生说："后天中午十一时入土。"上善说："四叔，四叔，后天中午十一时入土，你放心吧，有我主持，啥事都办妥的。"把麻纸又盖在夏天智的脸上。奇怪的是，麻纸盖上去，又滑落了。屋里一时鸦雀无声，连上善的脸都煞白了。白雪突然哭起来，说："我爹是嫌那麻纸的，他要盖脸谱马勺的！"把一个脸谱马勺扣在了夏天智的脸上，那脸谱马勺竟然大小尺寸刚刚把脸扣上。①

夏天智头枕着自己编的《秦腔脸谱集》，脸上扣着自己画的脸谱马勺，然后无憾地离开了这个世界。无论生死，只要有秦腔相伴，他就心满

---

① 贾平凹：《秦腔》，作家出版社 2005 年版，第 537 页。

意足了。夏天智借着秦腔获得了完整的生命和最终的超脱,而秦腔却没能如此幸运,仍将在他生后苟延残喘。

夏天智对秦腔的守望令人唏嘘,虽然秦腔的命运不会因为他的努力而获得根本性扭转,但他最终如愿与秦腔永远相守,以自己特殊的方式完成了对传统文化的归依。清风街还有另一位同样悲壮的人物,那就是夏天智的二哥、老支书夏天义。如果说夏天智是秦腔最后的知音,那么夏天义就是土地永恒的孝子。夏天义有着中国传统农民对土地最单纯最深厚最虔敬的情怀,视自己为土里变出的虫。他一辈子与土地打交道,既是清风街的老支书,也是县里的老劳模,而且多次被写入县志。尽管年龄大了,不再任职,但在清风街依然有很高的威望。如今大量农民进城务工,许多土地被撂荒,夏天义看着荒芜的土地十分痛心,竟然不顾70多岁的高龄,把撂荒的土地承包下来。更加不可思议的是,在生命的最后阶段,他对年轻时未竟的愿望耿耿于怀,重新带领几个留守农民在七里沟的荒坡淤地,最后因为泥石流葬身荒沟,成为名副其实的"地之子"。

夏天义是一位复杂的乡村人物形象,在他身上蕴含着社会历史转型时期的多重信息。夏家这一辈兄弟四人,按家谱是天字辈,分别以仁、义、礼、智排行,从他们的名字就可以看出浓浓的传统气息。夏天义从土改时候起就担任清风街的领导,几十年风雨从未倒过,积累起了很高的威望,成了当地群众心目中的"毛主席"。

> 夏天智一辈子都是共产党的一杆枪,指到哪儿就打到哪儿。土改时他拿着丈尺分地,公社化他又砸着界石收地,"四清"中他没倒,"文革"里眼看着不行了不行了却到底他又没了事。国家一改革,还是他再给村民分地,办砖瓦窑,示范种苹果。夏天义简直成了清风街的毛泽东了,他想干啥就要干啥,他干了啥也就成啥……①

尽管几十年大权在握,但夏天义还是保持了一个传统农民的淳朴本性,并未被政治和权力异化。修国道时他为了保护耕地,竟然组织村民阻拦挖掘机,县长说要为国家负责,而他却要为清风街的群众负责,结果因此受到处分。历经几十年的政治文化熏陶,夏天义竟然没有被空泛的

---

① 贾平凹:《秦腔》,作家出版社2005年版,第537页。

"国家"概念所同化,而是从清风街群众的实际利益出发,竭尽全力保护清风街的每一寸耕地,就这一点来说,他实在是中国村支书中的凤毛麟角。在夏天义那里,权力更多地被理解成为群众办事、谋利益,这也是他的威信得以建立起来的关键因素。而在中国传统乡村社会,群众也需要这样的威权人物,否则就会变成一盘散沙。在现代法制观念依然比较淡薄的广袤农村,道德往往起着比法律更加重要的作用。夏天义尽管掌权几十年,但却从未以权谋私,从不给别人留下任何口实。他儿子庆玉家盖新房,多占了一步宽的宅基地,夏天义发现之后强行把墙根推倒重砌,并说:"你多占集体一厘地,别人就能多占一分地!"① 严于律己,才能以德服人。夏天义把一个村支书的权力和中国传统乡村社会所看重的德望很好地结合起来,使自己成了清风街的"毛主席",即使退位多年,依然有着别人无法超越的威信和号召力。

手握权力,夏天义为什么能经得住诱惑,从不以权谋私,几十年如一日呢?答案肯定不在外部的监督,因为中国农村基层本来就缺乏权力监督的有效机制,再加上家族势力在乡村世界的巨大影响力,如果这种势力和基层权力一结合,往往很容易形成一个独立的小王国。在清风街夏家势力最大,人丁兴旺,但夏天义始终把支书的公权力和夏家的家族势力有效地区分开来,仅仅依靠个人德望实施有效的管理。一个掌握权力的农民何以能几十年坐怀不乱,其定力与底气又自何来?仔细梳理作品中与夏天义相关的文字,我们不难发现正是夏天义对土地的一往情深,使得他有了对抗权力诱惑的精神支撑。虽然当了几十年的支书,但从骨子里讲,夏天义还是中国最传统的农民,承传了农耕文明最核心的人格品质和心理基础。在他看来,人一生中最应该珍惜的是土地,而非权力。只有面对土地时,他才会从内心深处感到踏实、安全,才会有一种别无所求的归宿感。夏天义相信老话里讲的:一等人忠臣孝子,两件事读书耕田。对夏天义来说,身为农民,能在土地上干活就是最大的幸福。因此,当后辈一个个出去打工,不老老实实干农活,他觉得这简直就是莫大的耻辱。

而使夏天义感到了极大羞耻的就是这些孙子辈,翠翠已经出外,后来又是光利,他们都是在家吵闹后出外打工去了。夏天义不明白这

---

① 贾平凹:《秦腔》,作家出版社2005年版,第63页。

些孩子为什么不踏踏实实在土地上干活，天底下最不亏人的就是土地啊，土地却留不住了他们！……夏天义害怕的是在这一瞬间里认定夏家的脉气在衰败了，翠翠和光利一走，下来学样儿要出走的还有谁呢，是君亭的那个儿子呢，还是文成？后辈人都不爱了土地，都离开了清风街，而他们又不是国家干部，农不农，工不工，乡不乡，城不城，一生就没根没底地像池塘里的浮萍吗？①

夏天义对后辈的忧虑是他们弃土离乡，没根没底；而年轻人却不再相信土地，对农村充满了绝望。在他们看来，只要走出去，干什么都能挣钱，"没出息的才待在农村"。如今种田耕地后继乏人，夏天义有了一种末世的凄凉，不知世界将何以为继。从他对后辈的忧虑中，我们看到的是一个农民对传统农耕文化的执着信念，是对土地的无比信任和深厚感情，是对那个隐约可见的未来世界的彻底不信任。

在夏天义看来，土地是这个世界唯一的保障，所以他一辈子都竭尽全力捍卫清风街的土地。在任上的时候，修国道要占清风街的土地，他寸土不让，以致受了上级的处分。县上准备征用清风街的土地修建炼焦厂，夏天义以清风街耕地面积少为由带头抵制，炼焦厂被迫搬到80里外的赵川镇，结果赵川镇获得了大发展，很快变成了一座城，后辈为此埋怨他，夏天义却丝毫不曾感到后悔。不难看出，夏天义对土地的挚爱已到了走火入魔的地步，使得他拒绝农耕之外的一切发展模式，宁要耕地，不要厂房。卸任之后，清风街新的村干部君亭要在国道旁兴建农贸市场，夏天义反对，君亭要用七里沟交换水库的鱼塘，他还是反对，甚至为了保护土地不惜到乡上告状。当年在任上时夏天义还有能力阻止修建炼焦厂，如今卸任了自然没法阻止农贸市场的修建。在农贸市场修好之后，清风镇车水马龙，热闹得像个县城。显然，这一切已经超出了夏天义的想象，也让他深感不安。当社会的发展越来越不顾及他的意志时，他的选择是更坚定地回到土地。在任上时，夏天义就曾带领村民淤地，结果以失败告终。但他心犹不死，提前把自己的墓地选在了七里沟。

三年前七里沟淤地不成，爹下了台，爹心大，当天还在街上吃凉

---

① 贾平凹：《秦腔》，作家出版社2005年版，第381—382页。

粉哩，娘却气得害了病，几乎都不行了。兄弟们当然准备后事，就具体分了工：庆金为长子，负责两位老人日后的丧事；庆玉和庆堂各负责一位老人的寿衣和棺木；庆满和瞎瞎各负责一位老人的坟墓。当时，庆满和瞎瞎就合伙拱墓，拱的是双合墓。拱墓时选了许多地方，都不理想，爹提出就在七里沟的坡根，说："让我埋在那里好，我一生过五关斩六将，就是在七里沟走了麦城，我死了再守着那条沟。"①

夏天义本以为死后才会与七里沟再续前缘了，没料到自己等不及，不顾75岁的高龄又开始在七里沟淤地。以前是他作为支书带领村民一起干，而这次是自己干，再加上两个追随自己的留守农民：一个哑巴和一个傻子（小说中的"我"）。只要回到七里沟继续淤地，他就可以确认自己依然与土地联系在一起，就可以找回那个属于自己的世界。尽管他清楚自己年事已高，淤地已经是一件不大可能完成的事情，但这一选择既是自己内在情感的需要，也是对后辈的警示。

> 夏天义在七里沟真的抬不动石头了，也挖不动半崖上的土了，人一上到陡处腿就发颤。吃中午饭的时候，我们带的是冷馍冷红薯，以前他是擦擦手，拿起来就啃，啃毕了趴到沟底那股泉水边咯儿咯儿喝上一气。现在只吃下一个馍，就坐在那里看着我和哑巴吃了。他开始讲他年轻时如何一顿吃过六个红薯蒸馍，又如何能用肚皮就把碌碡掀起来，骂我们不是个好农民，好农民就是吃得快，屙得快，也睡得快。②

夏天义的时代终究过去了，当年的铁马金戈早已成为过往云烟，如今他只能对着一个傻子和一个哑巴絮叨自己昔日的辉煌。然而，他对土地的感情却是一以贯之、矢志不渝的。当泥石流将夏天义埋葬在他一生牵挂的七里沟，这无疑是大地母亲对"地之子"的厚葬，相信这也是他无怨无悔的最终归宿。

夏天智痴迷于秦腔，夏天义钟情于土地。无论秦腔还是土地，在一个

---

① 贾平凹：《秦腔》，作家出版社2005年版，第99页。
② 贾平凹：《秦腔》，第518页。

越来越现代的世界里都受到了冷落。他们竭尽全力甚至不惜生命在拯救一个渐行渐远即将失落的世界。他们的守望是悲壮的,是农耕传统最后的守夜人。"《秦腔》的伤感是对传统文化越来越遥远的凭吊,是一曲关于传统文化的挽歌,也是对'现代'的叩问和疑惑。"[①] 夏天智和夏天义对秦腔与土地的守望充满了怀旧的意味,是对农耕传统的根本与精华的依依不舍。怀旧绝非守旧,守旧是拒绝进步,而怀旧则可以让我们重新打量传统,思考怎样把传统中的精华在一个无法拒绝的现代社会里发扬光大。

二 梦想式守望

如果说怀旧式守望是关于传统文化的挽歌,那么梦想式守望就是从传统土壤里萌发的新芽。同样是守望乡土,一个倾向于怀念过去,一个侧重于建构未来。中国乡村的过去已经定格,当下正处于变动的过程中,而未来的蓝图还在酝酿,存在诸多不确定因素。立足当下的乡村,无论回首过去还是展望未来,都是对中国传统农耕文化命运的关切和探索。

周大新于2006年出版了长篇小说《湖光山色》,引起了较大反响,并于2008年荣获第七届茅盾文学奖。该小说同样着眼于当下正处于变动过程中的中国农村,却没有《秦腔》那样的绝望和感伤,而是对中国乡土文化的现代转型充满了乐观的期待。

《湖光山色》的情节性强,人物命运跌宕起伏,就这方面来讲,其可读性远远超过《秦腔》。小说的女主人公楚暖暖不顾家人的反对,拒绝了村主任弟弟的提亲,嫁给了和自己青梅竹马却一贫如洗的旷开田,在楚王庄引起轰动。旷开田倒卖假农药出事,不仅没赚到钱,还坑害了乡亲。村主任詹石磴借机报复,让派出所将旷开田拘押,楚暖暖为救丈夫,被迫忍受村主任的奸污。历史学者谭老伯到楚王庄考察,发现了楚长城遗址,并和楚暖暖一家结下了友谊。楚暖暖靠接待考察楚长城的人赚了一些钱,盖起了旅店"楚地居"。当"楚地居"的生意越来越红火之际,村主任却百般刁难,甚至以保护水质为由不让接待游客。楚暖暖到上级政府申诉无果,最后依靠法律打官司赢了村主任。楚暖暖在谭老伯的帮助下成立了旅游公司,并在换届选举时全力支持丈夫旷开田参选村主任,最终如愿以

[①] 孟繁华、程光炜:《中国当代文学发展史》(修订版),北京大学出版社2011年版,第391页。

偿。楚王庄的旅游资源被一家实力雄厚的公司看上,和楚暖暖的公司合资开发了旅游度假村——赏心苑。当上村主任的旷开田官瘾大发,感觉自己就是楚王。当楚暖暖一家的日子过得越来越红火时,老主任詹石磴开始报复,把自己曾经奸污楚暖暖的事告诉旷开田,导致他们夫妻感情出现裂痕。旷开田越来越腐朽堕落,最终和楚暖暖离婚,并像前任村主任一样刁难楚暖暖。赏心苑容留卖淫,楚暖暖不能容忍,四处告状,旷开田和公司总经理被抓。一年之后,楚暖暖规划修建的楚国一条街开业,谭老伯的心愿得以实现。从小说的情节梗概不难看出,这是一群生活在传统与现代转型时期的人物,有的固守过去,害怕变革;有的面向未来,勇于求索。"《湖光山色》深情关注着我国当代农村经历的巨大变革,关注着当代农民物质生活与情感心灵的渴望与期待。在广博深厚的民族文化背景上,通过作品主人公的命运沉浮,来探求我们民族的精神底蕴。"①

　　小说主人公楚暖暖在很大程度上承载了作者对转型时期中国农村的期望,在她的身上既有传统文化的精髓,又不乏走向现代所需的开拓精神。和绝大多数农村女青年一样,楚暖暖也厌烦种地,高中毕业之后不久就到城里打工,甚至希望能在城市里找到自己的如意郎君,可是因为母亲的一场重病,她不得不又回到了农村。见识过城市的精彩之后,楚暖暖更加不甘心一辈子守在农村,打算等母亲的身体彻底恢复之后继续外出打工。然而不曾想到村主任的弟弟看上了自己,委托媒人上门提亲,而且家里人也很欢迎这门亲事。楚暖暖没有屈从村主任家的权势,不顾家人的反对,自作主张直接住进了男友旷开田家里,形成了事实婚姻。怀上小孩儿后,楚暖暖意识到自己这辈子再也进不了城了。

　　　　咱俩这辈子就说在这楚王庄过了,可咱们的孩子不能再像咱们,让他们就在这丹湖边上种庄稼,既不懂得啥叫美发、美容、美体,也不知道啥叫咖啡、剧院、公园,我不甘心!②

　　不难看出,即使已经在老家农村结了婚,楚暖暖无可奈何地认了命,但是她对农村依然不认可,所以她和丈夫的理想就是将来一定要让孩子进

---

① 第七届茅盾文学奖获奖作品评语。
② 周大新:《湖光山色》,作家出版社2006年版,第49页。

城。楚暖暖对城市的向往就和刘庆邦的中篇小说《到城里去》中的宋家银一样，虽然她们生活在两个不同的时代，但城市相对于农村的巨大优越性依然如故。如何实现进城的梦想呢？在北京打过工的楚暖暖意识到最关键的问题就是钱。

> 这不是愿不愿的事，要实现这个目标，可不会很容易，咱们得先挣钱，先富起来，我在北京时已看明白了，你只要有了钱，就能够在城市里为孩子买到房子，你才能让孩子在城市里落下脚。①

同样是面对巨大的城乡差距，但和宋家银相比，楚暖暖显然要幸运得多。宋家银年轻时还是计划经济时代，农民被严格限制在土地上，城市是一个可望而不可即的世界。而楚暖暖此时面对的则是市场经济，制度性障碍已经大大弱化，经济成了最首要的因素。这一点看似并不显著的变化显然是历史巨大的进步，因为它让人看到了希望，激发起奋斗的欲望。也正是在奋斗的过程中，楚暖暖摆脱了宋家银那样一成不变的命运模式，逐渐成为命运的主人，虽然这其中会经历无数的挫折和痛苦。从不同时代的两位农村女性形象身上，我们不仅可以看到两种不同的命运，而且还可以看到不同社会制度对人迥然不同的塑造。

出于将来一定要让孩子进城的朴素愿望，楚暖暖和丈夫开始了在乡下的奋斗历程。刚刚迈出第一步，她就被迫面对了更深层更复杂的各种乡村势力和关系，中国乡村社会阴暗的一面也随之暴露出来，比如村主任詹石磴这一人物形象就折射出当下中国乡村的多重负面信息。贾平凹在《秦腔》里也塑造了一位村干部形象，那就是老支书夏天义。不知是出于情感的原因还是写作的需要，贾平凹把夏天义塑造成了高度理想化的人物，一位典型的党代表式的村支书。而《湖光山色》中的村主任詹石磴则几乎完全相反，在他眼里，身为村主任，那么楚王庄就是他的地盘，一切都应该由他说了算，谁敢与他作对，谁就甭想活得安生。权力成了村主任的私人资源，在楚王庄，凡是詹石磴想睡的女人，还没有睡不成的。在中国，权力似乎从来都不是孤独的，詹石磴也充分利用手中的权力编织了一张庞大的关系网，和乡上、县上都有往来。楚暖暖要想在自己的老家有所

---

① 周大新：《湖光山色》，作家出版社2006年版，第49页。

发展，无法回避的第一道障碍就是农村基层权力。

权力不一定能促进发展，但却可以阻止发展。当楚暖暖的农家旅店生意越来越红火，挣的钱越来越多时，村主任詹石磴隐约觉得楚王庄的平衡正被打破，形势似乎正在超出他的掌控，这一点显然是他所不能接受的。有一天楚暖暖夫妇到码头迎接游客，却不料詹石磴突然以"上边"的名义发布了一道禁令。

> 没想到她和开田还没走几步，码头上就传来了詹石磴用铁皮喇叭筒喊着的声音：各位游客，根据上边的要求，本庄上所有的人家不再接待游客，请你们务必在天黑前向东岸返，以免无处住宿！
>
> ……
>
> 一直站在码头上的詹石磴，这时带着得意的笑容向暖暖和开田走过来，一本正经地说：两位多担待些，本人也是执行公务，上边的指示，没有办法，谁让我是主任哩。①

有过农村生活经历的人对这一幕一定不会感到陌生，这其实就是中国农村基层权力通常的表现情形和话语方式，"上边的指示"有时可能确实存在，有时却是子虚乌有，但无论是哪种情形，对老百姓都显得遥远而神秘，都具有无可辩驳的权威性甚至威慑力。这是中国广袤的乡村社会最常见的权力样态，虽然亦不乏大量的例外情形。当"官本位"意识与现代法治观念最为薄弱的乡村世界结合起来，基层权力就可能成为出笼怪兽肆无忌惮。显然，如此基层权力在维护乡村秩序的同时，也会极大地阻碍乡村的进步。

楚暖暖面对村主任的刁难没有轻言放弃，她相信自己没做错什么事情，即使上边有规定，但如果"上边的规定错了，也得允许俺们百姓讲讲理吧？"② 正是这样一种较真和不服输的精神，使得楚暖暖有了一步步突破权力围剿的可能。她到乡上去告，詹石磴有熟人；到县上去告，詹石磴还是有熟人。就在对官场倍感绝望之际，楚暖暖想到了另一条途径，那就是法律。于是她来到了县法院，按法官的指点找到一位律师。律师了解

---

① 周大新：《湖光山色》，作家出版社 2006 年版，第 160 页。
② 周大新：《湖光山色》，第 159 页。

事情经过之后告诉她，村主任不准村民在自己盖的房子里接待游人，是在侵犯公民的合法商业经营权，属违法行为。楚暖暖一下子看到了希望。

> 暖暖怔怔地看着那律师，眼泪慢慢流了出来，她抹了一下眼泪说：俺们到底找到了一个讲理的地方，找到了一个讲理的人……①

詹石磴本来以为楚暖暖会继续到市上甚至省上告状，早已做好了充分的准备，没想到楚暖暖撇开政府，走了另一条途径。法院最后判决：楚王庄村主任詹石磴阻止旷开田一家用自己的房子接待游人，属于干涉公民商业经营权利的行为，应立即终止，并向旷开田一家赔礼道歉。法院的判决让詹石磴目瞪口呆，令楚暖暖激动得晕了过去。

楚暖暖打赢官司这一事件对楚王庄来说简直就是石破天惊，也是对稳如磐石的乡村基层权力结构的一次巨大的撼动。代表现代的法治观念让乡村基层权力不得不有所收敛，更让老百姓意识到权力并不是可以为所欲为，这无疑是对乡村社会的一次巨大推动。也正是经过这次官司的洗礼，楚暖暖看到了家乡的希望，再加上经济条件的改善，她第一次有了守望乡土的打算，鼓动丈夫竞选村主任。当初本来是迫不得已留在了楚王庄，没想到现实却逼迫她很快在故土扎下了根，曾经异常强烈的进城愿望也随之变得不再那么重要了。

鼓动丈夫竞选村主任可以说是楚暖暖对楚王庄的又一次巨大的推动。有了旅店楚地居和南水美景旅游公司之后，楚暖暖的事业已经有了相当的规模，日子也过得非常不错了。决定竞选村主任就是和传统强权势力公开叫板，同时也把自己一家人重新置于绝境，断了后路，只能胜不能败，否则就无法继续留在楚王庄。尽管风险如此之高，但楚暖暖还是选择了破釜沉舟，孤注一掷。

> 开田沉默了，半晌之后才又低声道：要不，咱们就真的不参选了……咱好歹已经干到今天这一步，已经有了这个家底，就是让詹石磴再当主任，咱和他没太大的仇，他也不至于朝咱死下狠手，顶多是继续给小鞋穿……暖暖长叹一声：我何尝不知道这样稳妥？可我实在

---

① 周大新：《湖光山色》，作家出版社2006年版，第166页。

不想受他的气了。再说,他把咱这个村子也折腾得太穷了,我不想再看着村里总是这个穷样子,既然有了这个机会,咱就争一争,实在争不到手,咱只好认命,可有了这机会不争,我实在不甘心!①

楚暖暖此时考虑的不再仅仅是个人命运,而是楚王庄的未来。竞选打破了原村主任一手遮天的压抑和沉滞,释放出真正的民意,激发起乡村世界无尽的活力。通过竞选,楚暖暖把自己的命运和家乡的前途更加紧密地结合在一起,家乡为她的事业提供了资源和底气,而她也为家乡的未来带来了一片广阔的前景。

"官本位"意识在中国社会有深厚的文化土壤,极大地阻止了中国向现代公民社会转型的历史步伐。在詹石磴当村主任的十多年时间里,一方面是他以权谋私,横行乡里;另一方面是一般老百姓的巴结奉承,忍气吞声。而楚暖暖仿佛是这个小小的权力王国的掘墓人,她先是通过法律途径捍卫自己的商业经营权,打赢了官司;然后是出于对詹石磴无法无天的不满,让丈夫竞选村主任。法治和竞选成了楚暖暖获得拯救的关键因素,同时也让楚王庄的村民依稀看见了希望。

然而遗憾的是,当楚暖暖的丈夫旷开田当选村主任之后,他并未像楚暖暖希望的那样利用权力为村民服务,而是很快变成了詹石磴一样的人,对乡亲盛气凌人,颐指气使,离婚之后还对楚暖暖造谋布阱,刻意构陷。旷开田无权无势之时本来是权力的受害人,一旦有了权力却又变成了施害者,看来权力不仅可以改变命运,而且可以改变人格,这不得不让我们对权力再次提高警惕,尤其是城市化进程中乡村社会转型阶段的基层权力。

《湖光山色》关于权力的描写非常耐人寻味,年轻美丽的楚暖暖在追求梦想的过程中一再遭遇权力的刁难,而权力的拥有者都是男人,同时也是村主任。当村主任、男人和权力三位一体时,读者不仅看到了传统的"官本位"意识,也看到了传统的男权文化。显然,无论官僚还是男人,在传统文化中都扮演了比普通民众和女性更为重要和关键的角色,占据更加主动的地位。在由传统向现代转型的过程中,昔日的优势群体显然对传统充满了留恋,于是他们更容易倾向于保守,成了历史前进道路上的绊脚石。或许正是由于这方面的原因,周大新把开创未来的重担赋予了一位年

---

① 周大新:《湖光山色》,作家出版社2006年版,第194—195页。

轻的女性，楚暖暖引领着楚王庄一步一步走出权力笼罩下的阴影，她俨然一位现代女神，成了楚王庄的救星。

楚暖暖之所以能够打破楚王庄的封闭沉滞，带领乡亲一步步走上民主富裕之路，不仅仅是因为她个人的眼光、胆识和能力，更重要的是她能立足于古老村庄深厚的历史底蕴，让悠久传统得以在现代重放光芒。在这一过程中，历史学者谭老伯起到了至关重要的作用。谭老伯作为一名退休研究员无权无势，连村主任詹石磴也根本不把他放在眼里，然而正是这位谭老伯发现了楚长城遗址，同时也发掘出了楚王庄不为人知的历史宝藏。如果没有谭老伯的考古发现，楚王庄将和中国绝大多数村庄一样，在城市化进程中不可避免地越来越衰败。楚长城遗址一方面连接着久远的历史，另一方面又连接着楚王庄外面的世界。当外面的人越来越多地涌进楚王庄凭吊古迹，楚王庄就成了历史与现实的交会点，重新获得了生机。楚暖暖在寸步难行之际遇上了谭老伯，机缘巧合之中与家乡的历史相遇，加上非凡的胆识和眼光，最终促成了自己和家乡的发展。

《湖光山色》和《秦腔》都涉及这个时代最敏感的话题之一，那就是在走向现代的路途中，在城市化已经无法回避的形势下，我们该如何面对农耕文明的历史与传统。《秦腔》透露出作者对传统的偏爱，以及对传统无可挽回地走向衰败的哀婉之情。而《湖光山色》则完全相反，在楚王庄封闭沉滞的情形之下，恰恰是考古发现重新赋予了这个村庄以新的生命，也让楚暖暖得以在故土获得发展机会，彻底改变了自己的人生。在这里，历史不再是走向现代的累赘，而成了古老村庄在现代获得进一步发展的核心驱动力，是现代的灵魂。现代化追求正是因为扎根乡土，接通了历史的血脉，才获得了真正的生命。只有这种融会了历史和传统的现代化，才不是被动的移植或模仿，而是保留了自己祖先遗传基因的本土化的重获新生。小说中谭老伯发现楚长城遗址其实具有象征意义：无论历史还是传统，都需要发现的眼光，我们也只有在对自我重新认识的过程中才能真正地接通历史与生命的源头，认清自我的文化基因。中国广袤的乡村不应该成为城市化时代被抛弃的对象，只要善于发现和反思，就一定能从乡土世界不断地发掘出新的生命力。

毋庸置疑，在一个有着数千年农耕传统的国度，乡土世界蕴含着丰富的传统文化资源。而在城市化进程中，乡村却处于被动的弱势地位，其发展方向往往被强大的城市资本所主导。既为资本，则免不了贪婪的属性，因此乡村在利用资本促成自己的发展时，必须保持足够的警惕，既要发展，又不能抛弃自己的传统文化资源，否则就只有现代的空壳而无自己的灵魂，最终丧失可持续的生命力。《湖光山色》中五洲旅游公司的项目经理薛传薪，就是典型的城市资本的代表，他看上了楚王庄优越的地理环境和美丽的自然风光，决心把这里打造成高档的旅游度假村。然而，在他的眼中，楚王庄的价值就在于"被看"。

> 如今，农村在对国家的经济贡献上，已经谈不上有多大价值，一个乡村能不能引起人们的重视，就看它有没有被看的价值，换句话说，就是看它有没有旅游的价值，有，它就可能发展并且热闹起来；没有，它就可能衰败并且荒寂下去。[①]

显然，薛传薪的一番言论体现出的是典型的资本家的理念。在他们眼中，楚王庄的唯一价值就在于它能给投资以高额回报，创造可观的利润。楚暖暖最初也进入了薛传薪的逻辑，以为只要能赚钱就是双赢的事情，甚至把整个楚王庄的未来都寄托在薛传薪身上。

> 照这样发展下去，楚王庄要不了多久就会变成一座大镇子，说不定，还能变成一座小型新城。薛传薪挥着胳膊比画着。
> 但愿吧。楚暖暖也开玩笑地说：到那时，我就让村里人用石头为你雕个像，竖在村口让人们看。[②]

正是由于楚暖暖对资本的贪婪缺乏足够的认识和警惕，五洲公司进入楚王庄之后不久就变得越来越无所顾忌，为了赚钱不惜为所欲为，最终走上了官商勾结的道路，强征土地，强拆民房，搞得村民鸡犬不宁的同时，还自称楚王庄的拯救者。正是在这一过程中，暖暖逐渐对由资本主导的发展逻辑有了更深的认识。

> 你们反正不能扒别人家的房子占别人家的耕地！暖暖再次强调。

[①] 周大新：《湖光山色》，作家出版社2006年版，第207页。
[②] 周大新：《湖光山色》，第247页。

这就不讲理了嘛，不扒房子不占耕地我可怎么扩建？你就这样对待我这个楚王庄的拯救者？我告诉你，古今中外的拯救者一向都是手拿武器的，拯救在某种意义上就意味着占领，你们要想被拯救，就要接受我的占领！当然，我的武器不是枪炮，是人民币，是资本！明白？薛传薪有些急起来。①

楚暖暖没有想到当初的拯救者这么快就变成了占领者，她随即停止了与薛传薪的合作，走上了与薛传薪以及当地官僚进行斗争的道路。这是一位乡村弱女子为了楚王庄的前途而进行的艰苦卓绝的斗争，她的对手是强大的男人、权力和资本。所幸的是，楚暖暖取得了最终的胜利，旷开田和薛传薪被抓，一年之后，体现了历史学者谭老伯意志的楚国一条街在楚暖暖的运作下开业，楚王庄走上了另一条充满希望的发展道路。

城市化并不意味着乡土中国的必然凋敝和传统农耕文化的必然终结，相反，城市化恰恰意味着我们需要对自己的文化传统进行重新打量和发掘，意味着乡土世界需要在新的机遇下焕发新的生命力。理想指向未来，但必须扎根传统。城市化并不简单地意味着所有人都要进城，如何守望乡土恰恰也是城市化时代必不可少的组成部分。在当下急剧的城市化进程中，不少中国作家更倾向于书写农民在面对城市时遭遇的不公和苦难，而《湖光山色》却在乡村这一端呈现出些许希望的亮色，似乎在提醒那些迫不及待地要离乡进城的人们，不要轻易把城市视为获救之地。

在这一点上与《湖光山色》立场相近的还有李佩甫的长篇小说《城的灯》，该小说的男主人公冯家昌当兵之后一门心思往上爬，费尽一切心机，用尽一切手段，其目的就是要脱离农村变为城里人。在冯家昌的价值体系中，农村在一种仇恨情绪的支配之下被极端负面化，进城成了他的最高人生目标，成了自我拯救自我实现的唯一途径。为了实现这一目标，他可以抛弃在乡下等了自己八年的恋人香姑，违背自己的内心意愿与城里女人恋爱结婚。最终，冯家昌如愿以偿，不仅自己变成了城里人，还把三个弟弟弄进了城市。而被冯家昌抛弃的香姑在难以想象的屈辱中死后重生，不再嫁人，把自己"打发"给了自己的家乡，当了村长兼支书，一心一意带领村民致富。香姑从县志上得知，家乡曾是历史上有名的花镇，于是

---

① 周大新：《湖光山色》，作家出版社2006年版，第279—280页。

决心重建花镇,恢复史上的繁荣。经过数年刻苦钻研,香姑终于培育出了稀世名花,并吸引到港商的巨额投资。香姑死后,她的家乡成了名扬中外的花卉基地,农民也变成了花工。小说的结尾,冯家昌几兄弟从城市归来,虽然他们都有了城市身份,变成了出人头地的"人上人",但人格已经完全扭曲变形。而香姑虽然已不在人世,但她那巨大的、像小山一样的坟头却于无言中流露出高贵与尊严,冯家兄弟腿一软,个个都跪在了她的坟前。和《湖光山色》中的楚暖暖一样,香姑也是传统女神的化身,她被进城的恋人抛弃之后没有自暴自弃,而是执着地守望乡土,并最终让贫穷的家乡恢复了史上曾经有过的繁华。

在城市化时代,守望乡土的两位年轻女性承受着男人的无情伤害,冲破重重艰难险阻,最终让古老的家园重新焕发出璀璨的生命力。显然,这里面既有作者对传统文化的赞美和留恋,也有对乡土世界的诗意期待。

第二章

城里的"乡下人"

自中国进入现代历史阶段之后,城乡关系就一直是个敏感话题。从价值选择的角度看,城乡问题是个历史发展的纵向问题,因为一旦把"现代"视为理想和追求目标,那么工业化城市化就无可避免地成为一个社会可以预期的未来,乡土世界因为其"前现代"特征而将注定逐渐远离现代人的日常生活,成为一种过去、记忆和怀念;从现实层面看,城乡问题又是一个横向的空间问题,特别是在现代化进程急剧猛烈的当下中国,被视为"前现代"的乡村社会与现代化的大都市长期并置,而且不同生存空间所代表的不同生活方式及文明形态也长期共存。而当"现代"所主导的历史潮流越来越势不可当,代表传统的乡土世界自然会变得越来越岌岌可危。有学者指出:"工业主义催生出来的现代大都市,颠倒了农业乡村的空间主宰地位,它们使乡村成为社会的边缘并且依附于都市自身。都市不仅成为权力和经济中心,而且还在一步步地引导和吞噬乡村的生活方式。乡村反过来成为现代都市的一个象征性的乡愁之所。"① 在这一此消彼长的过程中,城乡的激烈碰撞最终会动摇传统文化范畴内相对稳定的生存体验和人生信仰,生发出一个时代特有的纷繁复杂的生命内容,与之相应的时代文化和艺术也会得到空前的丰富和发展。

中国现代文学诞生之后,"乡下人进城"就一直是备受作家青睐的题材类型。这一类文学创作既关注农耕文化的现代转型,更呈现了不同文化之间的碰撞与交流。新世纪以来有关这类题材的小说数量急剧上升,引起了不少研究者的关注。导致这一特殊文学现象的重要原因无疑是中国当前特殊的历史阶段和社会现实,也就是急剧城市化背景下大量农民涌进城市这一空前的社会现象。这一时期进城的"乡下人"有一个共同的称谓:

---

① 汪民安:《身体、空间与后现代性》,江苏人民出版社 2006 年版,第 127 页。

农民工，这一庞大的社会群体矛盾而撕裂的生存现状构成了农耕文化现代转型最激烈最极端的表现形式。考察新世纪农民工题材的小说创作可以发现一些突出的共同特点，比如作家对农民工群体极度的关注和同情，对社会不公的激愤和猛烈批判，对现实生活的近距离观照等。

无论东方还是西方，只要有现代化这一历史过程，就总是无法回避如何面对传统，以及传统如何向现代转型这一类问题。"乡下人进城"这类题材往往能够生动形象地呈现出传统与现代的错位与交流，在城市与乡村相互的打量中实现对不同文明的进一步认识和反思。这一反映社会转型和文明对话的常见题材本来可以写得很平和，但是在新世纪以来的小说中却鲜有例外地充满了激切的愤怒和猛烈的批判。何以至此？当代中国特殊的国情显然是造成这一文学现象的最关键因素，因为中国的城市化不只是与社会的现代化进程相关，还与特殊历史导致的城乡二元对立的社会结构相关。这一特殊的社会结构造成了中国农民在城市化进程中特殊的处境和命运：当城乡之间森严的隔墙拆除后，进城农民的身份成了问题——农民在城里谋生，却无资格成为市民。这一普遍的社会现象背后隐藏着一个十分荒诞的现实，那就是在一具体的国家范围内，农民不属于他劳作生活其间的城市，换句话说，人不属于他长期置身其中的空间。这一独特的社会现象呈现出人类文明史上少有的人与环境的荒谬关系。

第一节 农民进城：身份焦虑与身体分裂

2007年，贾平凹出版了描写城市农民工生活的长篇小说《高兴》，在笔者看来，这是一部反映农民工生存现状的经典之作。与《秦腔》相比，《高兴》关注的对象没变，只是空间由乡村转移到了城市。"《秦腔》我写了咱这儿的农民怎样一步步从土地上走出，现在《高兴》又写了他们走出土地后的城里生活"①。这是贾平凹跪在父亲坟前，流着泪水说的话，可见他对农民前途的关心是多么的深切！《秦腔》和《高兴》两部作品都是表现中国农民在传统农业文明与现代工业文明之间的苦苦挣扎，《秦

---

① 贾平凹：《我和高兴》，《〈高兴〉后记（一）》，《高兴》，作家出版社2007年版，第450页。

腔》聚焦乡村传统文化，是唱给乡土中国的一曲挽歌；而《高兴》则关注农民离乡进城之后的生存，写乡土生活终结之后另一种城市生活的开始。

面对城市里庞大的农民工群体，贾平凹倍感困惑，"为什么中国会出现打工的这么一个阶层呢？这是国家在改革过程中的无奈之举，权宜之计还是长远的战略政策，这个阶层谁来组织谁来管理，他们能被城市接纳融合吗？进城打工真的能使农民富裕吗？没有了劳动力的农村又如何建设呢？城市与乡村是逐渐一体化呢还是更加拉大了人群的贫富差距？我不是政府决策人，不懂得治国之道，也不是经济学家有指导社会之术，但作为一个作家，虽也明白写作不能滞止于就事论事，可我无法摆脱一种生来俱有的忧患，使作品写得苦涩沉重"①。面对越来越快的城市化、工业化进程，作家没有看到农民的希望，反倒越来越替他们担忧。贾平凹是"文革"期间经过推荐上大学的，属于工农兵学员，有着国家认可的合法的进城渠道，虽然也是"乡下人进城"，但他无疑是非常幸运的。而在当下轰轰烈烈的城市化进程中，中国农民虽然可以进城打工，但身份却是一个问题。城市迫切需要农民工，却不愿给他们城市户口，不让他们成为城市的主人。虽然进了城，离开了土地，却依然摆脱不了农民的身份，因此，关于身份的焦虑成为农民工阶层最普遍最基本的焦虑。

"乡下人"（农业人口）与"城里人"（非农业人口）分别成为法律意义上的一种身份或许也可算是中国特色之一，究其根源，当然和国家曾经长期实行的城乡分治政策有关。50年代中期，随着农村社会主义革命的开展，公有化程度越来越高，土地对农民的吸引力也随之越来越小，越来越多的农民在寻找离开农村进城参工的机会。1950年12月30日，国务院曾发布了《关于防止农村人口盲目外流的指示》，明确规定工厂、矿山、铁路、交通、建筑等部门不应私自招收农村剩余劳动力。该《指示》未能起到预期的效果，于是，1957年3月2日，国务院又发布了《关于防止农村人口盲目外流的补充指示》，9月14日发布《关于防止农民盲目流入城市的通知》。12月13日，国务院全体会议通过《关于各单位从农村中招收临时工的暂行规定》，明确提出：各单位一律不得私自从农村中

---

① 贾平凹：《我和高兴》，《〈高兴〉后记（一）》，《高兴》，作家出版社2007年版，第446页。

招工和私自录用盲目流入城市的农民。仅仅五天之后,中共中央和国务院又联合发布《关于制止农村人口盲目外流的指示》,措辞从"防止"升级为"制止",更为严格地限制农民进城。该《指示》明确提出了一些具体的实施办法甚至强制措施,包括"组建以民政部门牵头,公安、铁路、交通、商业、粮食、监察等部门参加的专门机构,全面负责制止'盲流'工作","铁路、交通部门在主要铁路沿线和交通要道,要严格查验车票,防止农民流入城市","民政部门应将流入城市和工矿区的农村人口遣返原籍,并严禁他们乞讨","公安部机关应严格户口管理,不得让流入城市的农民取得城市户口",等等。1958年1月9日,全国人大常委会第九十一次会议通过了《中华人民共和国户口登记条例》,以法律的形式严格划分农业户口和非农业户口,控制农业人口迁往城市……城乡之间森严的隔离墙就这样迅速建立起来,非官方渠道进城的农民从此背上了一个极具侮辱性的称呼——盲流,中国农民进入中国的城市竟然成了一件不合法的事情!在严苛的法律管控之下,越到后来,农民面对城市越是战战兢兢,对他们而言,每座城市都意味着法律意义上的一片禁地。就国家的治理而言,城乡分治或许是件好事,因为这样可以使农民进一步安贫乐土,心无杂念,免去了不少社会问题。直到20世纪80年代初,这种情形才在不知不觉中开始一点点发生改变。一方面,以包产到户为主要内容的农村改革给了农民充分的人身自由,使他们不再受制于严密的农村基层组织和农村干部;另一方面,逐渐展开的城市改革和大规模的城市建设需要大量的人力,给农民提供了在城市努力谋生的机会。农村剩余劳动力逐渐向城市转移,规模越来越大,终于逐渐形成了壮观的民工潮。如果依居住地和所从事的职业来划分,这些农民背井离乡在城里谋生,不再靠种地糊口,就不应该算是农民了。可是这一历史阶段我国依然沿袭了50年代以来严格的户籍管理制度,身份划分的标准不是依据所从事的职业,而是户籍,所以进城农民即使凭本事找到了较好的工作,在城里过上了较稳定的生活,但是只要户籍没变,他们依然是农民。尽管进城了,还是无法获得城里人的身份,不管待了多少年,为城市做了多大的牺牲和贡献,也只能算是"暂住"。无论从国家的管理制度还是从日常生活遭遇的点点滴滴来看,一切似乎都在时时刻刻提醒着进城的农民工:你们不是城里人,你们是农民!

《高兴》这部小说的主人公,在西安城里拾破烂的刘高兴,就一直被这样的问题困扰着。刘高兴本来叫刘哈娃,是清风镇的农民,为讨媳妇卖了三次血,后来又卖了一只肾,总算把新房盖了起来,可这时女方已另嫁他人。清风镇的韩大宝到西安收破烂挣了钱,老家的不少人都去投奔他。刘哈娃鼓动老实巴交的农民五富一块儿到了西安,在韩大宝的手下收破烂,开始了他们的城市生活。进城后,刘哈娃固执地认为,既然一只肾已经卖给了西安,那么自己就应该算是西安人了。

> 汽车的好坏在于发动机而不在乎外形吧?肾是不是人的根本呢?我这一身皮肉是清风镇的,是刘哈娃,可我一只肾早卖给了西安,那我当然要算是西安人。是西安人![1]

城市人买走了农民刘哈娃的肾,这是一个关于当代中国城乡关系的隐喻。虽然卖肾出于迫不得已,但是自己的肾进城之后,刘哈娃的自我意识就老是围绕着城里的那只肾在转。卖掉的肾已经进城了,可惜剩下的"这一身皮肉"依然是清风镇的、农民的,和那只已经进城的肾比较起来已有天壤之别。卖肾这一行为因此具有了另一层意义,仿佛是为了让自己的肾率先享受到城市待遇而有意为之。虽然自己的农民身份无法改变,但是可以把自己的一只肾嫁接到城里人的身体里,从而让自己身体的一部分名正言顺地进入城市。

老家的婚事告吹之后,刘哈娃一气之下特意买了一双农村女人根本就穿不了的女式高跟尖头皮鞋,这双鞋似乎也成了刘哈娃西安人身份的佐证。

> 能穿高跟尖头皮鞋的当然是西安的女人。
> 我说不来我为什么就对西安有那么多的向往!自从我的肾移植到西安后,我几次梦里见到了西安的城墙和城洞的门扇上碗口大的泡钉,也梦见过有着金顶的钟楼,我就坐在城墙外的一棵歪脖子松下的白石头上。当我后来到了西安,城墙城门和钟楼与我梦中的情景一模一样,城墙外真的有一棵歪脖子松,松下有块白石头。这就让我想到一个问题:我为什么力气总不够,五富能背一百五十斤的柴草蹚齐腰

---

[1] 贾平凹:《高兴》,作家出版社2007年版,第4页。

深的河，我却不行？五富一次可以吃十斤熟红苕，我吃了三斤胃里就吐酸水？五富那么憨笨的能早早娶了老婆生了娃，我竟然一直光棍？这是什么道理呢？因为我活该要做西安人！①

就这样，刘哈娃臆想自己已经是一个城里人，时时处处拿腔作势做出一副城里人的派头，别人身强力壮反倒成了身份低贱的证明。初到西安时，五富极不适应，开始想老婆，想回家。而刘哈娃则满怀信心地开始了"城里人"的新生活，给自己起了一个新的名字——刘高兴，并开始以城里人的口气教训自己的同伴。

我怎么就带了这么一个窝囊废呢？我想说你才来就想回呀，你回吧，可他连西安城都寻不着出去的路呢，我可怜了他，而且，没有我，还会有第二个肯承携他的人吗？我把他从石礅上提起来，五富，你看着我！

看着我，看着我！

五富的眼睛灰浊呆滞，像死鱼眼，不到十秒钟，目光就斜了。

看着我，看着！

我说：你敢看着我，你就能面对西安城了！别苦个脸，你的脸苦着实在难看！我要给我起名了，你知道我要给我起个什么名字吗？

重起名字？五富的眼睛睁大了：起啥名字？

高兴。

高兴？

是叫高兴，刘高兴！以后不准再叫刘哈娃，叫刘哈娃我不回答，我的名字叫刘高兴！

……

我早就想改名字了，清风镇人不认同，现在到了西安，另一片子天地了，我要高兴，我就是刘高兴，越叫我高兴我就越高兴，你懂不？②

---

① 贾平凹：《高兴》，作家出版社2007年版，第5—6页。
② 贾平凹：《高兴》，第18—19页。

一只卖给西安的肾，一双女式高跟尖头皮鞋，一个新的名字，这几样东西一起构成了清风镇农民刘哈娃的另一身份——西安人刘高兴！刘高兴的行为极具象征意味，无论是改名、卖肾还是买高跟鞋，这些行为的最终意义都指向对"城里人"身份的诉求。农民为了改变自己的身份，不惜一切代价，毫不犹豫地对自己的方方面面都进行了彻底的否定。这一现象在当代中国极具普遍性，可以说几十年来一直是中国农民内心深处的一大隐痛。当年贾平凹离开农村时也曾情不自禁地庆幸道："我把农民皮剥了！"① 无奈刘哈娃剥不了农民皮，只能把自己的肾卖进城里，并借此和城市攀上一点关系。和贾平凹不同的是，刘哈娃卖肾更名之后，却未必能获得城市户口，变成真正合法的城里人。

不可否认，城市化是现代化追求的必然结果，凡经历过现代化过程的国家，农民都有一个从乡村到城市的转移和适应的过程。但就中国农民而言，他们面临的首要问题不是从农村到城市的生存空间的转换问题，也不是生活方式改变和适应的问题，而是法律制度造成的身份问题，是"国民待遇"的问题。在20世纪90年代，全国不少地方都出现过"买户口"的热潮，农民只要花少则几千、多则十几万元钱，就可以把自己户籍上的"农业人口"几个字改成"非农业人口"。仅仅为了户口本上多一个"非"字，多少农民不惜倾家荡产，也要坚决把自己的农民身份给"非"掉。山东作家赵德发的长篇小说《缱绻与决绝》中有这样一个情节：农民封家明被耕牛顶死，火化后，他的儿子封运品捧着父亲的骨灰盒来到了县城的大街上。

> 到了县城南岭上的火化场，排了大半天队，才轮上了封家明。等把骨灰盒领到手，运品和羊丫领着运垒不回家却去了岭下的县城。运垒问："到城里干啥？"运品说："送咱爹呗。"
>
> 来到县城最繁华的大街上，运品虽像逛街者一样散散漫漫地走着，却悄悄把左腋下的骨灰盒盖拉开一道缝，抓出骨灰来，一撮一撮地洒在了街上。起初运垒没有发现这点儿，等发现了之后吃惊地问："哥，你怎么把咱爹撒啦？"封运品边走边说："甭叫咱爹下辈子再当庄户人啦，咱把他送到这里，叫他脱生个城里人！"运垒着急地道：

---

① 贾平凹：《〈秦腔〉后记》，《秦腔》，作家出版社2005年版，第560页。

"哎呀，家里的棺材都准备好了，等着埋咱爹，你怎么能这样办呢？"运品依然撒那骨灰，说："俺这样办就对，俺是为咱爹好！"羊丫也说："对，是为你爹好！"运垒便知道今天的行动是哥和姑早在昨天夜里就策划好了的。

走过一条街，骨灰全撒净了。封运品停下脚步，从兜里掏出两张纸片子往弟弟眼前一晃："看看吧，这是咱爹的户口本和粮本。"运垒一看，上面果然写着：

姓　　名：封家明
来世住址：山东省连山县幸福街一号

没等运垒看完，运品就掏出打火机将纸片子烧着了。看着那团火最后化成灰片在街面上飞、在行人脚下舞，羊丫一下子哭出了声，封运品也是泪流满面。

只要没有城市户口，就不会有城市人的身份，即使待在城里心里也不会踏实。赵德发笔下的封家明，生不能为城市人，死后骨灰洒在了城里也不算进城，儿子还得专门为他弄一个城市的户口本。而且，城市是如此神圣不可冒犯，连骨灰进城也得战战兢兢，偷偷摸摸。而贾平凹笔下的刘高兴，身为"农业人口"，却在城里谋生，名不正言不顺也。刘高兴有点文化，心气比一般农民高，他想要名正言顺地在城里活着，所以首先要解决的便是身份问题。但是，对他来讲，城里人的身份——城市户口显然是可望而不可即的，他只能通过臆想，通过卖给城里人的一只肾，一双城里女人才穿的高跟皮鞋，以及一个新的名字，把自己臆想成一位城里人。

在城里捡垃圾的过程中，刘高兴因偶然拾得一个皮夹而见过有钱人韦达一面，他总觉得和这人有些面熟，有缘，便一厢情愿地认为韦达就是移植了他肾的城里人。他激动地告诉自己：嗨，我终于寻到另一个我了，另一个我原来是那么体面，长得文静而有钱。[①]他忍不住常常到见到韦达的那个地方去转悠，渴望再次遇上他。

---

① 贾平凹：《高兴》，作家出版社2007年版，第175页。

此后的多日，我拉着架子车总要到青松路那儿转悠一阵。青松路不属于我拾破烂的区域，那里的拾破烂者向我威胁，我保证只是路过，如果有收买破烂的行为，可以扣押我的架子车可以拿砖头拍我的后脑勺。但是我没有再碰见那个人。我把那人的相貌告诉了青松路拾破烂者，希望让他们也帮我寻找，他们问：那是你的什么人？我说：是另一个的我。他们说：打你这个神经病！把我从青松路上打走了。①

这种臆想支撑了刘高兴在城里的生活，仿佛他真的不再是原来的自己——清风镇的农民刘哈娃。而今他的举手投足、一招一式，都有了城里人的气派。就是靠着这样一种气派，刘高兴才可以保护同伴五富不受羞辱，几句话就搞定了刁难五富的门卫，穿上西服皮鞋就可以帮助农村来的保姆翠花要回身份证。在有闲暇的时候，刘高兴甚至还会从后衣领取下箫来，吹上几曲，以至附近居民都对他有了不错的印象。

　　刘高兴，我一见你就高兴了！
　　都高兴！
　　吹个曲子吧！
　　常常有人这么请求我，我一般不拂人意，从后衣领取下箫了，在肚子上摸来摸去，说：这一肚子的曲子，该吹那个呢？然后就吹上一段。
　　街巷里已经有了传言，说我原是音乐学院毕业的，因为家庭变故才出来拾破烂的。哈哈，身份增加了神秘色彩，我也不说破，一日两日，我自己也搞不清了自己是不是音乐学院毕业生，也真的表现出了很有文化的样子。②

沿着这样的惯性，刘高兴不只是有点忘乎所以，甚至有些狂妄了，开始像城里人一样瞧不起农民。他把同伴五富和黄八看作两条在地上爬动的青虫，没有见识，而自己"要变成蛾子先飞起来"③。这种刻意和同伙拉

---

① 贾平凹：《高兴》，作家出版社2007年版，第177页。
② 贾平凹：《高兴》，第123页。
③ 贾平凹：《高兴》，第133页。

开距离显然是为了强调城里人和农民的不同。为了赋予这种不同以更多的实质性内容，在五富和黄八去大垃圾场的时候，刘高兴却为了增长见识，骑着自行车去逛城。在逛城的过程中，他不禁豪情万丈，甚至想用自己的名字来命名一条街巷。

  我可惜不是生于汉唐，但我要亲眼看看汉唐时的那三百六十个坊属于现在的什么方位。哈哈，骑着自行车不是去为了生计，又不是那种盲目旅游，而是巡视，是多么愉快和有意义啊！我去看了大雁塔，去看了文庙和城隍庙，去了大明宫遗址，去了丰庆湖，去了兴善寺。当然我也去了高科技开发区，去了购物中心大楼，去了金融一条街，去了市政府大楼前的广场。我还掌握了这样一个秘密：西安的街巷名大致沿用了古老的名称，又都是非常好的词语，你便拿着地图去找，感到一种说不出的吉祥。比如：保吉巷、大有巷……遗憾的没有拾破烂的街巷。中国十三代王朝在这个城里建都，每朝肯定有无数的拾破烂的人吧，有拾破烂的人居住的地方吧，但没有这种命名的街巷。
  如果将来……我站在街头想，我要命名一个巷是拾破烂巷。不，应该以我的名字命名，叫：高兴巷！①

刘高兴在臆想的世界里越陷越深，因为他虽然进城了，却无法过上真正城里人的生活，所以只得靠臆想虚构一个城里人的生活世界，并最终导致了自己精神和身体的双重分裂。他不仅搞不清自己是不是音乐学院毕业的，甚至自以为简直就是一位青史留名的大才子。臆想成了他在城市里生存的基本方式，包括他的性满足方式。每天在街上碰到漂亮女人时，刘高兴便故意把自己的身影和女人的身影重叠起来；在爱上妓女孟夷纯之后，他养成了一个习惯：每次睡前都对着那双高跟鞋轻轻唤孟夷纯的名字，想象着她就在屋子里，就睡在他的床上，手也有意无意地摸到了下面。孟夷纯是妓女，这多少让他感到不安，为了淡化她的妓女身份，刘高兴将她想象成锁骨菩萨，由自己的分裂发展到对他人的分裂。

  ……这塔叫锁骨菩萨塔，塔下埋葬着一个菩萨，这菩萨在世的时

---

① 贾平凹：《高兴》，作家出版社2007年版，第133—134页。

候别人都以为她是妓女,但她是菩萨,她美丽,她放荡,她结交男人,她善良慈悲,她是以妓女之身而行佛智,她是污秽里的圣洁,她使所有和她在一起的人明白了……①

  这种联想和将自己臆想成城里人一样,是刘高兴主动的自欺,是聊以自慰的掩耳盗铃。刘高兴爱上了孟夷纯,但自己已经是高贵的"城里人",不愿接受她是妓女的这一事实,于是主动自欺欺人,以求心安。再加上那一点点自恋,于是他和妓女孟夷纯之间简直就有了才子佳人式的浪漫情调。而这样一种方式无疑又会使他爱得更深,更义无反顾,甚至在爱情中体验到了英雄主义的豪情。孟夷纯是在哥哥被害之后,为给公安局筹措破案经费而被迫沦为妓女的。刘高兴爱上她之后,义无反顾地加入了为公安局筹款的行列,每天都延长拾破烂的时间,凑足三百元后就去美容美发店交给孟夷纯。在这一过程中,俩人真可谓是"可怜人见着可怜人"②,一个卖肾,一个卖身,惺惺相惜,相知相爱了。臆想不仅让刘高兴克服了对城市的恐惧,而且帮助他收获了爱情。
  臆想是无所不能的,现实中难以企及的梦想在臆想中都可以轻易实现。通过臆想,刘高兴至少可以做做自己想象中的"城里人"。而且他的臆想自有其无法否认的依据,那就是卖给西安人的一只肾。虽然刘高兴无法获得城市户口,但那只肾却实实在在地进了城,毕竟,它曾是刘高兴身体最重要的一部分。身份无法改变,身体却可以分裂。既然改革可以让一部分人先富起来,刘高兴也可以让自己身体的一部分率先进城。卖肾未能让刘高兴讨上媳妇,却使他和城市有了无可否认的关系,让他可以理直气壮地藐视五富、黄八等与城市扯不上关系的农民。就这一点而言,五富、黄八等人确实显得可怜,他们连臆想"城里人"身份的资格都没有。
  可是后来,刘高兴发现"另一个我"——城里人韦达换的不是肾而是肝,不禁一下子痛苦万分。

  我一下子耳脸灼烧,眼睛也迷糊得像有了眼屎,看屋顶的灯是一片白,看门里进来的一个服务员突然变成了两个服务员。韦达换的不

---

① 贾平凹:《高兴》,作家出版社 2007 年版,第 268 页。
② 贾平凹:《高兴》,第 213 页。

是肾，怎么换的不是肾呢？我之所以信心百倍我是城里人，就是韦达移植了我的肾，而压根儿不是?！韦达，韦达，我遇见韦达并不是奇缘，我和韦达完全没有干系?！①

这一事实让刘高兴暂时从臆想世界回到现实中来，但并未将刘高兴的心理击垮，在短暂的痛苦之后，他很快又重新找到了自我安慰的理由。

韦达没换我的肾就没换吧！没有换又怎么啦？这能怪韦达吗？是韦达的不对吗？反正我的肾还在这个城里！②

对刘高兴而言，卖进城里的那只肾比余下的这只更为重要，对身份的在乎使他可以完全漠视自己的身体。精神胜利法让刘高兴迅速摆脱了痛苦，而且还可以帮助他继续活在臆想之中。其实，到底是谁移植了他的肾已经不重要了，反正那只卖出的肾已经成了别人的肾，再也不会回到他的身体。贾平凹说："这其实意味着他和城市的关系，他不可能完全融入这个城市。农民的命运就是这种命运，刘高兴的命运就是这种命运，没有多少可以改变的。"③ 当现实无法改变之际，臆想和精神胜利法至少可以缓解一下心中的痛楚，让刘高兴能够更加坦然地面对城市。

第二节　城乡隔膜与"种族"意识

考察中国的城乡关系，首要的不是传统与现代的关系问题，也不是生存空间转换的问题，而是由制度造成的城乡分属不同阶层的问题。城乡差别表现在多个方面，但真正起决定性作用的是制度，而由制度导致的明显的阶层意识又进一步强化并加大了城乡差异和隔膜。在相当长的历史时期内，对中国农民而言，"城里人"差不多就意味着贵族，属于法律意义上的另一阶层。

---

① 贾平凹：《高兴》，作家出版社2007年版，第360页。
② 贾平凹：《高兴》，第361页。
③ 张英、贾平凹：《从"废乡"到"废人"——专访贾平凹》，《南方周末》2007年10月25日。

第二章　城里的"乡下人"

李佩甫的长篇小说《城的灯》在写到农民对城市的向往时，字里行间几乎无时无刻不流露出愤愤不平之情和强烈的控诉欲望。小说的主人公冯家昌因为家贫如洗，无权无势，小时候在老家受尽了歧视和侮辱，上高中时和村支书的闺女自由恋爱，结果遭到捆绑吊打，被迫离开家乡。当他意外参军之后，人生第一次看到的希望就是提干进城，不再当农民。

> 可这会儿，他还只是个兵呢，是新兵蛋子。"四个兜"离他太遥远了，简直是遥不可及。老天爷，他什么时候才能穿上"四个兜"呢？！
>
> 穿上"四个兜"，这就意味着他进入了干部的行列，是国家的人了。"国家"是什么？！"国家"就是城市的入场券，就是一个一个的官阶，就是漫无边际的"全包"……①

提干、进城、成为国家的人，这是冯家昌能够想到的最高人生目标。只有"国家的人"才能进城，才有漫无边际的全包（福利），按此逻辑，农民当然就不是"国家的人"，事实上也是如此，长期以来，中国农民除了沉重的赋税之外，就和"国家"没什么关系。而城市也是属于"国家"的，和中国农民几乎是绝缘的。

> 在冯家昌眼里，城市是什么？城市就是颜色——女人的颜色。那马路，就是让城市女人走的，只有她们才能走出那一"橐儿"一"橐儿"的、带"钩儿"的声音；那自行车，就是让城市女人骑的，只有她们才能"日奔儿"出那种"铃儿、铃儿"的飘逸；那一街一街的商店、一座一座的红楼房，也都是让城市女人们进的，只有她们才能"韵儿、韵儿"地袭出那一抹一抹的热烘烘的雪花膏味；连灯光都像是专门为城市女人设置的，城市女人在灯光下走的时候，那光线就成了带颜色的雨，那"雨儿"五光十色，一缕一缕地亮！
>
> 城市就是让乡下男人自卑的地方啊！②

---

① 李佩甫：《城的灯》，作家出版社2009年版，第46页。

② 李佩甫：《城的灯》，第49页。

这是一个血气方刚的乡下小伙子对城市的最初印象，城市的女人、马路、自行车、商店、灯光等无一不发出令人眩晕的诱惑之光。但作者并不是在描写城市现代性的光怪陆离的一面，而是着眼于上层世界对一个下等人的诱惑。城市高高在上，让乡下人无比自卑。正是这种自卑激发起了冯家昌畸形的奋斗欲望，他要不择一切手段拿到城市的入场券。吃得苦中苦，方为人上人，经过20多年的苦心经营、等待煎熬，和官场上特有的扭曲压抑、上下其手，冯家昌终于大功告成，不仅自己成为人上人，还把几个弟弟也带进了城。

> 经过长时期的运筹帷幄，又经过殚精竭虑的不懈努力，冯氏一门终于完成了从乡村走向城市的大迁徙！冯家的四个蛋儿及他们的后代们，现在拥有了正宗的城市（是大城市）户口，也有了很"冠冕"、很体面的城市名称，从外到内地完成了从食草族到食肉族的宏伟进程（他们的孩子从小就是喝牛奶的），已成为了真正的、地地道道的城市人。①

冯氏兄弟虽然从身份上变成了城里人，但城里人身份仅仅是他们出人头地、衣锦还乡的标志而已，从骨子里讲，他们依旧是非常传统的农耕时代的"乡下人"，与现代意义上的市民还相去甚远。

很明显，冯家兄弟对城市的理解是畸形的、变态的，而这种畸形的、变态的城市观念迄今在中国依然有巨大的影响。轰轰烈烈的城市化运动已经展开，但公民对现代城市的认识却非常有限，甚至还保留着对城市的伤痛记忆。面对随处可见的热火朝天的建筑工地，一些疑问经常会浮现在笔者脑海：中国的城市化运动为什么会如此仓促而猛烈？缺乏充分酝酿和过渡的城市化运动是否会带来新的伤害？

和《城的灯》中的冯家兄弟一样，《高兴》中的拾荒者也没有一个是冲着现代性意义上的城市而进城的，虽然刘高兴进城后即改名，从此自诩为"城里人"，但这并不意味着他对城市所代表的现代文明和生存方式的向往，而只是一个出身低贱的农民对更为高贵的城市身份一厢情愿的强烈渴求。这群拾荒者不能改变自己的农民身份，但又不得不进城，原因只有

---

① 李佩甫：《城的灯》，作家出版社2009年版，第366页。

一个——生计所迫。刘高兴和五富进城的首要因素是韩大宝。韩大宝是第一个离开清风镇到西安的，最初混得一般，没什么影响，后来又传出他非常有钱了，于是韩大宝就变成了"一块酵子，把清风镇的面团给发了，许多人都去投奔他"①。正是在这种情形之下，刘高兴才鼓动五富来到了西安。因此刘高兴到西安的第一动因是挣钱，而非对城市生活方式的向往，何况他对城市生活几乎一无所知。到西安后很快发现，"拾破烂是只要你能舍下脸面，嘴勤腿快，你就比在清风镇种地强了十倍"②，于是经济上的甜头使他们对城市，甚至对城里的破烂，都有了强烈的依赖感。

> 好了，吃饭，一边吃饭一边想我们的工作，想钱！
> 拾破烂怎么啦，拾破烂就是环保员呀！报纸上市长发表了讲话，说要把西安建大建好，这么大的西安能建好就是做好一切细节。那么，拾破烂就该是一个细节。我们的收入是不多，可总比清风镇种地强吧，一亩地的粮食能卖几个十八元，而你一天赚得十七八元，你掏什么本啦，而且十七八元是实落，是现款，有什么能比每日看着得来的现款心里实在呢？③

正是这种实实在在的经济收益，让他们看到了城市和乡村的差别，也强化了他们对城市的依赖。所以虽然仅仅是在城里拾破烂，但他们还是急于给自己的行为赋予城市合法性，将其上升为于城市有重要意义的"工作"。同时，经济上的好处使他们获得了相对于老家农民的优越感，清风镇一下成了他们鄙视和嘲笑的对象。

> 好，你就静静坐着，听我说。我开始嘲笑那些没来过西安的清风镇人了。哼，都是些什么玩意儿么，他们还作践过咱们没手艺，他们不就是会个木工、泥瓦工吗，咱们的工作没有技术含量，他们就有技术含量了？而一天累到黑腰累断手磨泡了工钱有多少，一天挣五元钱算封顶了吧？咱多好，既赚了钱又逛了街！你问清风镇的人有几个见过钟楼的金顶？你说城里的厕所是用瓷砖片砌的，他们恐怕还不信

---

① 贾平凹：《高兴》，作家出版社2007年版，第9页。
② 贾平凹：《高兴》，第132页。
③ 贾平凹：《高兴》，第44页。

呢！你瞧着吧，你没出来前镇上有谁肯和你说话，觉得和你说花费时间，掉价儿，你待上一年半载回去了，你就会发现清风镇的房子怎么那样破烂呀，村巷里的路坑坑洼洼能绊人个跟斗，你更会发现村里的人是他们和你说不到一块了，你会体会到他们的愚昧和无知！①

正因为刘高兴进城的根本目的在于改善生存，多挣钱，所以他对城乡差别的一切理解都和物质相关，钟楼的金顶、贴了瓷砖的厕所都成了城市比乡村高贵的具体体现。尽管他"早就意识到城里人和乡下人的差别并不在于智慧上而在于见多识广"②，他需要的是多长一些见识，但他增加自己见识的方式便是进城逛街，去见识城里的物质财富。他之所以一厢情愿地认定城里人韦达移植了自己的肾，并将他想象成"另一个我"，也是因为韦达体面，有钱，是大老板。有钱的人可以买肾，无钱的人只得卖肾，或者像孟夷纯那样卖身，这一切都是因为钱的原因。所以，对刘高兴而言，和所有进城拾荒的人一样，城市决定性的诱惑力便是那里有更多的财富，可以挣更多的钱。然而和黄八、五富等人不一样的是，刘高兴有文化，读过红楼梦，会吹箫，自视甚高，再加上一只肾已经卖进城里，这就更加强化了他的优越感，所以他得有些派头架势，无法彻底舍下脸面。五富、黄八进城拾荒只为着一个目的——挣钱，顾不上体面尊严，而刘高兴一边要拾破烂挣钱，一边又要顾及自己作为"城里人"的面子。但事实上在城里他只能拾荒，别无他路，这就使得他既无法变成真正的城里人，也无法像五富、黄八那样安于现实，接受农民卑贱的身份，陡然增加了难堪和痛苦。比如当收购站的瘦猴对刘高兴说咱都是苍蝇人时，刘高兴不能容忍作践自己，愤愤地回敬道："你才是苍蝇！"

刘高兴的真实处境与他的自我感觉之间出现了巨大的落差，导致他自我定位的游移，甚至矛盾。贾平凹曾作过这样的解释，"刘高兴总感觉自己是个城里人，他以为自己把肾卖给城里人了，发动机已经变成城里的了，自然也是城里人。他以为有个人移植了他的肾，后来发现不是。这个情节我开始写的时候没怎么想，回头读觉得这也是个隐喻：农民和城市很难融合，无论你如何想融合，也不会没有区别"③。虽然刘高兴刻意拉开

---

① 贾平凹：《高兴》，作家出版社2007年版，第45页。

② 贾平凹：《高兴》，第133页。

③ 蒲荔子：《贾平凹：在肮脏中干净地活着》，《南方日报》2007年10月17日。

和拾荒同伙的距离，以此强化自己"城里人"的感觉，但是事实上，刘高兴不仅和他的同伙一样，是城里的"苍蝇人"，而且还是"隐身人"。当刘高兴在垃圾桶里拾到易拉罐时，城里小孩儿的反应是：不要动垃圾，垃圾不卫生！而当他幸运地拾得一个大皮夹，正担心周围有人发现时，却见城里的女人厌恶地扇着鼻子从他身边走了过去，对他视而不见。只有这次，刘高兴才比较乐意地接受了自己卑微的处境——"真好，拾破烂的就是城里的隐身人"[1]。拾荒的"隐身人"就像城里的苍蝇一样，只和垃圾有关，在城里人眼中他们根本就不存在。他们虽然与城里人同在一座城市，但分明又活在各自不同的时空，近在咫尺却又相隔万里。正是这种尊卑贵贱的悬殊使得刘高兴愈加不能接受自己的农民身份，所以他一定要在臆想中把自己的农民身份给"非"掉。

刘高兴光棍一条，一人吃饱全家不饿，没有养家糊口的压力，所以他可以尽情地活在自己的想象中，活在一个"城里人"的幻觉中。虽然他坚定地认为"在城里拾破烂也就是城里人"，但是他的"城里人"身份只能是他对自己的安慰，或者壮壮胆而已。现实常常残酷地提醒他：刘高兴不是城里人。比如，在拾破烂的一群同伙中，刘高兴刻意保持着和他们的区别，上街要换衣服、拔胡须，喜欢琢磨城市建筑，关心时事等，自认为是鱼中的鲸鱼，鸟中的凤凰。可是回去洗澡时，黄八和五富都奚落他：洗，洗，再洗能把农民的皮洗掉吗？刘高兴冒着生命危险制伏肇事逃逸司机的事迹登报并被瘦猴看到后，引起了他们关于死后的争论。五富是不愿死后像城里人那样火化的，而刘高兴告诉五富，自己死了不能埋在清风镇的黄土坡上，而应该去城里的火葬场火化，"活着是西安的人，死了是西安的鬼。"[2] 但是在同伙眼中，刘高兴的这一愿望成了一个农民的妄想，显得不着边际。

> 瘦猴听了我的话，脖子却伸得老长，他问做了这么一件英雄事迹，是不是市政府要给你一个城市户口呀？我说没有。他又问那是奖励你钱了？我说没有。他把脖子收回去了，从怀里掏了酒壶来喝，说：刘高兴呀刘高兴，你爱这个城市，这个城市却不爱你么！你还想

---

[1] 贾平凹：《高兴》，作家出版社 2007 年版，第 167 页。
[2] 贾平凹：《高兴》，第 146 页。

火化,你死在街头了,死在池头村了,没有医院的证明谁给你火化?你想了个美!①

在同伙看来,虽然进城了,但除了破烂之外,城市的一切依然与他们无关。只要是农民,就不该奢望属于城里人的生活,哪怕死后,农民的归宿也只能是农村,想要像城里人那样火化都不行。不难看出,城乡分治导致的结果不仅仅是城乡差别,而是进一步演化成了一种特殊的"种族"意识。这种由制度造成的"种族"意识构成了城市化进程中潜在的风险与危机,当农民因身份问题而走投无路时,他们的怨气自然而然会指向不合理的社会制度。

有一次,刘高兴遇上警察调查,臆想的"城里人"身份便和冷酷的制度发生了正面冲突。

> 身份证是随时装在身上的,就防备着突然被检查。我很快就掏了出来,而五富的身份证在褂子口袋,褂子脱了搭在墙上的木橛子上,也掏了出来。我说:我叫刘高兴,他叫五富。
> 挂着铐子的那人说:哪儿有个刘高兴?
> 我说:噢,噢,刘哈娃是我原名,进城后改了,改成刘高兴。
> 那人说:不许改!
> 我没吭气。怎么能不许改呢,我连我的名字都不许改?!②

刘哈娃和刘高兴两个名字分别对应着两种身份和两个阶层:农民和城里人。在警察面前,刘哈娃只能叫刘哈娃,不能叫刘高兴,也就是他只能是农民,不能是城里人。刘哈娃不许改名,那么他对"城里人"身份的诉求自然也就不合法了。对"城里人"身份的诉求,是刘高兴建构自己人格尊严的一种方式。农民工在灯红酒绿的城市面前面临着巨大的心理障碍,一方面感觉自己活得简直不像个人,另一方面又害怕自己丢了城市的脸。刘高兴固执地臆想自己是个"城里人",不过是想获得与城里人一样的尊严,可以更为坦然地面对城市。刘高兴不过是以自己的方式有意模糊

---

① 贾平凹:《高兴》,作家出版社2007年版,第147页。

② 贾平凹:《高兴》,第241页。

自己的真实身份，但在警察面前，他却被残酷地打回了农民的原形。正如作者贾平凹说的那样："刘高兴的痛苦在于中国农民社会地位低下、生活贫困，进城干的都是最脏最累的活儿，还要受人歧视，他的自尊、敏感是必然的。"① 刘高兴比五富、黄八等农民更懂得尊严的重要性，所以他要固执地赋予自己城里人一样的尊严。

但是，刘高兴煞费苦心地建构一个拾荒者在城里的尊严是徒劳的。当他穿着一件别人送的旧西服，在街上被乞丐缠住时，他告诉乞丐自己是拾破烂的，没有钱，乞丐竟然反倒给了他一块钱。

> 乞丐猛地拉着了我的手，另一只手猛地往我手心一拍，那张一元钱的纸币就贴上了，他说：那这个给你！
> 侮辱，这简直是侮辱！在乞丐眼里，拾破烂的竟然比乞丐更穷?!我那时脖脸发烫，如果五富在场，他会看见我的脸先是红如关公，再是白如曹操，我把一元钱摔在地上，大声地说：滚你个王八蛋，滚！②

刘高兴非常在乎的尊严让一个乞丐轻而易举就剥夺了，这仿佛是在提醒他自己在城里的真实地位。正如贾平凹接受采访时说的那样："他不甘于过这样的生活，他向往城市人的生活，比如他向往城市里的女人，他生活习惯的洁癖，他希望有西安户口，有好的工作和自己的房子，他为此挣扎奋斗过；但是他又很清醒地知道，自己的想法只是一个梦而已，现在最基本的生存条件都保障不了，因此他有些自嘲。"③ 现实毕竟是现实，是臆想所无法改变的。刘高兴可以通过臆想获得"城里人"的感觉和派头，但是为了生存还是不得不舍下脸面和尊严。当他终于屈尊和五富、黄八一起来到大垃圾场时，他见识了一群群拾荒人触目惊心的生存现实。

> 我压根没想到，在大垃圾场上竟会有成百人的队伍，他们像一群

---

① 张英、贾平凹：《从"废乡"到"废人"——专访贾平凹》，《南方周末》2007年10月25日。
② 贾平凹：《高兴》，作家出版社2007年版，第81页。
③ 张英、贾平凹：《从"废乡"到"废人"——专访贾平凹》，《南方周末》2007年10月25日。

狗撵着运垃圾车跑，翻斗车倾倒下来的垃圾甚至将有的人埋了，他们又跳出来，抹一下脸，就发疯似的用耙子、铁钩子扒拉起来。到处是飞扬的尘土，到处是风里飘散的红的白的蓝的黑的塑料袋，到处都有喊叫声。那垃圾场边的一些树枝和包谷秸秆搭成的棚子里就有女人跑出来，也有孩子和狗，这些女人和孩子将丈夫或父亲捡出的水泥袋子、破塑料片、油漆桶、铁丝铁皮收拢到一起，抱着、捆着，然后屁股坐在上面，拿了馍吃。不知怎么就打起来了，打得特别狠，有人开始在哭，有人拼命地追赶一个人，被追赶的终于扔掉了一个编织袋。我茫然地站在那里，不知所措，倒后悔我不该来到这里，五富和黄八也不该来到这里。五富在大声喊，他在喊我，原来他和黄八霸占了一堆垃圾……

我们终于安全地扒完那堆垃圾，收获还算可以，但人已经不像人了，是粪土里拱出来的屎壳郎。①

有点洁癖的刘高兴，不管内心如何厌恶眼前的肮脏，但是为了生存，最终不得不融入了垃圾。还有一段时间，为了增加收入，他们晚上集体去卸水泥。那是更为壮观而恐怖的场面。"卸一趟车，卸费二十元，五个人平分一人四元。每个晚上最多可以卸四车，有时就只能卸一车。"② 但就是这样卖苦力的营生，竟然有无数的进城农民在拼抢。

车到大圆盘，无数的人撵着车跑，刚一停住，已经有人往车上爬，我说：有卸车的，有卸车的了！但还是有人往上爬，杏胡就死狼声地喊：黄八，五富，把他们往下拉！没世事了，我们的车谁让他们卸？！黄八、五富和种猪在下边拉爬车人的腿，我在车上扳爬车人扒在车帮沿上的手，爬车人便掉下去，黄八、五富和种猪也就爬了上来，车日的一声开动了，大圆盘上一片骂声：狗日的女人比男人强，她不就比咱多长个东西吗？接着有人说：不是多长个东西，是少长个东西！轰地浪笑。

……

---

① 贾平凹：《高兴》，作家出版社2007年版，第272—273页。

② 贾平凹：《高兴》，第315页。

> 在大圆盘一带，我们这五个人差不多有了名声，因为我们抢到的活最多，因为我们有杏胡……①

可是十天之后，另一群民工霸占了大圆盘，个个手里拿着木棍。刘高兴他们再要去卸车时，被这群民工给打跑了。于是有了这样一段让人心酸的文字。

> 西安城里的人眼里没有我们，可他们并不特别欺负我们，受的欺负都是这些一样从乡下进城的人。我过来给五富他们说：回吧，咱好歹还有拾破烂的活路，这些人穷透了，穷凶极恶！②

拾破烂的还不算最底层（要知道刘高兴他们拾破烂都有别人给划定的范围），还有比他们更穷的！在受欺负之后，刘高兴竟然又一次获得了优越感，发现有破烂拾毕竟还算幸运。在他眼中，这群拿着木棍的民工不讲道理，没有人性，"穷透了，穷凶极恶"。但是再怎样穷凶极恶，民工也只能欺负民工，城里人眼里虽然没有民工，可他们并不特别欺负民工。这句话其实应该倒过来说，那就是城里人并不特别欺负民工，因为他们眼里根本就没有民工。贾平凹曾这样感叹："进城的人太多了，工作机会又不多，人人都要为生存而打拼。欺负拾破烂的人大都不是城市人，城市人都不理他们。欺负他们的都是同行。这和国外一样，国外华侨告诉我，很少有外国人欺负中国人，都是中国人欺负中国人。外国人心里没有你，或者瞧不起你，和你不搭界。"③ 中国的农民与城里人也是彼此不搭界，民工干的活都是城里人鄙弃的活。同样是中国人，同样说着中国话，但农民和城里人之间的差别就像中国人和外国人，根本就是两个世界。农民弄下一个城市户口，难度不亚于城里人弄张外国的绿卡。这里暗含着当代中国社会特有的悲哀，甚至危机，那就是长期城乡分治形成的二元分割的社会结构，导致城里人和农村人形成各自相对封闭、上下悬殊的两极。两极的人口又形成了各自不同的生存方式、社会习惯和文化心理，二者泾渭分

---

① 贾平凹：《高兴》，作家出版社 2007 年版，第 314—315 页。
② 贾平凹：《高兴》，第 317 页。
③ 张英、贾平凹：《从"废乡"到"废人"——专访贾平凹》，《南方周末》2007 年 10 月 25 日。

明，以至于"城里人一看长相就是城里人，乡下人一看长相就是乡下人"①，由此形成并强化了城乡各自不同的身份意识和自我定位，甚至演变成不同的"种族"意识。如此现实之下，农民只能是农民，城里人永远都是城里人。所以即使农民进城了，他们也无法扮演城里人，还怎敢欺负城里人？既然城里人眼中没有民工，对民工视而不见，你在他眼中是"隐身人"，根本就不存在，他还欺负你干啥？换句话说，农民工受城里人欺负的资格都没有；而城里人如果欺负与自己不搭界的"隐身人"农民工，岂不自掉身价？

对于绝大多数中国农民来说，只要不满足于温饱，他们就只得进城。但"永远在城市打工是不行的，大部分人都是干上一阵就回去了，或者伤残就回去了，只有少数人能在城市里站住脚，但也发不了财"。② 城市终究不是他们的城市，不改变农民身份就无法获得市民待遇。当农民既无法弄到城市户口，又不得不在城里谋生时，便只能成为城里的"隐身人"。城里人对他们视而不见，与此同时，乡村的土地上也很难见着他们的身影。他们不仅仅是城市里的"隐身人"，也是当代中国的"隐身人"。谁也说不清楚，他们的未来和希望到底应该在城市，还是在乡村，他们只能疲惫地往返于城乡之间，被城乡撕裂，成为身份不明的当代人。

第三节 城乡转换：仇恨与诗意的纠结

一个社会公正与否最主要的是看机会是否均等，而非结果是否一样。新中国实行了几十年严苛的城乡分治，其最大的不公即在于机会的不均等。农民几乎被彻底剥夺了进城发展的权利，而城里人只有因为犯错受惩罚才会下放农村劳动改造。城乡的高下悬殊尊卑分明导致社会严重的分化，"农"与"非农"不再仅仅是一种职业的区分，而成了全社会有着普遍共识的"种族"分类标准。当城市化的步骤突然加快，农民虽然获得了进城的机会，但并未获得与城里人均等的发展机会，农民进城之后依然

---

① 贾平凹：《高兴》，作家出版社 2007 年版，第 72 页。
② 张英、贾平凹：《从"废乡"到"废人"——专访贾平凹》，《南方周末》2007 年 10 月 25 日。

属于弱势"种族"。城乡分治时期,农民与城里人分属两个不同的世界。而在农民进城之后,被严格区分身份的两种不同的"种族"碰在了一起,这时候,由于长期的社会不公造成的人与人之间的巨大差别更加尖锐地凸显出来,再加上机会的依旧不均等,长期积压的仇恨心理自然会在新的时空条件下寻找突破口,这已成为中国城市化进程中最主要也是最危险的一种社会情绪。

单就生产效率而言,传统农耕方式与现代工商业有着天壤之别,同样的劳动付出,在城市的收获往往远远高于乡村。从这个角度讲,农民进城务工既为城市建设做出了贡献,也大大改善了自己的收入水平。许多农民正是抱着这样单纯而美好的愿望进入城市的,甚至把城市视为实现自己梦想的地方,然而进城之后,他们反而更直观更深切地感受到巨大的城乡差别和农民的卑贱地位。对于城乡差别,每位农民工都有充分的心理准备,一般都能坦然接受。而对自己来到城市之后继续遭遇的不公正待遇,他们就难免心有不甘。王侯将相,宁有种乎?极端情况下,他们甚至会放弃最初进城的梦想和做人的准则,选择对城市进行报复。

尤凤伟的长篇小说《泥鳅》写了一群进城寻找梦想的年轻人,他们一个个原本都单纯善良,虽然干的都是城里人不愿干的体力活,但只要能靠劳动挣钱,他们就任劳任怨。然而城市很快就教训了这群天真的年轻人,他们一再被骗,被城市的资本和权力玩弄于股掌之间,最终有的残疾,有的被逼为娼,有的进了疯人院,有的甚至被枪毙。小说中有个名叫蔡毅江的小伙子,和女友寇兰十分恩爱,一起在城里打拼。蔡毅江在一家搬家公司上班,一次在搬家途中,汽车突然急刹车,家具挤破了他的睾丸。出事后老板玩失踪,不想给医疗费,在医院里医生一再拖延,极不负责,最终导致他的睾丸不保,性功能丧失,再加上致残后心理不平衡,脾气变得古怪,逼得女友寇兰也离他而去。身强力壮、忠厚义气的蔡毅江满怀理想进城打工,却不料很快就陷入了走投无路的绝境。

他意识到自己今后的日子将孤立无助,一片黑暗。没有了寇兰,不仅"集资兴业"的计划告吹,连整个生活都走进了死胡同。他知道自己完了,彻底完了。一度想自杀,考虑用哪种方式了结自己剩下的半条命。最终他放弃了这个念头,并非是对人世间有什么留恋,对自己的生命有什么顾惜，而是缘于恨，仇恨成了他活下去的惟一动力。①

当梦想破灭、万念俱灰之际，蔡毅江活下去的唯一动力就是对城市的仇恨。于是他开始了对城里人的报复，最终成了黑社会"盖县帮"的老大。

贾平凹的长篇小说《高兴》中的主人公虽然取名高兴，时刻提醒自己进了城就应该高兴，但一旦回到现实，面对真实的城乡差距，心头就再也高兴不起来，取而代之的是强烈的怨愤。刘高兴和五富这样的农民进城的目的很明确，就是为了多挣一点钱，他们并不敢奢望过上城里人的生活。事实上，每一位农民工对自己与城市的距离都心知肚明，清楚自己在城里的地位和处境。在远离城市的乡村时，他们融会在农民这样一个庞大的阶层和群体中，尚可淡忘自己的身份劣势；而进城之后则意味着，他们的身份劣势将暴露无遗，将无可逃避地面对和承担自己的卑微处境。但是没有办法，为了生存，他们不得不汇入浩浩荡荡的民工队伍，接受城市剥削的同时，也接受城市的蔑视。不难看出，如此情形之下，中国的城市化进程不仅没有解放农民，将他们融入现代化的历史潮流，反而为他们制造了额外的痛苦，并导致了他们对城市无以释怀的仇恨。比如五富去一户人家收取破烂时，人家不让进门，他从门口看见人家屋里的摆设后，不平和愤怒油然而生，"他说，他没有产生要去抢劫的念头，这他不敢，但如果让他进去，家里没人，他会用泥脚踩脏那地毯的，会在那餐桌上的咖啡杯里吐痰，一口浓痰"。这绝不仅仅是简单的仇富心理，而是饱含着对由体制决定的人生而不平等的社会现实的愤怒。"都是一样的人，怎么就有了城里人和乡下人，怎么城里人和乡下人那样不一样地过日子？"② 为什么城里人生来就是凤凰，而农民工只能是鸡，而且"还是个乌鸡，乌到骨头里"？城乡之间不仅仅是差别问题，"种族"问题，还有由此导致的仇恨问题。

就在刘高兴心头的怨愤越来越无以掩盖时，他发现城里人连出气泄愤都有专门的地方——足球场，当城里人在球场内骂足球时，拾荒者就在球

---

① 尤凤伟：《泥鳅》，春风文艺出版社 2002 年版，第 165 页。
② 贾平凹：《高兴》，作家出版社 2007 年版，第 119 页。

场外骂城市，发泄他们心中的不平和痛苦。

> 球场似乎就是这个城市的公共厕所，是一个出气筒，我们可以在球场外听见球场里铺天盖地同一个节奏在吼：×！×！×你妈！这我就不明白城里人还有这么大的气，像沼气池子，有气了怎么能这样叫骂？等到球场里数万人齐声骂：×！×！×你妈！黄八也就扯开嗓子喊叫：×！×！×你妈！
> 我就制止他：不许喊！
> 黄八说：那么多人能×，我不能×？
> 我说：人家骂裁判，骂球队哩，你骂谁？
> 黄八说：我才想呀！
> 但他立即想出要骂的目标了，骂人有了男有了女为什么还有穷和富，骂国家有了南有了北为什么还有城和乡，骂城里这么多高楼大厦都叫猪住了，骂这么多漂亮女人都叫狗睡了，骂为什么不地震呢，骂为什么不打仗呢，骂毛主席为什么没有万寿无疆，再没有了"文化大革命"呢？①

城市成了进城农民仇恨的对象，尽管他们不得不依靠城市改善生存。城市的繁华是城里人的，与农民工不沾边。农民进城后，却如雨中浮萍无助飘零，居无定所，与所有的社会福利无缘。他们奴隶一样地劳动，蝼蚁一样地活着。他们仇恨城市，却不得不为城市卖命。此前的几十年，不许他们进城，但他们用洒在田间地头的汗水为国家的工业化提供了原始资本积累；如今他们可以进城了，又用全世界最廉价的劳动力建设着与己无关的城市。当他们年迈体衰或者疾病缠身的时候，城市一脚踢开他们，他们只有默默无闻地回到乡下。无言的土地再次接纳他们，只有那里才是他们唯一的归宿。一生中，他们只有在身强力壮的时候才可能在城市里谋生，但那只是一种牺牲式的城市生活。牺牲自己、接受剥削，是他们在城市求生的唯一途径。城市的灯红酒绿不是在诱惑他们，而是在鄙视他们。只有对城里人而言，城市才可能是欲望之城、享受之城。绝对的不公平导致了他们内心的仇恨，所以他们巴不得来一场灾难、战争甚至"文化大革命"。

---

① 贾平凹：《高兴》，作家出版社2007年版，第162—163页。

农民对城市仇恨的积累已经成为当下中国严重的社会问题,但是因为他们属于国家分配体制、福利体制之外的"隐身"阶层,还没有获得"国民待遇",所以他们所面临的困境至今还没有从体制上获得根本解决的迹象。这个阶层对城市的仇恨还在继续着,在城市人眼中,他们已经成为当今社会的潜在威胁。《高兴》中开砂锅店的老铁和刘高兴曾交流过这样一些看法:

> 老铁,还是那个老铁,他告诉我,我是他见过的最好的打工人,他说打工的人都是使强用狠,既为西安的城市建设做出了巨大的贡献,但也使西安的城市治安受到了很严重的威胁,偷盗、抢盗、诈骗、斗殴、杀人,大量的下水道井盖丢失,公用电话亭的电话被毁,路牌、路灯、行道树木花草遭到损坏,公安机关和市容队抓住的犯罪者大多是打工的。老铁说:富人温柔,人穷了就残忍。①

虽然任何时候违法犯罪都是不能容忍的,但是无可否认的是与农民工相关的大量违法犯罪毕竟有着重要的社会根源。既然他们在城里过的本来就是非人的生活,谁还能奢望他们个个都安分守己呢?当体制决定了他们将与现代化进程中急剧增长的社会财富无缘时,现代化到底是拯救了农民,还是伤害了农民?城市化进程越来越快,相当一部分农民的内心世界却和乡土中国一样,越来越近于崩溃。

在不平而压抑的城市生活中,遥远的乡村农耕生活成为一种温馨的记忆,给刘高兴和五富带来情感和心灵的慰藉。只有在乡村的抚慰之下,他们的生命才呈现出些许诗意和尊严。在城市里他们是"隐身人"、"苍蝇人",只有乡村能够激活他们,赋予他们的生命以色彩,让他们被城市遮蔽的自在天性得以显现。当刘高兴不经意间看见城里小车的底部有一些从乡下牵挂来的麦草时,他的意识一下子飞到了另一片时空。

> 简直可以说,我都闻见了麦子成熟的那种气味,闻见了麦捆上到处爬动的七星瓢虫和飞蛾的气味,闻见了收麦人身上散发的气味。这些气味是清香的,又是酸酸臭臭的,它们混合在一起在黄昏里一团一

---

① 贾平凹:《高兴》,作家出版社2007年版,第120页。

团如雾一样散布流动于村巷。啊啊，迎风摇曳的麦穗谁见了都会兴奋，一颗麦粒掉在地上不捡起来你就觉得可惜和心疼。还有，披星戴月地从麦茬地里跑过，麦茬划破了脚脖那感觉不出痛的，血像蚯蚓一样在那里蠕动着十分好看。还有呢，提了木锨在麦场上扬麦，麦芒钻在衣领里，越出汗，麦芒越抖不净，你的浑身就被蜇得痒痒地舒服。我想给五富说些让他高兴的话了，就说：咱去郊外看看麦去！

  苦皱难看的五富的脸，顿时如菊开放。①

刘高兴进城之后虽然一再强调自己是城里人，但从这段文字不难看出，骨子里他依然是农民，淳朴可爱的农民！几根麦草就可以让他看见整个乡间，扰得他心神不宁，激活他被压抑多时的生命。我们不妨大胆设想，纵使刘高兴、五福在城里发了财，买了房子，有了城市户口，变成了资格的城里人，他们可能彻彻底底地抛开乡下吗？我们又不妨再追问一下，如此淳朴善良的农民，他们为什么会对城市充满仇恨？

  我们看到了一望无际的河畔麦田，海一般的麦田！五富一下子把自行车推倒在地上，他不顾及了我，从田埂上像跳河潭一样四肢飞开跳进麦田，麦子就淹没了他。五富，五富！我也扑了过去，一片麦子被压平，而微微的风起，四边的麦子如浪一样又扑闪过来将我盖住，再摇曳开去，天是黄的，金子黄。我用手捋了一穗，揉搓了，将麦芒麦包壳吹去，急不可耐地塞在口里，舌头搅不开，嚼呀嚼呀，麦仁儿使鼻里嘴里都喷了清香。

  五富几乎是五分钟里没有声息，突然间鱼打挺似的在麦浪上蹦起落下，他说：兄弟，还是乡里好！没来城里把乡里能恨死，到了城里才知道快乐在乡里么！②

海一般的麦田激活了五富的生命，让他进入另一种全然不同的生命状态，所以他毫不犹豫地认为"还是乡里好"，"快乐在乡里"。然而，乡里尽管和一种诗意的生命体验联系在一起，但和城里的物质诱惑比较起来，

---

① 贾平凹：《高兴》，作家出版社 2007 年版，第 226 页。
② 贾平凹：《高兴》，第 227 页。

它又显得那样单薄。物质和诗意的分离,必然导致现实中生活与诗意的分离、生命与诗意的分离。于是,现代化背景下的生存,由此变成了一个被迫远离诗意的过程。乡村似乎必须含泪舍去,乡村赋予人的诗意生命体验正无可挽救地沦为越来越遥远而模糊的记忆。

> 我不嚼麦仁了。五富的话让我心酸,后悔带五富来看麦子。五富,不能让五富说这话,说这话就在城里不安心了。
> 我说:城里不如乡里?
> 五富说:城里不是咱的城里,狗日的城里!
> 我说:你把城里钱挣了,你骂城里?
> 五富瓷住了,看着我,他说:不自在。
> 我说:咋不自在?不自在慢慢就自在了,城里给了咱钱,城里就是咱的城,要爱哩。
> 五富说:我爱我老婆……她可怜。哭声拉了出来。
> 四十多岁的人了,动不动流眼泪。五富,你羞,没出息!
> 我是没出息。五富说,你说咱活的啥人么,一想起来我就想哭。
> 哭吧,哭,这儿没人,要哭就美美哭一场。①

城里的"苍蝇人""隐身人",在麦田里终于变成了有血有肉有爱有憎的鲜活的人。毋庸置疑,相比于城市而言,乡村才是他们情感与灵魂的家园。尽管他们可以跨越城乡之间地域上的鸿沟,但城市注定无法成为他们真正意义上的归宿。更其遗憾的是,不管距离城市多么遥远,传统意义上那种自给自足、自在自洽的乡村已经难觅踪影。在全球化的今天,城市的影子无处不在,城市与城市结成的网络已经无可争议地覆盖了全球,哪怕再偏僻的乡村也躲不过现代化潮流的冲击。正如刘高兴的原型刘书祯在乡下时感叹的那样:"咱这儿啥都好,就是地越来越少,一级公路改造时占了一些地,修铁路又占了一些地,现在又要修高速路呀还得占地,村里人均只剩下二分地了,交通真是发达了,可庄稼往哪儿种,科学家啥都发明哩,咋不发明种庄稼?"② 如此情形之下,即使在对城市绝望之后,农

---

① 贾平凹:《高兴》,作家出版社 2007 年版,第 227 页。
② 贾平凹:《我和高兴》,《〈高兴〉后记(一)》,《高兴》,作家出版社 2007 年版,第 435 页。

民工想回到当初的家园也已经不再可能了。"旧的东西稀里哗啦地没了，像泼出去的水，新的东西迟迟没再来，来了也抓不住，四面八方的风方向不定地吹，农民是一群鸡，羽毛翻皱，脚步趔趄，无所适从，他们无法再守住土地，他们一步一步从土地上出走，虽然他们是土命，把树和草拔起来又抖净了根须上的土栽在哪儿都是难活。"① 城市化、工业化进程越来越快，中国农民越来越找不到自己的位置。农民工仇恨城市，现代化似乎也不满占中国人口绝大多数的农民，让他们越来越边缘化。难道农民永远这样，"农不农，工不工，乡不乡，城不城，一生就没根没底地像池塘里的浮萍吗？"② 在农村农民看不到出路，在城市农民找不到家园，难道他们在现代化的浪潮中注定将既失去希望，又失去家园？难道乡村注定将成为中国人越来越模糊而遥远的记忆？

　　与乡村相关的生命体验显然不仅仅属于五富、刘高兴等进城拾荒的农民，而且也属于贾平凹，属于所有经受过农耕文明熏陶的华夏子民。毫不夸张地说，乡村经验在一定程度上已经构成了中华民族的共同经验，成了我们的"集体无意识"。在现代化浪潮愈来愈猛烈的历史境遇之下，如何面对我们的"集体无意识"，如何最大限度地减轻现代化进程给我们内心带来的不安与愧疚，成了这个时代无法回避的精神难题。几十年前，贾平凹迫不及待地离开农村，急于把自己的农民皮给剥掉，那时几乎每一个中国人在城乡之间的取舍都是毫不犹豫的，斩钉截铁的。但几十年之后，贾平凹在作品中不时流露出"城市不如乡村，乡村的今天不如它的往日"的失落感③，在城乡的价值判断上似乎发生了颠倒。贾平凹决绝地离开农村时，对乡村的否定是从现实生存层面出发的，代表了所有农民对体制层面居于绝对优势地位的城市的向往。而当他在城市里逐渐实现梦想、取得成功之后，情感和精神层面的渴求使得他又开始迷恋乡村。正如他自己所言："乡村曾经使我贫穷过，城市却使我心神苦累。两股风的力量形成了龙卷，这或许是时代的困惑，但我如一片叶子一样搅在其中，又怯懦而敏感，就只有痛苦了。我的大部分作品，可以说，是在这种'绞杀'中的

---

① 贾平凹：《秦腔·后记》《秦腔》，作家出版社2005年版，第561页。
② 贾平凹：《秦腔》，作家出版社2005年版，第382页。
③ 洪治纲：《困顿中的挣扎——贾平凹论》，《钟山》2006年第4期。

呼喊，或者是迷惘中的聊以自救吧。"① 从贾平凹的人生经历与感慨中，我们可以看到他和刘高兴、五富等农民一样的矛盾和困境：乡村虽然贫瘠，却意味着情感与灵魂的自足；城市虽然富裕，却让人空虚、失落。似乎还有必要倒过来再表述一下：乡村虽然让人感到情感与灵魂的自足，却意味着贫瘠；城市虽然容易让人空虚、失落，却意味着物质的富足。这样一来，无论在城市还是乡村，似乎都不存在圆满自足的人生。

如果真是这样，问题也就变得相当简单，无外乎选择与取舍：要么选择城市的富裕，接受内心的空虚、失落；要么选择乡村的贫瘠，享受情感和灵魂的自足。但是问题显然不会如此单纯，因为其前提——对城乡的价值判断就是表面而武断的。不妨追问一下：乡村给予人情感与灵魂的自足是真实可靠的，还是一厢情愿的想象或虚构？五富、刘高兴这样的农民回到乡下会不会是当代的闰土或者阿Q？在现代城市中遭遇的精神困境在乡村是否就完全不复存在？在现代精神危机面前，乡村是救赎之地还是逃避之所？

不难看出，贾平凹在反感和批判现代城市文明的同时，也在一定程度上依靠自己的童年和少年经验虚构了乡村，彰显了乡村诗意的一面，而钝化了面对乡村时的批判眼光。这一点连他自己也相当清楚，比如当刘高兴的原型刘书祯自嘲为闰土时，贾平凹赶紧纠正说自己不是鲁迅。② 的确，贾平凹不是鲁迅，但他笔下的农民却极可能是闰土或者阿Q，只不过他们和作者的关系不再那么紧张，而变得多少有点儿心心相印、惺惺相惜了。当然，鲁迅当年面临的问题主要是启蒙，目的"是在改变他们的精神"③；而贾平凹主要是从现实生存的角度对当下农民的生存困境与出路予以关注。五富、刘高兴纵然可能是阿Q，但他们在麦田里跳跃翻腾的自在欢欣也是真实而感人的。在现代化浪潮将中国农村冲击得七零八落之后，农民在现实生活中的出路和幸福感同样值得作家的关注。

农业文明和现代文明在有些方面的确是矛盾的，不可兼得的。19世纪末期，英国社会的现代化导致传统农村社区的迅速萎缩，马克斯·韦伯

---

① 李遇春、贾平凹：《传统暗影中的现代灵魂——贾平凹访谈录》，《小说评论》2003年第6期。

② 参见贾平凹《我和高兴》，《〈高兴〉后记（一）》，《高兴》，作家出版社2007年版，第439页。

③ 鲁迅：《〈呐喊〉自序》，《鲁迅全集》第一卷，人民文学出版社2005年版，第439页。

曾感叹："在英国，农村社会已经消失了，也许它只存在于人们的梦想中。"① 但是在中国，农村社会的消失可能吗？乡村真的会变成中国人遥远的记忆吗？如果中国一直以牺牲农民的方式追求现代化，我们将会迎来怎样的后果？如果我们只在乎现代化带来的物质财富，而漠视传统农业文明所蕴含的人生智慧与生命哲学，现代化在满足我们的物质欲望时，是否会毁了我们的精神，让我们在繁复的物质财富面前越来越失落、焦虑和自责？

---

① ［德］马克斯·韦伯：《民族国家与经济政策》，甘阳编选，甘阳等译，生活·读书·新知三联书店1997年版，第110页。

第三章

城乡生存空间的对立与互补

城乡分治政策虽然不断强化了城乡差别，拉大了城乡差距，但由于城乡之间森严的界限和明确的身份界定打消了绝大部分跨越城乡鸿沟的妄想，使得城市与农村在彼此隔离的状态下相安无事，各得其所，认命于体制决定了的命运与生活。然而到了世纪之交，当城市化进程突然提速，城乡之间的体制性壁垒逐渐被打破，城乡交流越来越频繁，农村与城市各自对应的农与非农的职业属性也逐渐淡化。城市不再仅仅属于城里人，农民也可以进城谋生；农村也不再只有农民和农业，城市资本和产业也开始到广袤的乡下寻找机会。城乡分属不同人群的状态结束，农与非农阶层的生活经历中不再只有单纯的乡村或城市经验，而是兼而有之。如此一来，城乡两种空间的生存体验便有了更多的比较机会，正是在比较中，城乡各自的优势与缺陷才更加鲜明地凸显出来。

当"现代"不可逆转地成为社会发展的总体方向和追求目标时，在生产效率和财富积累方面，以现代工商业为基础的城市相对于以自给自足的小农生产为主的乡村自然具有无可撼动的优势地位。城市的效率和财富就像有着巨大吸引力的磁铁，当城乡之间的体制性藩篱消除，长期处于贫困状态的农民出于对美好生活的向往，自然会像四散的铁屑一样纷纷向城市集中。在城市化进程的初始阶段，财富效应主宰了城乡之间人口流动的基本态势，农民进城既代表了他们对美好生活的向往，也体现了现代框架下城市优越的一面。

回顾中国现代历史不难发现这样一个现象，那就是在农民迫于现实生活的压力纷纷进城谋生的同时，知识分子却对被农民抛弃了的乡土世界表现出了空前的热情。在近百年的现代文学史中，一以贯之的乡土文学虽不乏对传统文化的反思和批判，但更明显的却是对乡土世界诗意的美化和留恋。在如何面对乡村和城市的问题上，知识分子和农民呈现出截然相反的态度，"一方面是知识分子强化了的土地迷恋（一时有过多少题中有'土地'二字的作品！），另一方面是农民的离土倾向。当着知识者的'土地'愈趋精神化、形而上，农民的土地关系却愈益功利、实际，倒像是知识者与农民'分有'了土地的不同性格方面：超越的方面与世俗的方面，不妨看作不同含义的'地之子'"①。当然，城乡各自的优势和特点不会如此绝对和简单，但在仔细的辨析中我们会发现，城市和乡村作为不同的生存空间，无论在自然环境还是人文资源方面，确实存在着既对立又互补的依存关系。

第一节 城乡差距与对立

对于有着数千年农耕传统的中国而言，现代意义上的工商业城市是与西方列强的侵略相伴而来的。在此前的传统社会中，城市与乡村并没有明确的工农行业的区分。费孝通先生对中国传统经济模式作过这样的描述："我们的基本工业是分散的，在数量上讲，大部分是在乡村中，小农制和乡村工业在中国经济中的配合有极长的历史。……基本工业分散的结果，乡市之间并不成为农工的分工了。"② 中国传统市镇的主要功能是交易，"这些市镇并不是生产基地，他们并没有多少出产可以去和乡村里的生产者交换贸易"③。而现代意义上的工商城市则不一样，不仅有着强大的贸易功能，而且也是商品和财富的创造中心。"自从和西洋发生了密切的经济关系以来，在我们国土上又发生了一种和市镇不同的工商业社区，我们可以称它作都会，以通商口岸作主体，包括其他以推销和生产现代商品为主的通都大邑。"④ 正是由于现代意义上的工商城市与西方的紧密关系，使得它一诞生就确立起了对中国乡村财富进行盘剥压榨的强势地位。基于城乡之间这一不平等的社会现实，费孝通先生不无愤怒地写道：可是我们也必须承认，乡村的宁愿抛弃都市，老百姓宁愿生活简陋，原因是都市在

---

① 赵园：《地之子》，北京十月文艺出版社1993年版，第87页。
② 费孝通：《乡村·市镇·都会》，见《乡土中国》，上海人民出版社2007年版，第254页。
③ 费孝通：《乡村·市镇·都会》，见《乡土中国》，第255页。
④ 费孝通：《乡村·市镇·都会》，见《乡土中国》，第256页。

过去一个世纪里太对不起乡村了。①

如果说鸦片战争之后一百来年的时间里，工商都会对于乡村的巨大优越性建立在西方列强经济侵略的基础之上，那么新中国自50年代开始实行的严厉的城乡分治政策不仅没有缩小城乡差距，反而进一步扩大了这一差距，并且将这一差距从经济领域扩展到社会生活的方方面面，甚至最终演变成了制度层面的出身与身份的尊卑。世纪之交城市化进程的突然提速恰恰是在城乡矛盾已到极限的时候，就在农民走投无路之际，城市缓缓开启了一道门缝，不失时机地疏导了中国农村积累已久的积怨和矛盾，同时也为城市的快速发展找到了最廉价的劳动力。

现代化追求必然导致城市化的到来，世纪之交城市化进程的提速因而有其充分的历史合目的性。然而，中国这些年城市化进程的惊人速度显然不仅仅是由历史合目的性所决定的，导致这一历史现象的关键性因素恰恰是中国特殊的社会现实，那就是畸形扭曲的城乡关系。严重的城乡矛盾虽然已经构成各种社会问题的焦点，但是这一矛盾不仅没有成为城市化进程的障碍，反而成了城市化最强大的推动力。几十年严厉的城乡分治在价值观层面毫不掩饰地褒工贬农、扬城抑乡，在以工业化、城市化为目标的现代价值观得到广泛宣扬的同时，广大农民参工进城的愿望却被最大限度地压制。当农村的积怨和矛盾已到爆发的临界点时，当中国农民进城的欲望被打压到近乎绝望的程度时，城乡之间的藩篱开始松动，城市得以以最廉价的方式吸纳大量的农村剩余劳动力。如此一来，在城市化提速的初始阶段，农民心甘情愿地以最卑微的方式进城务工，城市以最低廉的成本开始了扩张。中国农民长期被压抑的进城欲望终于有了获得满足的机会，他们先是不惜一切代价摆脱土地的束缚，购买城市户口；再是拼命挣钱买房，进城安家……中国农村几十年的积怨和矛盾就这样转化成了强烈的进城愿望和动力，曾经被严禁入城的中国农民成了城市化运动最大的推动力量。正是因为有了占中国人口绝大多数的广大农民的积极配合和参与，城市化进程才变得越来越快，甚至毫无节制，呈现出狰狞的一面。这种不惜代价的进城方式一方面助长了城市的嚣张，另一方面也加速了乡村的萧条。无论是人力还是资本，都迅速往城市集中。也正是在这一夹杂着强烈社会情

---

① 费孝通：《乡村·市镇·都会》，见《乡土中国》，上海人民出版社2007年版，第258页。

绪的城市化进程中,我们看到了中国城乡矛盾特殊的一面——不仅有着显性的物质层面的城乡差距,而且还有着隐性的地位与尊严层面的城乡落差。

一 城乡差距与生计选择

由于国家政策决定了严重的城乡差距,仅凭个人努力几乎没有改变命运的可能,这一特殊的社会现实导致有关城乡关系的文学创作中,农村大多成了一片苦难深重、毫无希望的炼狱,城市则是梦想与希望之所在,进城几乎成了中国农民拯救自己的唯一出路。即使不能成为城里人,但只要与城市扯上关系,就总会比其他农民多出好多机会。

铁凝的短篇小说《逃跑》写了一位在城里待了二十多年的农民临时工的辛酸故事,在一定程度上揭示出城乡分治时代农民进城之后的人生境遇。小说的主人公老宋,于二十多年前在亲戚的帮助下来到城里一家剧团的大院看大门。老宋非常珍惜这个进城工作的机会,一丝不苟,尽心尽职,赢得了大院里所有人的认可和尊重。二十多年来,老宋见证了剧团的兴衰,目睹了一位位老艺人的辞世。渐渐地,他自己也步入了晚年,工作不再像年轻时候那么勤恳卖力、细致周到。与他熟识的人都陆续从剧团退休了,但剧团念着老宋的为人一直没有辞退他。结果到最后,老宋得病了,一条腿患了周围血管综合征,如不及时治疗就有截肢的风险。老宋没有医保,治疗费需要一万多元,这对他来说几乎就是天文数字。剧团的人知道后开始踊跃捐款,一共凑了一万五千多元。老宋第一次面对这么多的钱,心里难以平静,经过反复权衡,他没有用这笔钱为自己治病,而是"卷款而逃",回到了乡下。回到老家后他花了一千多块钱直接把病腿锯掉,然后用剩下的一万多元钱为家人开了一家小卖店,算是为自己二十多年的临时工生涯画上了一个圆满的句号。

小说中有一段老宋数钱的细节描写:

  老宋激动得说不出话来,耳朵嗡嗡作响,身子像坠入云中。眼前的两张脸影影绰绰似有似无,声音也远得不行。唯有那厚厚的一摞钱铺天盖地堵在眼前,那不是别的,是真钱啊,那是老宋一辈子也没有见过的钱,一次,这么多。

  老宋一夜没睡,他数了一夜钱。他把它们分门别类再排列组合;

他一张一张地抚摩它们,一张一张地在灯下照它们,一张一张地把鼻子凑上去闻它们。一些新钱嘎巴嘎巴响得很脆,在沉静的黑夜里惊天动地;一些旧钱散发着微微辛辣的油泥味儿,或者黏黏的霉潮气。即便一张两块钱的旧票,压在掌上也是沉甸甸的,直压得他掌心下坠。老宋数完钱就开始想心事,他想,难道他的腿真有病吗?难道他真的要把刚刚数过的这些东西都扔给医院吗?想着想着,他忽地站了起来,伸出左腿上下打量着它,或者叫作掂量着它。他决心不再相信这条肿得檩梁似的腿是条病腿。为了证实自己的见解,他给自己摆了一个很奇怪的姿势:他右脚离地,单用那病肿的左腿撑起全身的重量,他竟然金鸡独立般地站住了。①

这段话很容易被解读成老宋见钱起意,是个财迷,把钱看得比自己的腿还重要。但是,对老宋的这一举动不应该只和生病这一件事情联系起来解读,而应该和他的一生联系起来。老宋进城已经二十多年,这次生病让他意识到自己已经老了,待在城里的时间已经不多了,该是叶落归根的时候了。可是拿什么给自己二十多年的城市临时工生活一个交代?拿什么给家人一个交代?想当年外孙来看望自己时,在院子里踢着一个城里人不要的破足球,满怀兴致,那可是乡下孩子难得一见的玩具呀!外孙很想姥爷给他买一个足球,但老宋终究没舍得钱。二十多年来,老宋是剧团大院里最勤勤恳恳、认真负责的人之一,赢得了上上下下一致的尊敬。可是过了二十多年,老宋依然是剧团大院里唯一的临时工、农民。最尽心尽力的人恰恰是一个外来客、旁观者,一个没有合法城市身份的人,老宋无法获得那些体制内员工一样的报酬,无法像他们一样病有所医、老有所养,无法像他们那样体面地离开这个世界。当老宋行将离开城市时,他才发现自己服务了二十多年的城市留给自己的只是一条生病的腿,外加捐来的一万多块钱。如果要医治自己的腿,他就只能一无所有地回到老家,二十多年的时光将什么也没留下。经过一番痛苦的权衡,老宋最终决定舍弃自己的一条腿,把一万多块钱带回老家,算是给二十多年的城市生活一个交代。

然而,在城里人看来,老宋是没有权利随意处置这笔钱的,因为这钱是大家捐来为老宋治病的,老宋卷款而逃显然是亵渎了城里人的爱心。老

---

① 铁凝:《逃跑》,载《北京文学》2003年第3期。

宋也知道这样做不妥，似乎欠了城里人一笔巨大的人情债，所以当城里人老夏寻访到老宋的老家时，老宋已经完全没有脸面和勇气面对城里人了。

> 拄着拐的老宋也看见了站在不远处的老夏，顿时停下对那年轻人的指挥，木呆呆地愣在那里。接着，老夏在老宋脸上找到了他想要找的表情：尴尬、难堪、愧疚，还有受了意外惊吓的恐惧。这使老夏想到，老宋到底是个有文化的人，深深懂得自尊。可他还是不知如何上前去同老宋打招呼。突然间，老宋撒腿便跑，他那尚是健康的右腿拖动着全身，拖动着双拐奋力向前；他佝偻着身子在游人当中冲撞，如一只受了伤的野兽；他的奔跑使老夏眼花缭乱，恍惚之中也许跟头、旋子、飞脚全有，他跳跃着直奔一条山间小路而去，眨眼之间就没了踪影。①

在城里虽然只是临时工，但还是比在老家种庄稼强多了。所以老宋很幸运地通过关系和自己的努力在城市里干了二十多年。但是，一个为城里人服务了二十多年的临时工，最终面对城里人时却满怀愧疚，毫无颜面，只得落荒而逃。

刘庆邦的中篇小说《到城里去》写了一个心高气傲争强好胜的农村女性宋家银，她一辈子的梦想就是走出农村到城里去。该小说内容涉及的时间跨度较长，从农村的人民公社时期到包产到户再到市场经济年代，通过一位农村妇女的坎坷命运折射出中国农村几十年走过的曲折历程和新中国农民令人唏嘘的悲剧性处境。小说中写到这样一些情节：改革开放后，农民终于有机会进城务工了，宋家银的小叔子老四跟建筑队在济南城里打工，在清理搅拌机时不幸丧命，总共只获赔一万三千块钱；同村另一个年轻人在武汉打工，结果因偷盗杀人被枪毙。虽然村里的年轻人接连在城里丧命，但还是阻止不了农民进城的脚步。

> 死人没让外出打工的人感到害怕，相反，有更多的人冲出去了，踏上了打工的征程。这劲头有点像当年闹革命，一个人倒下了，更多的人站起来。前仆后继似的。

---

① 铁凝：《逃跑》，载《北京文学》2003年第3期。

这个村一百多户将近二百户人家,几乎家家都有人外出打工。有的家庭不止出去一个,出去两个,甚至三个。城市的大门好像一下子敞开了,农村人进去一个,它们吸收一个。过去城市的门槛高得很,门也关得很严,不许乡下人随便进去。你硬着头皮进去了,说不定它抓你一个流窜犯,把你五花大绑地送回原地。这下好了,条条溪流归大海.城市真的像一个大海,什么人都可以进去扑腾了。①

当年革命走的是农村包围城市的道路,革命成功多年之后,农民为了生计不得不重新拾起当年闹革命的劲头进城打工,"一个人倒下了,更多的人站起来。前仆后继似的"。刘庆邦将农民进城与当年的革命相提并论,看似有些夸张,实则耐人寻味。虽然前后相隔几十年,但无论革命还是进城打工,农民的动机前后高度一致,那就是为了改善生存。当年闹革命时要抛头颅洒热血,而几十年之后进城的代价依然如此昂贵。当年革命采取农村包围城市的策略,直接目的不外乎占领城市,然而占领城市之后,城市的大门却很快关得严严实实,不再允许农民进城;而今城市的大门突然敞开,农民大量涌进城市,并以其最廉价的劳动力成为中国新一轮城市建设的绝对主力。在农民进城政策上的这一收一放,虽然对农民而言有着明显的不公,却也收到了意料之外的另一种神奇效果——那就是把中国城市化的成本压缩到了最低限度。

无论是铁凝的《逃跑》,还是刘庆邦的《到城里去》,作品中的城市都被中国农民视为唯一的出路和希望,而不是与乡村平等的另一处生存空间,当农民为了进城可以不惜一切代价。不难看出,长期城乡分治的又一结果便是在价值层面确立起了非常明确的唯城独尊的观念。正是由于这样一种观念的长期存在,使得城市的扩张变得越来越无所顾忌、毫无节制,与此同时,乡村则被人冷落、抛弃,日益萧条,步步维艰。对于一个有着漫长农耕传统的国度来讲,仓促草率地确立起一个唯城独尊的时代,在各种欲望的共同支配下让城市毫无节制地膨胀,如此城市化追求显然只能停留在物质利益的层面,而在传统文化的承传与现代文明的吸纳方面都会留下诸多的空白与缺憾。当一座座光鲜的现代建筑拔地而起,当一批批农民蜂拥进城,为自己终于获得城市身份而感慨万千,我们必须警惕的是,这

---

① 刘庆邦:《到城里去》,花城出版社2010年版,第59页。

种富足的表象背后是否留下了什么隐患？这样的城市化追求是否会把人们引向他们想要的美好生活？贾平凹在《秦腔·后记》里有一段他对自己故乡这些年来发生的变化的深切感慨。

> 一九七九年到一九八九年的十年里，故乡的消息总是让我振奋，土地承包了，风调雨顺了，粮食够吃了，来人总是给我新碾出的米，各种煮过的豆子，甚至是半扇子猪肉，他们要评价公园里的花木比他们院子里的花木好看，要进戏园子，要我给他们写中堂对联，我还笑着说：棣花街的人到底还高贵！那些年是乡亲们最快活的岁月，他们在重新分来的土地上精心务弄，冬天的月夜下，常常还有人在地里忙活，田堰子上放着旱烟匣子和收音机，收音机里声嘶力竭地吼秦腔。我一回去，不是这一家开始盖新房，就是另一家为儿子结婚做家具，或者老年人又在晒他们做好的那些将来要穿的寿衣寿鞋了。农民一生三大事就是给孩子结婚，为老人送终，再造一座房子，这些他们都体体面面地进行着，他们很舒心，都把邓小平的像贴在墙上，给他上香和磕头。①

贾平凹所描绘的这幅情景是中华人民共和国成立之后农村少有的也是比较短暂的祥和自足的幸福景象。这段时期中国依然延续城乡分治的政策，不过农民对此早已习惯，并不对城市抱有任何奢望。只是在长期的政治运动和贫困饥饿之后，突然实行包产到户，农民一下子可以丰衣足食，他们自然感到格外地满足。虽然这一时期的城乡差别依然存在（读者很容易从字里行间感觉到贾平凹作为一个城里人相对于老家农民的优越感），但这并不足以影响他们好好享受突然到来的好光景。但是城市化进程突然加快之后，农民在土地之外找到了更多的谋生机会，他们与土地的联结松动了，与城市的距离拉近了，生存空间扩大了，不过随着这些年社会财富总量的不断增加，绝大部分农民的生存质量不仅没有获得改善，却反倒变得更加糟糕。

> 村镇外出打工的几十人，男的一半在铜川下煤窑，在潼关背金

---

① 贾平凹：《秦腔·后记》，《秦腔》，作家出版社2005年版，第560—561页。

矿,一半在省城里拉煤、捡破烂,女的谁知道在外面干什么,她们从来不说,回来都花枝招展。但打工伤亡的不下十个,都是在白木棺材上缚了一只白公鸡送了回来,多的赔偿一万元,少的不过两千,又全是为了这些赔偿,婆媳打闹,纠纷不绝。①

对相当部分中国农民而言,城市化只是改变了他们的生存方式,却并未提高他们的生存质量。城市曾经是他们心目中的获救之地,然而进城之后绝大部分都没有找到自己想要的生活。城市化的对象本来主要就是农民,但中国的城市化过程似乎却从未顾及农民的现实利益。无论在农村还是城市,农民的生存处境似乎都难有根本性的改变。这一现象不得不促使我们进一步思考,城市化与中国农民到底是怎样一种关系?很显然,城市化给了农民进城务工的机会,却并未给他们提供足够的发展空间。城市似乎仅仅是因为需要农民,所以才对他们敞开了大门。农民在进城之后才更深切地体会到,城市是城里人的城市,农民至今只能是城市的旁观者。罗伟章在《大嫂谣》中写到一位包工头胡贵,胡贵在老家非常有名,外出打工的农民不少都投奔于他。就是这样一位乡亲眼中的能人,虽然已在城里打拼二十多年,但他依然只能在城市的外围接受城里人的盘剥。

> 这么说就很明白了,胡贵不是老板,只是一个包工头,而且是比较低级的包工头,而那些级别较高的包工头,乡下人是做不了的,他们通常都是城里人,还不是普普通通的城里人,而是多多少少都有些背景的城里人,有的本身就是政府官员,他们与作为开发商的建筑公司一起联手倒卖土地。胡贵千方百计把工程弄到了手,他上面那一层一层的包工头就隐去了,他又直接受建筑公司下属的项目部领导了。他干了事情,修了房子,就找项目部拿钱,而项目部往往以各种理由克扣他的钱,实在克扣不下来的,就找胡贵"借"。②

城乡分治导致的城乡二元社会结构是社会主义中国城乡差别的集中体现,当城乡之间的制度性藩篱逐渐消除,农民大量涌入城市,城乡差别至

---

① 贾平凹:《秦腔·后记》,《秦腔》,作家出版社2005年版,第562页。
② 罗伟章:《大嫂谣》,《人民文学》2005年第11期。

少在理论和表象上得以大大地缩小。既然农民可以进城,那么至少从道义上讲,体制不必再为城乡差距负主要责任。然而这仅仅是表面上的逻辑推演,必须看到,城市化浪潮为整个社会带来了空前的发展机会,但是城乡二元社会结构的先期存在已经决定了这些机会不会属于中国农民,农民进城仅仅是城市建设的现实需要,农民进城之后,城乡二元结构的空间形态被打破,但在发展机会方面,城乡二元结构依然以隐性的方式继续存在。从农村到城市,从农民到农民工,空间和名称变了,但中国农民在整个社会结构中的处境却并未获得丝毫的改善。

当前中国在城市化、现代化过程中的许多问题并非城市化、现代化本身所必然带来的问题,而是历史、政治、体制等方面遗留或一直存在的问题。这些问题在过去因为社会相对凝固的状态而被掩盖或忽略,在城市化过程中则逐渐暴露且尖锐起来。因此,当越来越多的问题随着城市化进程的推进而暴露出来,人们很容易从城市化的角度去寻找原因,城市化极有可能因此而成为替罪羊,甚至成为转移矛盾的借口。如果这些问题得不到及时的研究和清理,就必将演变成价值层面的困惑,导致整个社会进入更加迷茫的状态。学者丁帆指出:"如果说西方的资本主义从17世纪以后的发展是按时间顺序进行的,它的历时性链接是环环相扣的;而今天中国经济与政治发展的不平衡性和落差性,以及它在同一时空平面上共生性的奇观,无疑给中国的文化和文学带来了极大的价值困惑。"① 而要厘清价值层面的困惑,就必须从历史传统和社会制度等多方面考察。就当前城市化进程中的突出问题来看,经济发展的不平衡是显而易见的,也是最表象的;而政治发展的不平衡则是潜在的、隐性的,但它对社会文化和心理的影响却往往更加直接、深入、久远。无论是城乡分治时代的显性二元结构,还是城市化时代的隐性二元结构,农村和农民都处于绝对的弱势地位,属于被迫牺牲的一员。

二 农民进城的补偿心理与尊严需求

现代工商业对效率的追求使得商品的生产与消费都需要相对集中,现代工商都市由此产生,而且不断膨胀。现代工商业的发展不断创造新的就业机会,吸引农民进城,并把他们转变成工人、市民,同时也成为城市商

---

① 丁帆:《中国乡土小说生存的特殊背景与价值的失范》,载《文艺研究》2005年第8期。

品的消费者。从这个角度讲,城市化进程中农民与城市应该是平等自愿、双赢互利的关系。然而在中国,城市化并不主要是由于现代工商业的发展而导致的自然而然的历史进程,而是掺杂了许多具有中国特色的甚至是人为造成的特殊情况,比如在身份地位上"农"与"非农"的巨大悬殊,导致绝大部分农民对城市的顶礼膜拜和对农村的厌烦嫌弃,当城乡之间的藩篱解除之后,绝大多数农民都难免怀着一种补偿心理盲目进城的。对这部分进城农民而言,城市首先意味着一种身份,而当身份无法"城市化"时,进城不仅不能给自己带来更美好的生活,反而会因为此前长期与城市的隔绝导致如今与城市的错位,从而形成身在城市却无法融入城市的尴尬,不仅生存无法轻易获得改善,甚至在城市的压迫之下反倒更加绝望。

正是由于农民对城市的绝对艳羡和城里人对农民的不屑一顾,进一步导致了城市的目空一切、飞扬跋扈。在这样一种"唯城独尊"的时代心理支配之下,农民进城不仅未能弥合或缩小此前的城乡差距,反而进一步将农民的弱势地位彰显出来。

铁凝的短篇小说《谁能让我害羞》讲了一位在城里送水的农村少年的故事。故事情节很简单,讲得却非常精彩。农村少年在一水站打工,负责给顾客家里送矿泉水。水站位于一条拥挤嘈杂、破烂不堪的肮脏小街。一位城里的少妇因为打不通水站的电话开着轿车找上门来,少年面对光鲜高贵的城里少妇,一下就对自己猥琐的形象和处境"恼火"起来。

> 少年目送女人开车远去,特别注意着她的白色汽车。他不知道那车是什么牌子,但这也许并不重要,重要的是一个开着汽车的女人光临了这个水站,这间破旧、狭隘的小屋。她带着风,带着香味儿,带着暖乎乎的热气站在这里,简直就是直奔他而来。她有点发怒,却也没有说出太过分的话,并且指定要他给她送水。她穿得真高级,少年的词汇不足以形容她的高级。少年只是低头看了看自己,原来自己是如此破旧,脚上那双县级制鞋厂出产的绒面运动鞋已经出现了几个小洞,少年对自己有些不满,有些恼火,他回忆着第一次给女人送水的情景,基本上没想起多少。只记得房间很大,厨房尤其大……①

---

① 铁凝:《谁能让我害羞》,《长城》2002年第3期。

找上门来的城里少妇一瞬间就让农村少年崩溃了。她的汽车、她的香味、她的热气、她的服饰……城里少妇的一切无一不让农村少年自惭形秽。他抓紧时间回了一趟自己寄宿的姑姑家，偷来表哥的礼服穿上，他觉得只有穿上表哥的礼服才配为城里女人送水，才配出入她那样高档的人家。当少年穿着偷来的礼服把水送到少妇家之后，少妇坚持要用酒精给瓶口消毒。

> 女人分明没有留意他的新装，反倒使劲擦起水桶那密封过的瓶口，已经是嫌恶他的意思了。而这少年的内心还谈不上十分敏感，判断力也时常出错，他固执地认为自己的"改头换面"尚嫌不够，他又想起了属于表哥的几件时髦玩意儿。①

后来送水时，少年"改头换面"一次比一次用劲儿，自然也是一次比一次不伦不类。最后一次送水时遇上电梯故障，少年气喘吁吁地把水扛上八楼，口渴难耐，想喝口水，少妇依然像往常那样指了指水龙头，而不是饮水机。少年终于忍无可忍，一定要喝矿泉水，少妇则坚持不让，悲剧由此发生。

> 少年彻底绝望了，他知道他要的不是矿泉水，那么他要的是什么？他到底想要什么？他其实不清楚，他从来就不清楚。现在，就现在，他为他这欲罢不能的不清不楚感到分外暴怒，他还开始仇恨他为之倾心的这套西服，这一身的鸡零狗碎。他开始撕扯它们，他的手碰到了腰间那串穿着折刀、剪子和假手机的钥匙串。他一把将刀子攥在手中并打开了它：刀子不算太长，刀刃却非常锋利；少年用着一个笨拙的、孤注一掷的姿势将小刀指向女人，还忍不住向她逼进一步。他觉得他恨她，他开始恨她的时候才明确了他对她的艳羡。但在这时艳羡和仇恨是一回事，对少年来说是一回事。从艳羡到仇恨，这中间连过渡也可以没有。他就是为了她才弄了这么一身西服皮鞋，而现在这个女人就像西服皮鞋一样地可恨。可是他想干什么呢，杀了她还是要她的矿泉水喝？也许都行。此时的少年不能自持了。他甚至不能区分

---

① 铁凝：《谁能让我害羞》，《长城》2002年第3期。

杀一个人和逼一个人给他一口水喝,哪个罪过更大。他没有预谋,也就没有章法,走到哪儿说哪儿。①

农村少年为了能配得上为城里少妇送水而努力改变自己,却怎么也无法得到城里人的认可,最终在绝望中莫名其妙地沦为罪犯。在这位农村少年眼中,城市相对于农村的优越性主要不在于先进,而在于高贵。先进是就价值层面而言,代表着社会发展的方向和未来;而高贵是就社会体制和阶层而言,在当代中国则指向每一个体不同的身份属性。农民进城之后,空间层面的城乡差别不复存在,然而身份层面的城乡差别却依然在延续。小说中的农村少年不过是在努力装得像一个城里人,然而不管他怎么折腾,他发现自己在城里人眼里依旧是那么低贱,连喝一口矿泉水的资格也没有。虽然他面对的是一个女人,但城里女人不言自威,不战而胜,农村少年终于彻底绝望,稀里哗啦一败涂地。中国的城市太强大了,只是强大的首先不是城市本身,而是特殊历史造就的城市优越感。在农村人口远远超过城市人口的情况之下,"唯城独尊"成为一种普遍的社会共识和客观现象,这显然是一种扭曲的、畸形的、让人痛苦的城乡关系。如此情形之下,农民进城首先不是与经济发展相适应的自然而然的过程,而是有着更为复杂的社会文化心理,比如对城市身份的渴望,就体现了农民有着政治意味的平等诉求。

可以说,中国的城市化大潮是在一种畸形的城乡关系下开始的,从本质上讲,中国农民强烈的进城欲望其实是一种扭曲的社会文化心态的反映,而这样一种病态的社会文化同样体现在城里人身上,比如城里人对自己身份优越感的捍卫,以及对乡下人的鄙视和排斥。付秀莹的短篇小说《无衣令》写得细腻而精致,小说中来自乡下的美丽少妇小让成了京城一家报社副总的情人,被安排在报社做保洁。甄姐是北京本地人,下岗之后也在报社做保洁。虽然同样是在一家单位做保洁,但是甄姐总觉得和一个乡下女人共事有损自己的体面,于是经常有意无意地在心理上打压一下小让。

甄姐是北京人,早年在服装厂,后来下了岗,到报社来做保洁

---

① 铁凝:《谁能让我害羞》,《长城》2002 年第 3 期。

了。怎么说呢，甄姐这个人，倒是极热心，老北京人那种特有的热心。又正是四十多岁，更年期，有点话痨。当然了，小让当然能够感受得到，甄姐的热心里隐藏着的那种居高临下的优越感。甄姐说话快，一口一个外地人，是正宗的京腔儿。说好好的北京，都让外地人给搞乱了；说外地人皮实，什么活都肯干；说要是没有那么多外地人，北京房价怎么这么高？虽然甄姐很快就会补充说，我可不是说你啊小让。你别往心里去。小让嘴上说没事，可是心里却还是不太舒服。听多了，就自己劝自己，本来就是外地人嘛，还能不让人家说。①

在甄姐有关外地人的看法中隐含着一个危险的逻辑：在城乡分治时代农民与城市无关，而在城市化时代农民既然可以自由进城了，那么随之而来的所有问题都可以归咎于农民，如此一来，农民成了所有城市问题的根源。这一看似顺理成章的逻辑推理在现实生活中其实并不鲜见，它反映出长期扭曲的城乡关系以及与之相关的病态社会心理还广泛存在且根深蒂固。

如果没有对扭曲的城乡关系和相关的社会心态进行深入的反思并在政策方面作出相应的引导和调整，而是在价值观和社会文化心理方面明显准备不足的情况之下迫不及待地推进城市化进程，那么中国的现代化进程就必然会沉疴未除又添新疾，一路隐患不绝，最终事与愿违。比如在农民进城的问题上，随着进城条件的逐渐放宽，越来越多的农民可以进城落户，从表面上看，这一举措纠正了城乡分治时代犯下的错误，在一定程度上弥补了曾经对农民的不公。然而几十年的城乡分治遗留下来的绝不仅仅是政策方面的问题，扭曲的城乡关系所导致的扭曲的城乡观念依然广泛存在，农民偏执而狂热的进城欲望并不一定代表他们对城市生活方式的向往，甚至进城之后反而把传统的乡村生活方式生硬地搬进城市。当前相当一部分中国农民进城并不是冲着城市本身而去，而是冲着城市的象征内容而去，其背后有着强烈的补偿心理。因为在漫长的城乡分治时代，农民属于被牺牲的阶层。"建国以后实行的户口政策，是对农民最深重的歧视。户口政策延续了历代统治者把农民死死摁在土地上的思路，使农民的迁徙自由和

---

① 付秀莹：《无衣令》，《芳草》2012年第4期。

择业自由受到了莫大限制。在严格的户口等级制中,农民处在宝塔式等级阶梯的最底层。只要祖上是农民,就有可能世世代代沿袭下去。鲤鱼有'龙门',农民有'农门'。一道户口的鸿沟横亘在城乡之间,城外的人想进来,城里的人不愿出来。"① 正是在如此极端处境之下,中国农民用他们几十年的血汗完成了中国工业化所需的原始资本积累。"农民是中国最大的纳税群体,却享受不到纳税人的待遇:没有公费医疗,没有养老保险,更没有城里人那么多名目繁多的社会福利待遇。"② 几十年来为中国牺牲最大的群体却始终没有获得"国民待遇",农民不属于"国家的人",在有着数千年农耕传统的国度,农民在农村再也找不到归宿感! 正是由于这些方面的原因,致使中国农民选择进城时普遍抱有强烈的补偿心理,他们最执着的愿望是成为"国家的人",享受到起码的国民待遇。在农村病无所医,老无所养,农村成了中国农民的伤心绝望之地,只有城市才是他们心目中死而无憾的唯一归宿。

　　孙春平的中篇小说《叹息医巫闾》讲了一位山区农民罗智山和城市大半生的纠葛。罗智山自幼聪明好学,解放后不久考上了中学,并在姐姐姐夫的帮助下到城里上学。初中毕业后罗智山又考上了高中,但由于家里实在太穷,他不忍心撇下山区的父母在老家挨饿,毅然回家务农。娶媳妇那一年正值全国闹饥荒,罗智山为了活命撇下年轻漂亮的媳妇独自外出闯荡,流浪到包头参了工。就在可以转正的时候,他却为了家里的媳妇放弃了成为正式工人的机会又回到山区农村。罗智山数次折腾却终究没有走出大山成为城里人,成为他一生的遗憾。当两个儿子成家之后,罗智山绝情地将他们赶出老家,逼迫他们到外面去闯荡。在送儿子外出时,为了斩断儿子对故土的牵挂,他还特意搞了一个告别祖宗的仪式。

> 　　三舅(罗智山,引者注)带着两个儿子,来到后山坡姥爷姥姥坟前,说,这一辈子,我三次走出大山,还是都回来了。我现在老啦,老雁似的再扑腾不动,只好守在山里了。可你们还年轻,该出去闯闯啦。我扑腾了一辈子,大山外的地界也算没少走没少看,总算认准了

---

① 钟姜岩:《转型时期的中国农民问题(代序)》,见《从减负到发展——中国三农问题分析》,中央编译出版社 2005 年版。

② 钟姜岩:《转型时期的中国农民问题(代序)》,见《从减负到发展——中国三农问题分析》。

一个理，山外也苦也累也难，可咋说，也还是比咱山里好活人。你们今儿个就给你们的爷爷奶奶磕个头，算是辞祖远行，然后就回家安顿准备吧。家里的几亩薄地，还有老婆孩子，你们都不用惦记，我和你妈还能扑腾几年，就再给儿孙们效几年老力。二林看了看哥哥，跪下了。大林犹豫了一下，也跪下了。三舅从怀里摸出一瓶老酒，淋洒在黄土坟前，说，爸，妈，你们在天有灵，保佑你们的孙子吧。我跟他们说，这一去，不管闯得头破血流，也要在山外扎下根去，可不能像我似的，出去了回来了，又出去又回来了，到头来竹篮打水一场空，还得回到大山里一丘黄土埋身。就是为了你们的重孙子，为了咱罗家的子子孙孙，他们也得横下一条心，出去了就绝不能再回来。爸，妈，我带大林二林，给二老磕头，我要他们给祖宗们立下血誓啦……①

罗智山的行为极具象征意义。他让儿子"辞祖远行"，"出去了就绝不能再回来"，不难想象，一个中国农民向自己的祖先和家园如此决绝的告别，其内心是多么的痛苦和绝望。中国农民之所以如此偏执地要进城，大多不是因为希望，而是因为绝望——他们必须从绝望之地出发，竭尽全力朝城市走去，哪怕城里并不一定能找到他们想象中的希望和未来。对罗智山而言，进城与否已经不再是一个现实生存的问题，而成了城乡之间的价值选择。这样一种极端的扭曲的城乡观念自然不会产生好的结果，离家几年，罗智山的大儿子冤死于煤矿，二儿子进了监狱。

在这样一种心态的支配之下，相当一部分中国农民抓住一切机会非常坚定地进入了城市。他们并没有比较明确的打算和目标，更谈不上长远的规划和理想，他们为了进城而进城，只要能活下去，就决不离开城市。著名打工作家郑小琼联系自己的亲身经历和实地采访，以纪实文学的方式呈现出南方城市里打工阶层的生存现状，她的作品既是极具有震撼力的文学创作，同时也是难得一见的社会文献。在《女工记》中，郑小琼记录了一位湖南农村女孩儿的城市生活。女孩名叫小玉，17岁，初中毕业，跟着父母来到城市，父母进厂打工，她除了溜冰、上网便无所事事。

我问小玉以后的打算，她说能有什么打算，老家是不会回去的，

---

① 孙春平：《叹息医巫闾》，《人民文学》2001 年第 3 期。

想在城里待下来，自己没有文化，也赚不了多少钱，她有点儿失落，"过一天算一天吧，反正又不是我一个人这样！"她叹了一口气，然后告诉我她认识的朋友，都跟她差不多，都是这样生活。

小玉其实很想在城市中待下来，她把头发染得蓬松而金黄，左耳朵戴三个大小不一的银耳环，右耳朵没有戴，鼻子上有一个很大的鼻钉，穿着有破洞的牛仔裤和露脐装，她努力地朝着城市年轻人的潮流靠近，因为在这外表时尚的潮流中，她觉得自己不再是一个来自湖南乡村的女孩子。她努力地想洗掉她来自乡村的气息，做一个城市人。①

过一天算一天，就这样开始做一个城市人，反正死也不回老家。这不是小玉以及和她一样在城里流浪着的孩子们的错，他们是无辜的，甚至和他们父母一样，他们也是被牺牲的一代。邵丽的短篇小说《明惠的圣诞》同样是写一个农村女孩儿进城的故事，作品中弥漫着同样的无奈和绝望。小说的情节大致是这样的：明惠的母亲满以为女儿能够考上大学，将来可以跟着女儿进城享福，不想明惠却没考上。明惠的母亲无法接受这一现实，成天辱骂明惠，终于把明惠骂进城里当了按摩女。进城之后明惠改名叫圆圆，一边做按摩女一边也卖淫。后来圆圆认识了离了婚的公务员李羊群，做了他的情人。圣诞节之夜，李羊群约圆圆到酒吧狂欢，圆圆第一次体会城市夜生活的狂热，很兴奋。就从圣诞之夜开始，圆圆住进了李羊群家，过起了城里人的优越生活，俨然一位小主妇。第二年圣诞节之夜，李羊群带着圆圆到了一个更高级的度假村，结果在那儿碰见了李羊群的一群朋友。见了朋友，李羊群仿佛一只羊回到了羊群，谈笑风生，游刃有余。圆圆被晾在了一边，她这才意识到自己不属于这群人，不属于这座城市。

那些人好像立马就把圆圆给忘了，他们在他们身边坐下来。他们相互打情骂俏，也说一些文化事儿，有时还夹杂了英语。李羊群给他们每人要了一杯威士忌，男女都一样。他们开始自在地饮自己的杯中物。女孩子戴了很酷的首饰，跷了兰花指擎着杯子。她们也抽烟，样子极为优雅，就那么光明正大地在男人堆里抽。圆圆的那些女伴们也

---

① 郑小琼：《女工记》，《文学界》2012年第4期。

有抽烟的，可她们是在没有客人的时候，偷偷地抽，样子放荡而懒散。圆圆放松了一些，她因为不再被他们注意而放松。他们吐出的烟雾像一条河流，但她觉得自己被他们隔在了河的对岸。他们喝酒，圆圆就喝自己那瓶加柠檬的科罗那。女士们是那么地优越、放肆而又尊贵。她们有胖有瘦，有高有低，有黑有白。但她们无一例外地充满自信，而自信让她们漂亮和霸道。她们开心恣肆地说笑，她们是在自己的城市里啊！

她圆圆哪里能与他们这个圈子里的人交道？圆圆是圆圆，圆圆永远都成不了她们中的任何一个！①

第二天，圆圆从从容容地享受了一天城里人的生活，然后悄无声息地结束了自己年轻的生命。李羊群在清点圆圆遗物的时候发现了一张身份证，才知道她叫肖明惠，一位来自农村的女孩儿，圆圆不过是她来城市后临时改的名字。在自尽前的那个圣诞之夜，明惠发现自己虽然身在城市，但距离城市依旧那么遥远，遥远得永远无法抵达。虽然生不属于城市，但她可以选择死在城市，死成了她进城的最终方式。

以严格区分"农业人口"与"非农业人口"为主要特征的城乡二元结构曾经给中国农民带来了严重的伤害，当城市化进程逐渐提速，户籍政策逐渐宽松，"农"与"非农"的区分逐渐淡化，显性的城乡二元结构也随之逐渐瓦解，但与之相应的关于城市与农村的价值定位却一如既往、根深蒂固，成为隐性的城乡二元结构。当绝大部分农民将进城作为最高的人生目标，将城市视为唯一可以死而无憾的最终归宿，这种一味鄙弃乡村艳羡城市的社会心态，将使城市变得更加无情和贪婪，城市化运动也必然因此变得更加无所顾忌，恣意妄为。进城农民在极端扭曲的城乡观念的支配之下也不可能在城市过上理想的生活。

第二节　城乡的异质与互补

新中国实行的城乡分治是对城市和乡村简单而粗暴的区分和定位。在

---

① 邵丽：《明惠的圣诞》，《十月》2004 年第 6 期。该小说获得第四届鲁迅文学奖。

城乡二元结构之下,"农"与"非农"的功能划分造成了农村与城市彼此否定的对立关系。在极端的非此即彼的城乡关系中,人们普遍在乎的只是制度层面的优越性,趋利避害成了人们在城乡之间进行选择的唯一理由。因此,城乡分治制度构成了对城乡各自本质属性和特点的最大遮蔽,无论城市还是乡村,在城乡二元结构的社会形态之下都无法呈现出其丰富复杂、多姿多彩的一面。

自中国步入现代历史阶段之后,新文学在如何面对现代城市与乡土世界的态度方面就一直是复杂的、多元的。以鲁迅为代表的乡土小说作家群落对传统乡土世界更多的是持批判的立场,在他们笔下,中国农村显得老气横秋、封闭沉滞、悲惨压抑、令人窒息。"新文学主流在表现乡土社会上落入这种套子,一个重要的原因在于新文化先驱们的'现代观'。在现代民族国家间的霸权争夺的紧迫情境中,极要'现代化'的新文化倡导者们往往把前现代的乡土社会形态视为一种反价值。乡土的社会结构、乡土人的精神心态因为不现代而被表现为病态乃至罪大恶极。在这个意义上,'乡土'在新文学中是一个被'现代'话语所压抑的领域,乡土生活的合法性,其可能尚还'健康'的生命力被排斥在新文学的话语之外,成了表现领域里的空白。"① 在一群价值观明显倾向于"现代"的知识分子那里,传统文化主要成了批判对象,对乡土世界衰朽一面的揭示则是批判传统文化的主要途径。但是就整个现代文学范畴来看,"乡土生活的合法性,其可能尚还'健康'的生命力"其实并未"被排斥在新文学的话语之外"。以沈从文、废名等为代表的京派作家,他们笔下的乡土世界则呈现出另一派意境幽远、生机无限的诗意景象,反倒是代表着"现代"的城市显得腐朽堕落、萎靡颓废。所以,在20世纪的绝大部分时间里,新文学中的乡土与城市其实是一种相互依存、价值互补的关系。即使在对传统文化的批判最为激烈的作家那里,也无法掩饰浓烈的乡愁和对记忆中乡土世界的无限留恋。比如鲁迅在小说中对故乡主要持批判立场,然而在其以回忆为主的散文集《朝花夕拾》中,对故乡则是一往情深。这一现象说明,即使像鲁迅这样激进的现代作家,在如何面对现代与传统的问题上,也不是无所保留地选择现代否定传统,而是在走向现代的过程中时时

---

① 孟悦:《〈白毛女〉演变的启示》,收入唐小兵编《再解读——大众文艺与意识形态》,牛津大学出版社1993年版,第87页。

回头打量，在城市谋生的闲暇还恋恋不忘关于故乡农村的美好记忆。而在京派代表沈从文笔下，都市里的生命是虚伪的、萎缩的，城市文明用各种无形的绳索捆绑人性，让人扭曲、变态。在沈从文看来，"城市中人生活太匆忙，太杂乱，耳朵眼睛接触声音光色过分疲劳，加之多睡眠不足，营养不足，虽俨然事事神经异常尖锐敏感，其实除了色欲意识和个人得失外，别的感觉官能都有点麻木了。"① 而乡下人远离城市文明的种种束缚，反倒更能返璞归真，在单纯原始的乡村世界求得健康和谐、天人合一的生命状态。

事实上，在现代文学的范畴内，城市与乡村在价值层面一直呈现出互补的状态。第一批进入城市的中国现代作家很深切地体会到城市生活"注定了要使我们在失去一部分'过去'的同时，失去与其连带着的诗意"②。他们大多是住在城市思念故土，住在城市往往是由于生存和发展的现实需要，属于形而下的生存策略的选择；而思念故土则牵涉着情感与精神的需要，带有形而上的意味。也就是说，当中国现代知识分子的生存空间由乡村转移到城市之后，他们中相当一部分人的精神家园并没有随之进城，而是依然留在了乡土故园。在他们的情感世界和哲学体系中，农耕传统的乡土中国依然决定着他们的感受方式和思维习惯，"城市从来没有为中国现代作家提供像陀思妥耶夫斯基在彼得堡或乔伊斯在都柏林所找到的哲学体系，从来没有像支配西方现代派文学那样支配中国文学的想象力"③。然而，这并不一定意味着缺憾，甚至可能反而是种幸运，因为中国现代作家既有城市的生存背景，又有源远流长的传统精神资源，在有限的生命中可以同时拥有现代城市与传统乡土的双重体验。特别是对中国现代文学的第一代作家而言，他们往往受过传统的私塾教育，有着深厚的国学根基，后来又受到五四思潮的洗礼，崇尚新学，放眼世界，传统与现代在他们身上汇集交融，使得他们得以有机会基于自己的亲身经历和切身体验对传统和现代、乡土与城市进行比较，从而为中国历史在由传统而现代的转型过程留下一代知识分子珍贵的情感和思想的痕迹。无论面对传统的

---

① 沈从文：《习作选集代序》，见《沈从文选集》（第5卷），四川人民出版社1983年版，第230页。

② 参见赵园《地之子》，北京十月文艺出版社1996年版，第87页。

③ 李欧梵、邓卓：《论中国现代小说（摘要）》，载《中国现代文学研究丛刊》1985年第3期。

立场和姿态存在多大的差异，在他们的笔下，传统的乡土世界都构成了他们生命中无法舍去的诗意部分。这一现象足以说明传统和现代、乡土与城市并不是势不两立的关系，而是有着相互依存和补充的一面。可以说，在追求现代的过程中，如何重新认识和发现乡土中国的现代价值是中国新文学诞生以来一直未曾间断的主题。

一 城里的马车

孙惠芬的长篇小说《吉宽的马车》是新世纪小说中重新体验乡土、发现乡土的杰出代表。小说写了歇马山庄的一个名叫申吉宽的懒汉，在村里其他所有人都有着执着得近乎疯狂的进城欲望时，他却心安理得地待在农村。他喜欢睡地垄、听鸟鸣、看日出，也喜欢读《鲁滨逊漂流记》《包法利夫人》《安娜卡列尼娜》，甚至迷恋法布尔的《昆虫记》。小时候吉宽能在地垄里睡一整天，能听见来自地底下很深处的另一个世界的声音，当他把自己看到和听到的讲给大人们听时，所有人都以为他是一个怪物。十多岁时，赶马车的父亲为了孩子不再睡地垄，把他弄到马车上，从此吉宽没日没夜地恋上了马车，初中没毕业就回家开始了他的赶车生活。他安于现状，不思进取，三十多岁了还没讨上媳妇。歇马山庄的人都认为吉宽是个懒汉，不靠谱，在他们看来，有本事有追求的话就该往城里奔，守在歇马山庄是没有出息的表现。除了吉宽之外，歇马山庄的每个人都想进城，都想逃离家乡。村里很少被人提起的女子许妹娜，进城打工在饭店端盘子，才两个月时间就被城里的一个小老板看中，引起村里不少人的羡慕。可是后来，村民听说小老板也是一个农村人，于是心头一下子平衡了许多。是否农民，成了歇马山庄的村民判断一个人高低贵贱的首要标准。虽然自己也身为农民，但他们依然瞧不起农民，这样一种在价值层面对农民的否定其实也是对自己的否定。正因为在他们心目中农民低人一等，所以他们才要抓住一切进城的机会，竭尽全力逃离农村，逃离歇马山庄。

不难看出，在歇马山庄，绝大部分人的存在与环境是矛盾的、错位的、分裂的，个体生命与自己身处其中的空间有着在而不属的关系。也就是说他们生在歇马山庄、长在歇马山庄，但却无法接受歇马山庄。显然，这样一种生存状态是非常痛苦的，而且这样的痛苦几乎是与生俱来的、很难改变的。正是在这样的环境中，偏偏有一个名叫吉宽的懒汉与众不同，他不想进城，而是热爱自己家乡的土地，热爱父亲留给自己的马车，享受在家乡的每一天日子。吉宽不想进城显然不能简单地归咎于他不思进取，更不是因为他冥顽不化。他喜欢《鲁滨逊漂流记》《包法利夫人》《安娜卡列尼娜》《昆虫记》，这使得他和歇马山庄的其他人显得有些格格不入。就他的爱好和品位来看，吉宽在歇马山庄多少显得有些超凡脱俗、鹤立鸡群。乡亲们成天忙忙碌碌，却每天过着自己不想要的生活。只有吉宽每天优哉游哉、怡然自得，睡地垄、马车，看日头、白云，唱着自己编的歌谣，好不逍遥自在！然而除了吉宽，歇马山庄不再有人留恋、珍惜，大家都恨不得尽快逃离这片土地。偌大的歇马山庄如今只有吉宽还热爱着它，用心感受它、体验它，并从中发现无限的快乐和诗意。

  要是在秋天，马车上拉上稻草，稻草里没有任何虫子，一只偌大的菜豆象也就现了原形，我躺在密扎扎的稻草堆里，看着日光的光线从稻草的缝隙里流下来，流到眼前的土道上，流到周边的野地里，那光线把土道和野地分成五光十色的一星一星，吉祥和安泰躲在星光后面，变幻的颜色简直让人心花怒放。要是在心花怒放时再闭上眼睛，再静静地倾听，那么就一定回到童年在地垄里听到和看到的世界了。大地哭了，一双眼睛流出浩浩荡荡的眼泪，身边的世界顿时被彻底淹没，车和人咕噜噜陷进水里——不知多少次，马拉着我在野地里转，转着转着就转到了河边，连人带车带马一遭掉进河里，在呛了一肚子水之后，水淋淋躺在岸上做白日梦。①

吉宽虽然贫穷、懒散，然而他的日子却过得有滋有味、诗意盎然。他的心思不在个人得失，而在整个大自然。表面上看，他一贫如洗，然而他却以自己的方式超越了世俗的贫富标准，从而解放了自己，让自己拥有了自由和大地。我们完全可以说，懒汉吉宽其实是歇马山庄超凡脱俗的智者，是农耕文明孕育的大智若愚的诗人。他整天游荡在大地母亲的怀里，尽情享受着大自然无私的馈赠，没有世俗的欲念和烦恼，差不多达到了天人合一的至高境界。

  然而一次偶然发生的爱情却点燃了吉宽的世俗欲望，并拽着他从自己

---

① 孙惠芬：《吉宽的马车》，作家出版社2007年版，第2页。

的自由世界退回到世俗世界。他再也无法抵御现实世界势利的眼光和尖刻的嘲讽,身不由己地放弃了先前悠然自得的生活,背叛了自己和歇马山庄,走上了一条不归之路。在别人眼中,吉宽进城是觉悟的表现,是走上了正道;然而对吉宽而言,这恰恰是向世俗的屈服,是放弃自我随波逐流。所以当他决定离开歇马山庄,离开母亲般慈祥宽容的大地,他对自己的放逐就开始了。在城市里,他再也找不回那个圆满自足、逍遥自在的自己。

  那是一段怎样的日子呵,城市在我眼里仿佛一座看不到方向的森林,穿行在森林里的我,犹如一只被猎人追逐的野兽。一天一天,我总是狂躁不安,都大冬天了,动辄就是一身冷汗,而每一次出汗,都因为这样一种情形,站在高楼之间熙熙攘攘的人群里,或者走在车辆川流不息的马路上,我的脑袋会自觉不自觉冒出这样的念头:我怎么能在这里?我为什么要来这里?为什么?如此一问,汗立即就水似的透过肌肤,衣服里水淋淋一片。①

从乡村的怡然自得到城市的狂躁不安,吉宽的生命开始进入了身不由己的另一种状态。在乡村他过着自由自在的属于自己的生活,在城市他只感觉到茫然无助、不知所措,对吉宽而言,城市生活无疑意味着一种异化,他必须忘掉自己、抛弃自己、违背自己,在痛苦的自我否定中来适应城市生活。

  于是,在那样的晚上,屋子就不再是屋子,而是牢笼,人就不再是人,而是困兽,左冲右突直想把墙壁洞穿,毁掉所有城市有钱人的房子。这时,我会突然发现,实际上,不管是我,还是林榕真,不管是许妹娜,还是李国平,还有黑牡丹,程水红,我们从来都不是人,只是一些冲进城市的困兽,一些爬到城市这棵树上的昆虫,我们被一种莫名其妙的光亮吸引,情愿被困在城市这个森林里,我们无家可归,在没有一寸属于我们的地盘上游动;我们不断地更换楼壳子住,睡水泥地,吃石膏粉、木屑、橡胶水;我们即使自己造了家,也是那

---

① 孙惠芬:《吉宽的马车》,作家出版社2007年版,第113页。

种浮萍一样悬在半空，经不得任何一点风雨摇动……而如果仅仅是这样，也还好，至少，我们并不自知我们是谁，我们会在不自知中与吸引我们的那个东西谋面，从而更肆意地编织我们的梦想。偏偏不是这样，比如我们睡的是楼壳子，吃的是石膏粉和木屑，我们却又那么近距离地亲近着舒适和美好，我们不管吃什么住什么，一样发散着任何物种都惯于发散的气息，致使我们的梦想伸展到不属于我们的种群里，模糊了我们跟这个压根就跟我们不一样的种群的界限，最终只能听到这样的申明，你错了，你不能把自己当人，你就是一只兽。①

如果仅仅是吉宽面对城市，我们从他身上看到的主要是现代都市对农业子民的异化；如果把吉宽纳入进城农民工这一庞大的群体，那我们还将看到特殊的社会制度对人的异化：农民工在拼命进城的同时却对自己进城的合法性充满了怀疑，仿佛农民进城有些大逆不道，"致使我们的梦想延伸到不属于我们的种群里"？农民工面对城市的战战兢兢显然更多地缘于制度层面的担心，属于制度对人的异化。孙惠芬在作品里有意无意地呈现出了中国农民工进城之后不得不面对的双重异化。

90年代以来，大量农民工题材的小说创作主要聚焦于农民工的生存状况和社会地位，表达对农民工这一弱势群体的关注和同情，以及对城市化时代社会不公的揭露和批判。这一类创作在面对农民工的极端生存处境时很容易悲愤难平，将笔墨集中于对社会不公的批判和谴责。孙惠芬在《吉宽的马车》这部长篇小说中也有类似的批判，但显然没有止步于此。从她对吉宽进城之前与家园大地紧密联系的深情书写中，我们不难看出她对农民生存现状与未来前景的进一步追问，比如农民的理想真的在土地之外吗？土地上真的已经没有美好生活了吗？显然，这样的追问已经超越了对城乡不公的社会现实的激烈批判，触及了很容易被城乡二元社会结构遮蔽的一个更深层次的问题，那就是城市化时代乡土世界的深层价值。在传统的农耕社会，土地是最主要的生产资料，承担了生产物质财富的主要任务，土地的珍贵性主要体现在其有用性的一面。由于农耕社会的生产方式相对单一，农业生产之外很难找到其他更高效的创造财富的途径，导致社会的财富总量相对有限，从而反过来更加强化了土地的重要性。对于中国

---

① 孙惠芬：《吉宽的马车》，作家出版社2007年版，第189页。

社会经济由传统向现代的转型，费孝通先生曾有过这样的论述，"中国传统处境的特征之一是'匮乏经济'（economy of scarcity），正和工业处境的'丰裕经济'（economy of abundance）相对照……匮乏经济不但是生活程度低，而且没有发展机会，物质基础被限制了；丰裕是指不断地积累和扩展，机会多，事业众。在这两种经济中所养成的基本态度是不同的，价值体系是不同的。在匮乏经济中主要的态度是'知足'，知足是欲望的自限。在丰裕经济中所维持的精神是'无餍求得'"①。在中国传统文化中，对土地的认识和体验都是基于费孝通先生所说的"匮乏经济"，与土地对人的供养密不可分。我国目前正在积极推进的工业化、城市化就是一个从"匮乏经济"走向"丰裕经济"的过程。然而，当"丰裕经济"时代逐渐到来，我们是否一定要抛弃传统"匮乏经济"条件下"知足"的基本生活态度，而变得"无餍求得"呢？孙惠芬显然意识到了这一问题，并通过吉宽这一人物形象把问题诗意地呈现出来。吉宽在歇马山庄知足的诗意生存显然是和"匮乏"联系在一起的，虽然"匮乏经济"孕育了"知足"这样一种基本的生活态度，但是"知足"并不一定导致"匮乏"，我们并不能因为对"匮乏经济"的否定而否定"知足"的生活态度，"知足"应该有自外于"匮乏经济"的独立价值。当"丰裕经济"离我们越来越近，我们是否可以把"知足"的生活态度在一定程度上和"丰裕经济"结合起来呢？换句话说，在"丰裕经济"条件下，我们能否抛弃"不餍求得"的紧张状态，而去寻找吉宽在故乡大地上的那种"知足"的生命境界呢？

　　在这样的追问之下，工业化、城市化时代乡土世界的深层价值便一点点凸显出来。吉宽以及和他一起进城的乡亲在城里忙碌，疲于奔命的同时也创造着财富，可是他们当中却没有一个人在城市里找到了理想的生活。这其中制度所造成的城乡隔膜自然是一个不可忽略的重要因素，而费孝通先生所说的"无餍求得"则是更深层次的根本性的原因。在一定程度上可以说现代城市就是一台台创造财富的机器，在利益的驱动之下不知疲倦，永不满足。人一旦进入城市，就成了机器上的一个零件，被城市的紧张和效率驱赶着、压迫着，变得身不由己。与现代城市的高效、紧张、压

---

① 费孝通：《中国社会变迁中的文化症结》，收入《乡土重建》，见《乡土中国》，上海人民出版社2007年版，第243页。

抑和贪得无厌形成鲜明对比的是乡村世界的宁静、懒散、缓慢和知足常乐。现代城市所代表的现代生产方式在物质财富方面解放人类的同时也将人异化，给人的主体性以新的束缚和压迫；而乡村世界因为物质财富的相对匮乏在对人的欲望构成一定限制的同时，也给了人更多的自主空间，让人有充分的闲暇去体验和感受大自然对人类丰厚的馈赠。现代生产方式的进步并不意味着人的全面进步，物质财富的相对匮乏也并不意味着生命内容的必然匮乏。其实，现代城市的"丰裕经济"反倒更容易让人深切地体会到自身的匮乏，而乡村世界的"匮乏经济"也可以让人感受到生命世界的丰盈自足。城市和乡村无论是在空间层面还是文化价值层面本来是互补的，但在中国当下的城市化进程中，乡村世界存在的合理性以及可以发掘的深层价值都被充分忽略了。

在《吉宽的马车》这部长篇小说中，孙惠芬很好地呈现了处于乡村与城市、传统与现代夹缝中的当代中国人执着而又迷茫、坚定而又怀疑的进退两难的尴尬处境。小说中的吉宽迫于欲望的驱使和环境的压力，不得不选择进城打拼。他在告别自在自洽的乡村生活的同时也迫不得已地放弃了自我，走上了一条与自己为敌的不归之路。然而城市的喧嚣繁华光怪陆离始终无法涤荡他骨子里对乡土的向往，在为黑牡丹装修饭店时，他几乎是本能地把自己的最熟悉和牵挂的马车融入了装饰中。

> 将一个马车模型制作完毕，才用了不到五个晚上，当一匹前蹄扬起的老马拉着一辆木轮马车，奔跑在大厅最开阔的那面墙壁上，我几乎有些泪流满面。不错，我满怀着对乡村事物的怀念制作了马车，可是我一点都不知道，将这怀念之物挂到墙上，会是这种感觉，它不仅仅使大厅里有了田园、乡土的气息，还有了某种落后于时代的、古旧的、倒退的气息，有了某种把原始的生命力定格在墙上的历史感。我不知道我是否喜欢落后、倒退还有原始，反正，那一瞬间我相当震撼，它让我对自己原来某种信念的背叛有了最初的觉醒。①

马车属于乡土和田园世界，属于农耕时代。在有马车相伴的日子里，吉宽自由自在地游荡在弥漫着泥土气息的故乡大地上。然而后来他背叛了

---

① 孙惠芬：《吉宽的马车》，作家出版社2007年版，第243页。

马车，背叛了他自己想要的生活。如今他只能把马车模型作为一个象征符号挂在城市的墙上，聊以慰藉自己那越来越空空如也的内心世界。孙惠芬通过吉宽这一人物形象不再是简单而激烈地批判城乡不公的问题，而是表达了农耕子民在逃离乡土、失去乡土之后可能面临的更深层次的精神迷惘与痛苦，从而进一步凸显了城市化时代乡土世界被广泛忽略的隐含价值。

二　庄稼进城

贵州青年作家王华发表于《人民文学》2009年第2期的中篇小说《在天上种玉米》同样涉及城市化时代乡村与城市的互补性问题，并以轻松诗意的方式把城乡冲突转化为城乡之间一次美妙的谅解和契合。小说的情节大致是这样的：在北京六环东北角一个叫善各庄的村里，住着很多外地农民工。这些农民工大多来自同一个地方——三桥村，一个远离北京的偏僻村庄。最早从三桥村来北京打工的都是些青壮劳力，慢慢地，他们把女人和小孩带到了北京，最后连老人也陆续搬了出来。三桥村大大小小老老少少差不多都聚集到了北京的善各庄，老村长王红旗见全村的人几乎都汇集到了一起，相当于把整个村子都从老家搬到了北京，于是就想把善各庄改名为三桥村，甚至还为此专门找到当地政府部门。老村长认为既为庄稼人就必须得有地，但又租不到地。一个偶然的机会他发现善各庄的屋顶平平整整，一块一块的，很有些地的模样，于是发动大家往屋顶搬土造地，并种上了玉米。房东发现后很生气，坚决不同意。但当他们再次回到村庄，远远看见屋顶上那一块一块魔毯一样生机勃勃的绿色时，心情一下就变了。

> 来阻止他们往屋顶上垫土那房东回去以后大概就把那事给忘了，过了很久又才想起来，就带了好几个房东一起来看他们的房子。远远地他们就看到村子的上空浮着一片绿。阳光下，就像魔术师悬浮在空中的一块块绿色的魔毯啊。等走近了，他们仰视着空中那一片一片生机逼人的玉米林，竟然就有那么一段时间，忘记他们是来这里干什么了。一股北风吹来，他们才清醒地意识到这样的美景跟自己没有关系，要是这跟自己没有关系的美景长在别处也就罢了，可它偏偏又是长在自家的房顶上，这就不能怪他们心生妒忌了。把房顶上的玉米通通拔掉！把土铲掉！这是他们众口一词的要求。怎么能拔掉呢？那玉

米长那儿多可人啊，再说我们费了多大的劲儿才弄出了这一片景啊！我们不干，坚决不干。后来他们说不拔也行，但得交地租。不管这地是不是你自己造的，但这地长在他的房顶上。这是有些欺负人了，但看看空中那绿得醉人的景儿，我们妥协了。

我们按地的面积，每户都补了地租，他们也就走了。①

老村长王红旗大半辈子都在老家三桥村度过，对他和他这一辈人来讲，曾经的城乡分治使他们与城市处于彻底绝缘状态，他们的人生经历中没有任何城市因素，他们的根已经深深地扎在了乡土，城市是与他们的生命毫不相干的另一个世界。对于王红旗的儿子这一辈来说，他们大多不屑于父辈土里刨食的贫寒生活，年纪轻轻就进城谋生，虽然只是农民工，但对城市的适应要容易得多。而王红旗的孙辈则自小跟着大人进城，属于农民工子女，尽管没有正式的城市户口，却自小在城市环境下成长。王红旗的儿辈和孙辈一般都没有农事耕作的具体经历，祖辈的乡土世界对他们来说已经很遥远很陌生了。所以，城市生活对于王红旗的儿子、孙子辈来说都不是问题，而对于王红旗以及他的同辈人来说，离土进城则意味着被连根拔起之后，又抛入另一个完全陌生的世界，如何适应新的环境成了一个巨大的问题。他们是中国城市化进程中非常特殊的一代，乡村和城市对他们而言主要不是空间意义上的并置关系，而是时间上的阻隔。费孝通先生曾说，"时间上的阻隔有两方面，一方面是个人的今昔之隔，一方面是社会的时代之隔。"② 王红旗前半生与后半生的各自独立、判然有别，属于今昔之隔；而传统农耕与现代城市又对应着不同的时代，亦有时代之隔。前半生与城市绝缘的单纯的乡土生活决定了王红旗们很难融入城市，进城之后他们注定会水土不服，不可能在钢筋水泥的森林中找到自己满意的归宿。

对农耕传统的子民而言，土地和庄稼是生命中最重要的内容，也是自我与世界之间最根本的联系。离开了土地和庄稼，农民所有的生命内容和生存体验都成了无源之水、无本之木。正因为如此，王红旗在来到北京之后满脑子想的仍然是老家的三桥村，他努力把自己熟悉的三桥复制到北京

---

① 王华：《在天上种玉米》，《人民文学》2009年第2期。
② 费孝通：《乡土中国》，北京出版社2004年版，第20页。

来，甚至一厢情愿无比执着地要把善各庄改名为三桥村。他不顾房东的强烈反对，带领村民一起往屋顶搬土造地并种上庄稼，强行把乡土要素注入城市空间。王红旗这一番对乡土要素的剪贴拼接构成了一幅奇妙的时空组合：他既把遥远偏僻的三桥村带进了首都北京，也把自己农耕时代的前半生融入了当前枯燥乏味的城市生活。他制造了一片错位的时空，并在错位中重新找到了自己。这一次城市对农村显得很温情，没有在三桥村面前表现出以前常见的不可一世、高高在上的优越感，城市与乡村在屋顶的那一块块悬浮着的生机逼人的玉米林面前达成了谅解。这是从偏僻的三桥村和遥远的农耕时代走来的任性的老村长王红旗对城市的一次温情改造，让那些被乡土放逐的人们不断忆起自己的祖先，回首自己的故园。对于一个有着悠久农耕传统的社会而言，城市化不能只是一味不停地向前走，还应该不断地回头看，在由乡村到城市、由传统到现代的路途上须时刻留意是否抛弃了不该抛弃的。

源远流长的农耕传统对于城市化并不一定构成障碍，相反，由于二者的强烈反差和对比，可以将各自的利弊更加深入地彰显出来，再加上中国自20世纪90年代中期以来的城市化运动迅猛激烈的特征，使得在同一时空里的传统与现代、乡村与城市的并置和对比更加鲜明，这一城市化进程的特殊性在为整个社会带来激烈矛盾和复杂问题的同时，也带来了一些额外的优势，让我们得以在城市化进程的初始阶段就充分关注到传统乡村与现代城市在空间与文化功能等方面相互依存和互补的一面，提前研究和应对现代城市可能存在的"文明病"，从而避免西方在城市化进程中所走过的弯路。

赵本夫于2008年出版的长篇小说《无土时代》将现代城市置于传统农耕文化背景之下，对现代城市的病象进行了无情的、甚至是令人惊悚的批判。《无土时代》是"地母三部曲"中的最后一部，前两部分别是《黑蚂蚁蓝眼睛》和《天地月亮地》。小说的题记"花盆是城里人对土地和祖先种植的残存记忆"明确宣示了作者的立场和作品的主题。在作者看来，大地乃万物之母，然而城市却用坚硬冰冷的钢筋水泥将自己和大地母亲隔离起来，花盆里仅有的一点象征性的泥土一方面说明了城里人无法斩断与大地母亲的联系，另一方面又暗示了城市对人的异化以及城市人生命力的萎缩。小说一开始就写到城市与大自然的错位，把人与自然割裂开来。

当然，木城人也不在乎春秋四季，他们甚至讨厌春秋四季。因为四季变换对城里人来说，除了意味着要不断更换衣服，不断带来各种麻烦，实在没有任何意义。比如春天一场透雨，乡下人欢天喜地，那是因为他们要播种。城里人就惨了，要穿上雨衣雨靴才能出门，烦不烦？刚走到马路边就发现到处汪洋一片，车子堵得横七竖八，交通事故也多起来，碰坏车撞死人，你说城里人要春雨干什么？夏天到了，酷暑难耐，再加上马路楼房反射日光，上百万辆汽车在大街小巷排成长龙排放热气，整座城市就像一个大蒸笼，一蒸就是几个月，木城人有理由诅咒夏天。至于日照对农作物的作用，真的和城里人没什么关系。秋天更是个扯淡的季节，雨水比春天还多，麻烦自然也就更大。天气又是忽冷忽热，弄得人手忙脚乱，不知道穿什么才好。医院的生意格外红火起来，里里外外都是些受了风寒的人，打喷嚏流鼻涕犯胃病拉肚子头疼腰疼关节疼，任哪儿都不自在。乡里人说秋天是收获的季节，城里人收获的全是疾病。冬天来临，北风一场接一场，把人刮得像稻草人，大人不说，光孩子上学就够受罪的了。突然一场大雪，除了早晨一阵惊喜看看雪景，接下来就剩麻烦了。洁白的雪很快被城市废气污染得黑糊糊的，化出的脏水四处流淌，然后又冻得硬邦邦滑溜溜，一不小心摔得人不知东西南北。①

在这段文字中，日月星辰、春夏秋冬，这些大自然最重要的组成部分不再与城市息息相关，城市不仅在自然之外，甚至可以说是反自然的存在。城市引领人们越来越远离大地，远离自己的本性，生活在城市里的人们被过度的欲望所支配，永远不知满足，反而比农耕时代过得更为艰辛。城里人为了生存，不得不昼夜不分苦苦拼搏，相互倾轧，不择手段，精神高度紧张，绝大部分人心理扭曲，焦虑不安，导致厌食、肥胖、失眠、性无能等病症，在作者看来，所有这些精神和身体的疾病，都是因为不接地气、违背自然。小说中有这样一个情节：一位在城市里打拼多年的女老板，厌倦了紧张压抑虚伪冷酷的城市生活，不再相信爱情，独自来到偏远的乡下草儿洼，在蓝水河边一间废弃的小屋住下。女人在草儿洼过着原始简单轻松自在的生活，自己就地采集野菜，打水做饭，每天傍晚还到蓝水

---

① 赵本夫：《无土时代》，人民文学出版社2009年版，第1—2页。

河里游泳。草儿洼的留守村长方全林在一次受委屈之后,为了发泄心头的怒火,把这位城里女人强奸了。事后方全林非常害怕,惶惶不可终日,甚至做好了蹲监狱的准备。然而就在这时,他收到了一份从城里寄来的报纸,报纸上有一篇用红笔圈起来的文章,题目叫《回归原始》。

  这篇文章的作者叫麦子,文章的大体内容是写她回归大自然的一段经历。麦子说她在商场打拼十几年,身心疲惫,厌倦了城里的生活,不想谈钱、爱、情感这些字眼,就独自去了一个偏僻而遥远的地方。那里森林茂密,百鸟成群,还有一条古老的蓝水河。河水深而清澈,里头有许多稀奇古怪的鱼类和水兽,但它们并不伤人。下到河里游泳时,那些鱼就会围上来和她亲昵,用嘴碰她的身子,浑身又痒又舒服。还说她如何在那里放松自己,修养身心,如何放逐灵魂,引诱一个强壮的土著人,体验了一次原始而简单的性爱。她说从内心里感激那个男人,因为他让她获得一次彻骨而纯粹的快感。①

  草儿洼的青壮年都进城打工去了,方全林只是一个留守村长。就在农民往城里走的时候,城里这位女人却开始了反向度的突围和寻找,到偏僻荒野的大自然中寻找原始、本真的自我。和这位女人类似的还有木城出版社总编辑石陀。石陀早年留学美国,是人类学博士,但是性情孤僻古怪,好好的办公桌他偏偏不用,而是习惯坐在一架自制的粗糙木梯上看书、审稿。特别是在晚上,石陀仿佛一个梦游者,怀揣一把小铁锤来到马路上,趁人不备悄悄敲碎一块水泥,然后满心欢喜地等待,过不了几天,那里就会长出一簇绿油油的嫩草。石陀也是木城的政协委员,每年他都要一本正经地提出看似荒诞不经的议案:扒开马路,拆除高楼,让人脚踏实地,让万物在大地上自由自在地生长。石陀这些古怪的言行无非是想要城市接通地气,唤起木城人对大地母亲的记忆,重新回归自然。

  在城市化进程中往往是城市扩张,乡村溃退,而在《无土时代》中更多的却是城里人对乡土大地的向往以及乡村对城市的改造。草儿洼的农民天柱曾是生产队长,进城之后他带着几百号农民工兄弟承包了木城的绿化工程。天柱竭力寻找城里的每一寸土地,尽可能地种上粮食作物。在木

---

  ① 赵本夫:《无土时代》,人民文学出版社2009年版,第267页。

城创建全国卫生城市的过程中，天柱瞒天过海，带领手下人悄悄把城郊的麦苗移植进城，把木城里的361块草坪全部变成了麦田，结果不仅顺利通过检查，还得到了身为农林专家的检查团长的赞赏。春季来临，麦苗迎风旺长，逐渐现出原形，在木城引起一场轩然大波，经过广泛讨论，绝大部分市民都欣然接受进城的麦苗。麦收季节，木城人沐浴在满城的麦香里，到处欢声笑语，仿佛过节一般。

> 麦收的季节终于到了。一阵阵新麦的香味溢漫在木城的每寸空间，闻着都让人舒坦。全城像过节一样，到处欢声笑语。还有人放起了鞭炮。收割这些麦子，本来不够天柱带人干的。但天柱却按兵不动，只让手下人买了很多镰刀，分放在三百六十多块麦田边上，任由城里人自己收割。这一招有点阴险，他要以此培养城里人对庄稼的情感，进而唤醒他们对土地的记忆。
>
> 这一下不得了，麦子一夜之间被抢收精光！那些迟疑着动手稍慢的人家颗粒无收，纷纷抱怨这太不公平！于是收到麦子的邻居就劝说算了算了，等明年吧，早点动手。
>
> 其实用不着等到明年。
>
> 就在人们把麦子收割完毕之后，才忽然发现，这个城市的各个角落，凡是有土的地方，早已长出各种庄稼：高粱、玉米、大豆、山芋、谷子、稷子、芝麻、花生……还有各种蔬菜：黄瓜、茄子、辣椒、丝瓜、扁豆、青菜。甚至还发现了西瓜、南瓜、甜瓜……①

在王华的中篇小说《天上种玉米》中，庄稼还停留在城市的边缘；而在《无土时代》里，庄稼则渗透进了城市的每个角落。在两篇小说中，庄稼进城不仅没有遇到任何阻力，而且都受到了城里人的欢迎。不难看出，在城外的人热切向往城市、城市化进程不断加速的这样一个时代，生活在城市里的人感受到的并不全然是城市的优越性，从他们对庄稼的接纳与欣喜中可以看出，他们的城市生存并非圆满自足的，而是伴随着残缺和遗憾。中国现代城市的历史不长，即使是城市居民，也和传统乡土世界有着千丝万缕的联系，再加上传统农耕文化及东方艺术的长期浸润和熏陶，

---

① 赵本夫：《无土时代》，人民文学出版社2009年版，第357—358页。

在他们心灵深处,依然保持着对农耕时代乡土家园的强烈渴望。在城乡分治时代,城市身份虽然给了城里人相当的优越感,但是依然无法掩盖他们作为农人后裔在城市生活中无法摆脱的残缺感。"现代城市,其空间形式,不是让人确立家园感,而是不断地毁掉家园感,不是让人的身体和空间发生体验关系,而是让人的身体和空间发生错置关系。"① 对农耕子民来说,自然更是如此。当城乡分治时代逐渐过去,"非农"身份并不在制度层面高人一等,城市相对于农村在国家政策层面的优越地位不复存在,城市越来越回归到"城市"本身,城里人越来越同农民一样成为普通的社会公民,在如此前提条件之下,城市与乡村各自的优越及不足就会更加充分地彰显出来,城市与乡村依存互补的一面也会更加受到充分的关注,城市化进程才可能借此走上一条更加健康的道路。

西方国家的城市化曾有一个漫长的历史过程,其间也走过不少弯路,留下了许多宝贵的经验和教训。英国"田园城市"运动的发起人埃比尼泽·霍华德(Ebenezer Howard,1850—1928)充分注意到了城市和乡村各自不可替代的优点和彼此的互补性,煞费心机地提出了田园城市的构想,对人类现代城市文明产生了广泛而深入的影响。霍华德认为,"城市是人类社会的标志——父母、兄弟、姐妹以及人与人之间广泛交往、互助合作的标志,是彼此同情的标志,是科学、艺术、文化、宗教的标志。乡村是上帝爱世人的标志。我们以及我们的一切都来自乡村。我们的肉体赖之以形成,并以之为归宿。我们靠它吃穿,靠它遮风御寒,我们置身于它的怀抱。它的美是艺术、音乐、诗歌的启示。它的力推动着所有的工业机轮。它是健康、财富、知识的源泉。但是,它那丰富的欢乐与才智还没有展现给人类。这种该诅咒的社会和自然的畸形分隔再也不能继续下去了。城市和乡村必须成婚,这种愉快的结合将迸发出新的希望、新的生活、新的文明"②。在对乡村大地的体验和情感方面,霍华德和赵本夫如出一辙。然而在对城市的认识和评价方面,就体现出了一位西方学者和一位东方作家之间的巨大差别,霍华德对现代城市的认识和评价是相当客观而理性的,道出了城市也有乡村不可比拟的一面;而赵本夫对现代城市的批判则多少有些偏激,很多时候用情绪化的主观想象和表达取代了客观理性的思

---

① 汪民安:《身体、空间与后现代性》,江苏人民出版社2006年版,第129页。
② [英]埃比尼泽·霍华德:《明日的田园城市》,金经元译,商务印书馆2010年版,第9页。

考和评价。

　　霍华德所说的"社会（特指城市——引者注）和自然的畸形分隔"几乎是全世界在工业化、城市化过程中都曾遭遇到的问题。而在农耕传统的社会里，人与自然的关系往往更为密切，人对自然的体验和感悟往往也更为深入，在这样的文化环境里，霍华德"田园城市"的梦想或许更容易变成现实。在中国目前如火如荼的城市化运动中，不少地方都提出了田园城市的概念，有些房地产开发商甚至直接拿霍华德做广告，在楼盘里树立起他的雕像。看来，现代城市与乡土田园的相互借鉴与融合是东西方共同的愿望。

第四章

传统与现代的融合及归宿

霍华德所说的"城市和乡村必须成婚"主要是就城市与乡村各自的空间属性而言。他认为城市主要是"人类社会的标志",是各种人类关系及活动的集合;而乡村则更多的是大自然的赐予,是生命的孕育之地,是人类生存所需物质资源的出产地。只有让城市与乡村结合,才能避免社会与自然的畸形分隔。霍华德对城市与乡村关系的这一描述呈现出的是城乡共时性的特点,是空间互补性的一面。而在中国,由于农耕传统源远流长,并孕育了博大精深的东方文明,因此,在现代城市与乡村的关系中不仅涉及共时性的空间属性的差异,更涉及现代价值观念与广袤的乡土世界所承载的传统文化之间的关系。

在现代化追求这一点上,中国社会基本上有着共识,而且是坚定不移、不可逆转的。而在如何面对博大精深的传统文化、如何处理现代与传统的关系方面,则往往莫衷一是,彷徨纠结。一百来年的中国现代史就是这样一部混合着坚定与犹疑的历史,虽然多了些精神层面的困惑与折磨,却也从另一个角度丰富了中华民族走向现代的心路历程。

相对于现代社会的变幻莫测,传统农耕文明给人的感觉是熟悉的、亲近的、稳定的、安全的。费孝通先生说:"乡土社会在地方性的限制下成了生于斯、死于斯的社会。常态的生活是终老是乡。假如在一个村子里的人都是这样的话,在人和人的关系上也就发生了一种特色,每个孩子都是在人家眼中看着长大的,在孩子眼里周围的人也是从小就看惯的。这是一个'熟悉'的社会,没有陌生人的社会。"[①] 西方文明的强势介入和现代历史的开启中止了传统乡土社会的这种熟悉感,以及以此为基础的稳定感和安全感,现代社会的陌生感与不确定性随之而来,同时也带来了社会发

---

① 费孝通:《乡土中国》,北京出版社2004年版,第6页。

展和人生选择的多种可能性。选择现代化就意味着选择了一种不确定的但是却充满无限机会的敞开的未来，同时告别了农耕时代熟悉的、稳定的然而却是千篇一律、一成不变的生存方式。传统与现代的巨大反差与剧烈转型必然导致民族心理的阵痛与丰富，同时也会在一定程度上带来文化艺术的矛盾、多元和繁荣。

第一节 被写作凝固的传统与现代

当西方成为中华民族不得不面对的他者，当现代化成为农耕子民不得不选择的追求目标，如何在新的文化视野下完成对东方与西方、传统与现代的比较、认识和表述，就成为中国现代知识分子无法回避的重要使命。在一定程度上可以说，中国现代文化是比较的文化，在比较中既有对他者的逐渐熟悉和认识，也有对自我的重新发现、反思和调整。正是在这样一种文化环境之下，20世纪不少中国作家都力图以自己的方式完成对不同文化的理解和把握，并鲜明地表达出自己的观点。以鲁迅为代表的五四乡土小说作家更多地站在现代启蒙的立场上，对传统文化进行了深入的反思和批判，乡土世界在他们笔下成了一片封闭沉滞、愚昧麻木、暮气沉沉的僵死的社会；而在沈从文笔下，封闭偏远的湘西世界恰恰因为远离城市和现代文明而保留了其原始野性、纯朴自然、健康和谐的生命状态和人际关系，都市的现代文明反倒压抑了人的自然欲望，扭曲了人的天然本性。

鲁迅和沈从文对传统与现代特别是对中国传统乡村社会截然相反的体验和表达在新世纪小说创作中依然存在。阎连科的《受活》以荒诞奇崛的想象虚构了一个遗世独立、与世隔绝的理想世界——受活庄，受活庄土地肥沃，风调雨顺，在掉队的红军女战士茅枝婆到来之前，生活在这里的人们丰衣足食，无拘无束，日子过得悠闲散淡，逍遥自在，宛若人间天堂。然而，受活庄的圆满幸福是以残疾为前提条件的，这里的人个个残疾，外面世界健全的人（小说中称作圆全人）反倒成了他们眼中的异类。虽然小说中生活在受活庄的残疾人并不以自己的残缺为憾，然而他们天堂般的幸福生活却无法给人以理想的快慰，反倒让人倍感扭曲、压抑。受活庄的幸福圆满显然是农耕文明形态下自给自足的小农经济范畴内的乌托邦虚构，这种圆满自足是以空间的狭小封闭为前提的：受活庄是一个被世人遗忘的"三不管"的角落，没有与外界的交流，生活停滞，一成不变，没有机遇，重复循环，正是受活庄这些独特条件成就了受活庄人所谓的幸福生活，而这些独特条件恰恰又是农耕文明的显著特点，同时也是农耕文明的致命缺陷。而且不只是环境的缺陷，受活庄的每一个个体也是天生的残疾。也就是说，受活庄人看似幸福的美好生活其实是以缺陷、残疾为代价的，因此他们的幸福不可能是真正意义上的幸福，自欺欺人、掩耳盗铃成了他们实现自我满足和抵达圆满的最有效方式。完全可以说，阎连科对受活庄的乌托邦虚构是以绝望为出发点的，在看似天堂般的幸福圆满背后，其实是更彻骨的绝望和虚无。阎连科洞悉了传统农耕文化令人窒息的一面，然后天马行空地构想了一幅可能的理想图景，让人在看到幻想中的完美世界之后陷入更深的绝望，以此实现对传统文化的反思。这种对小农经济条件下最美生活的想象实际上是对理想的解构，仿佛是在告诫人们如此前提下的理想生活其实是一种更可怕的生活。可以说，阎连科在《受活》中对传统文化的批判是策略的、隐蔽的，也是决绝的、斩钉截铁的，有着和鲁迅一样的激愤和力度。

　　除了对传统文化的批判之外，新世纪乡土小说作家对正在到来的现代城市文明也有着高度的警惕和深入的反思。陈应松 2005 年发表于《人民文学》的中篇小说《太平狗》就是对现代工业和城市文明的激烈批判，与此同时，对神农架所象征的传统乡土世界则表现出了无尽怀念。小说讲述一条名叫太平的神农架赶山狗跟着主人程大种进城的经历。程大种进城打工，却不料自己家的狗太平也跟着进了城。在城里狗成了累赘，程大种找不到活干，于是狠心将太平卖给了集贸市场的狗肉贩子。太平在菜市场的狗笼里受尽折磨，在行将被宰杀之际被一位曾在神农架当过知青的老人救了下来。然而老人养狗却遭到了家人和邻里的强烈反对，加上经济拮据，所以万般无奈，只得放弃，于是太平又成了城里的一条流浪狗。虽然被程大种残酷抛弃，太平还是竭尽全力寻找自己的主人，最后终于在一个工地和主人重逢。由于包工头等人无法容忍狗的存在，程大种只好带着太平另外找活干，结果被骗进了一家黑工厂。太平在黑工厂被杀，关键时刻依靠地气死而复生，并从排污口成功逃离。太平伤好之后再次潜入黑工厂，打算帮助主人逃脱，终因势单力薄而回天无力。最后，程大种死在黑工厂，太平在主人灵魂的指引下，涉过千山万水，历经千辛万苦，终于回到了故乡。

第四章 传统与现代的融合及归宿

从表面看,这是一个关于人和动物的故事,其中狗对主人的忠诚尤其感人。然而随着小说细节的逐渐展开,读者看到更多的却是一条误入城市的赶山狗眼中的城市文明,并通过狗的视角揭示出现代城市文明肮脏、邪恶、违背自然的一面。在主人程大种将太平带到集贸市场准备卖给狗贩子的时候,太平第一次看到了城市里血腥杀戮的场景,看到了不同种类的一个个任人屠宰的可怜生命。

> 鸡鸭在以各自的声带拼命嘶嚷着,鱼在砧板上血淋淋地跳跃;活扒鹌鹑的人从鹌鹑的颈子那儿下手,像撕一张纸就把鹌鹑的皮毛给扒下来了,像脱一件羽绒衣,剩下光溜溜的、紫红色的肉;那鹌鹑可怜地还在站着,还能站稳行走,还在叫着,咿耶咿耶……割羊头的先抓着羊头,一刀下去,羊头就掉了,羊四蹄踢蹬着;买新鲜羊肉的妇女们站着队,手上摸着人民币,嘴里流着哈喇子,只等新鲜羊肉扔到案板上,那羊肉还因为疼痛在一跳一蹦,一个妇女就机灵地抓到了一块,扔进篮子里,羊肉仿佛依然在跳动着。①

在描写了集贸市场内人对动物的残酷屠戮之后,作者很快又写到集贸市场外城市对人的屠戮。

> 市场旁汽车们正在灰蒙蒙的大街上飞速运行,喧腾有如涨水时的河谷。一辆大卡车撞瘪了一辆小汽车,死人血淋淋地从车里拖出来。刚才还是个活人,瞬间就成了死人,比山里的野牲口吞噬人还快呀!一溜的红色救火车催逼人心赶往一个地方;两个在人行道上行走的男人无缘无故地打了起来,打得头破血流,看热闹的人刹那间围了过去,像一群见了甜的山蚂蚁;一个挑担小贩跑黑了脸要甩掉一群城管。城市里充斥着无名的仇恨,挤满了随时降临的死亡,奔流着忐忑,张开着生存的陷阱,让人茫然无措。②

市场内充满了血腥和死亡,市场外一样充满了血腥和死亡。市场内是

---

① 陈应松:《太平狗》,《人民文学》2005年第10期。
② 陈应松:《太平狗》。

人对动物残忍的屠戮，市场外是人被城市里现代化的工具残忍地屠戮。对动物而言，市场就是它们的刑场；对人而言，城市又何尝不是他们的刑场？在小说中，陈应松尽情揭露城市贪婪、冷酷、残忍的一面，特别是对农民工而言，城市在利益的驱动之下，全然不顾他们的死活，更遑论做人的尊严。一个又一个农民工的生命葬送在一个又一个建筑工地，城市充分利用了农民的弱势地位，以最廉价的方式最大限度地榨取他们的体力和生命，可以说，农民工与城市的关系在相当程度上暴露了中国城市化运动最核心最顽强的动力，那就是利益集团丧心病狂的逐利冲动。当今中国城市的主题是发展而不是更美好的生活，发展的背后是利益，利益驱动着每个人，也支配着每个人，所以导致"城市里充斥着无名的仇恨，挤满了随时降临的死亡，奔流着忐忑，张开着生存的陷阱，让人茫然无措"。而在城市最底层的农民工，在相当长的一段时期里他们的生存境况形同奴隶，连城市里的一条狗都不如。小说中写到城里一工地塌方，死了两个农民工，腾出了空缺，第二天程大种等几位农民工就顶了上去。看似夸张的情节，其实在中国城市化运动的现实中却司空见惯。

> 程大种来到的是一个修路工地，在几丈深的泥水里挖稀泥埋涵管。程大种不知道，是两个死人给他们让出了空缺——昨天这个深坑旁的挡板垮塌埋下了两个民工，再把他们挖出来时已一命呜呼。这事儿惊动了电视台，还有一个什么领导也亲临现场指挥挖人。程大种他们没有看电视，对这儿的事一无所知。因死了人，挖土的民工跑了大半，工程又叫得急，包工头只好去招了程大种等五六个新人。①

然而程大种上班还不出五天，工地上又出事了。

> 可恼的是不出五天，坑壁又塌了方，又埋进了一个河南人。等大家把他挖出来，双腿都断了。河南人在医院里上了夹板，就拖回了工地的工棚，每到晚上，就凄凉地悲号。大家每晚不能睡觉，白天又是繁重的劳动，就想把这个河南人赶出去，并要求包工头发发善心把他送到医院去打止疼针。可包工头骂骂咧咧道："我这段工程转了三道

---

① 陈应松：《太平狗》，《人民文学》2005 年第 10 期。

手，还死了两个人，又伤了一个，我哪有钱让他住医院？如今住一天医院抵老子们一年的吃喝，我亏了血本啦！"

这个河南人慢慢地开始发臭，两个露在外头的光脚都变黑了。程大种为不让他悲号，给他买了瓶"驴子尿"（啤酒）。但是他喝了依然高亢地悲号，估计是疼得受不了。没几天，便头发深长，口腔溃烂，人已瘦成一副骨架子，等到他的双脚开始流脓，包工头才把他弄到医院去，听说双腿都要锯掉。①

在中国当前仍在推进的轰轰烈烈的城市化运动中，农民工是一个非常特殊的群体。他们为城市建设牺牲最多，贡献最大，报酬却最低。更为严重的是，在官方关于城市各项指标的统计中，城里的农民工则成了令人讨厌的累赘而被完全排除在外。考察和思考当前中国的城市文化，城市与农民工的关系绝对是一个不能忽略的方面，它折射出的是城市与人和人性的典型关系。不难看出，在表面轰轰烈烈、突飞猛进的城市发展过程中，主导中国当前城市化进程的核心价值观是无法把城市引向一个健康美好的未来的。正是在如此情形之下，陈应松对城市丑陋险恶一面多少有些惊悚的描写就变得不难让人理解了。

正是因为有了城市作对照，神农架的乡村世界才呈现出世外桃源一样的诗意和祥和。小说中的赶山狗太平每每在城里遭遇不幸时，都会忆起在故乡神农架度过的美好时光。

> 现在除了疼痛、寒冷与饥饿它一无所有。其实，太平它拥有许多，当它泡在疼痛中回忆的时候。那深夜的山风正在森林中呜咽蹒跚，草垛吹得飒飒直响。那只因为没有主人在家而安然熟睡的狗太平，细匀深沉的鼾声正应和着一阵阵山潮哩。它撵花栎林中的社鼠。它吃猪槽的食。它梦见峡谷尽头落日的余晖。它狂吠不已，那是因为它想吠，没有任何原因。早晨的山冈满是露水打湿的鸟声和牛铃声……深夜，优美的深夜，一无所想的深夜。夜太长，在柔软的草窝里，它强闭着眼睛一次又一次地进入梦乡，日子一天一天美美地过去……

---

① 陈应松：《太平狗》，《人民文学》2005年第10期。

可它已经来到城市，它已经误入城市。①

显然，这段文字是借赶山狗太平的视角写了一段人的体验，呈现出生命与环境另一种和谐融洽的诗意景象。小说在写城市时，着眼点在于揭示城市与生命的紧张关系，无论对于人还是动物来说，城市都意味着刑场、屠宰场，城市并不孕育生命，但却以各种方式剥夺生命。城市被欲望所驱使，"充斥着无名的仇恨，挤满了随时降临的死亡"。在城市里或许可以谋一时之利，但在根本上却是与生命为敌。而恰恰是这样一个与生命为敌的所在，却在大地上疯长，吞噬着越来越多的生命。与之相对的则是偏远僻静的乡村世界，那里平和幽远，舒适闲淡，自由自在，诗意盎然……霍华德在《明日的田园城市》（Garden Cities of to-Morrow）中强调的是城市与乡村在空间属性上互补的一面，认为"城市磁铁和乡村磁铁都不能全面反映大自然的用心和意图"，因此"城市和乡村必须成婚"②。而陈应松在《太平狗》中所呈现的立场和价值选择则是单向度的，城市成了生命的陷阱、罪恶的渊薮，只有乡村和大地，才是唯一的家园和归宿。在城市的黑工厂被杀害的太平，在大地母亲的怀里接通了地气，重获能量，死而复生，这一段具有魔幻色彩的描写在呈现象征意义的同时，更具有情感的感染力量。

> 太平是在夜间逃跑的。因为被扔在地上，它的身子沾上了地气，就会从死亡中活过来。地气有一种让生命复活的伟力，只有在大地和山冈上生长的狗，才能接受到这种地气的灌注，死而复生。对地气的无比敏感和依赖，是那些赶山狗生命力会出现奇迹的根本；它们像一株株植物，承接着、汲取着大地的养分，它们的身体里有这种聚集吸收的根须。它们的生命属于遥远的山冈和无处不在的大地……
>
> 太平摇摇晃晃地站起来，大地推了它一把，将它撑持了起来，四条腿，都给了它平衡的力量。大地说：你是不死的，你是罪恶城市的邪火中的金刚；大地说：你必死在故乡，安然长眠在阳光的森林里，

---

① 陈应松：《太平狗》，《人民文学》2005年第10期。
② [英] 埃比尼泽·霍华德：《明日的田园城市》，金经元译，商务印书馆2010年版，第9页。

山冈上的马尾松和清风必是你送亡的见证人。一只蜜蜂在杓兰的紫花笼中为你嗡嗡念着悼词，山坡草地上的芍药是你铺满夏天的白色挽幛。鸟声啾唧，那是天上的香雨，一直穿透你的忠魂，飞入云端……

太平依托着大地站了起来，满眼泪光闪烁……①

大地母亲孕育了生命，而人类却背叛母亲，一个劲儿地朝生命的屠场——城市涌去。他们为利益所诱惑，把自我交给与生命为敌的城市，越来越不接地气。而太平，这只神农架的赶山狗，被城市残酷地杀害，又被大地母亲救起。在人们越来越艳羡城市的时候，只有它还是名副其实的"地之子"，与大地母亲血脉相连。

陈应松满含深情地描述神农架的一只赶山狗，显然有着自己深切的用意。神农架得名于华夏始祖神农氏，传说当年神农氏在此架木为梯，遍尝百草，教民稼穑。作为神农氏后裔，华夏子民的血液里自然而然地流淌着农耕文明的基因，而在追求工业化、现代化的过程中，却不得不在一定程度上背叛自己的基因，特别是像程大种这样从神农架深处走向城市的农民，他们仿佛从远古走来，突然遭遇凶悍贪婪的现代城市，只有任人宰割，最终在城里死无葬身之地。陈应松在新世纪的创作不少都以神农架为背景，这些作品被评论界称为"神农架系列"。"神农架系列"有对现代文明的批判，也有对神农架当地文化的批判。但就《太平狗》这篇小说来看，作者没有自外于神农架，而是时时和赶山狗太平一起纵情于那方山水，神游于那片土地，并从中找到自己心灵的慰藉和灵魂的归宿。因此，在这篇小说中，神农架显然象征着中华民族源远流长的农耕传统，构成了与现代城市文明相对应的另一极，成了被现代文明所伤害的农耕子民的疗伤之地。

阎连科的长篇小说《受活》中的受活庄与陈应松的中篇小说《太平狗》中的神农架都是传统农耕文明的典型代表。受活庄封闭停滞、一成不变，受活人个个残疾，看似幸福圆满，实则自欺欺人，他们一辈又一辈的生命不过是在一个封闭的空间里延续着单调的重复、绝望的轮回；而《太平狗》中的神农架则呈现出农耕文化的另一面，那里淳朴和谐、生机蓬勃、自在从容、诗意盎然，成了与卑污的现代城市相对应的世外桃源。

---

① 陈应松：《太平狗》，《人民文学》2005年第10期。

受活庄与神农架同为农耕文明的典型,却表现出完全相反的价值指向,这说明在急剧的社会文化转型过程中,中国作家在如何理解和把握传统与现代方面出现了明显的分歧,有时甚至是截然相反的立场。这种分歧和矛盾在新文学范畴内一直存在,比如鲁迅的故乡和沈从文的湘西世界,虽然同为乡土中国,却呈现出各自不同的体验和价值判断。在整个新文学的范畴内,无论是对传统文化的批判还是赞美,都各自有其充分的逻辑和理由,自然也都各有其价值所在。我们需要关注的一个现象是,在这些作品中,对传统与现代的认识和表现往往很容易以偏概全,动辄就陷入非此即彼、二元对立的武断逻辑。文学创作不是客观理性的认知判断,感性激情是艺术的特权。新文学领域内在如何看待农耕传统这一问题上存在着大量的偏激之作,这些作品虽然有欠公允,但却往往具有公允之作所不具备的强大的感染力量。比如鲁迅在《狂人日记》中将传统文化一概视为"吃人"的文化,虽然偏激,却更能振聋发聩,发人深省。但是从另一角度看,不少作品在追求感染力的同时,也很容易将表现对象单一化、概念化,无论是基于现代价值观对传统文化的批判,还是对农耕文化诗性传统的留恋和发掘,往往都是只顾一面,不及其余。这样一来,无论表现传统还是现代,最后都把对象变成了一种死板的、凝固的文化。所以,"百年中国小说的乡土叙事基本上是在静止秩序中开展文学的想象。无论是乡土批判话语还是乡土诗情叙事,都隐含着一个整体的乡土想象,作为文化背景和情感质态制约、影响着现代性话语的言说方式,一边是现代性的冲动和焦虑,一边是前现代性文明的诱惑。可以说,百年中国小说的现代性叙事是一种撕裂的叙事、痛苦的叙事"[①]。这样的叙事往往不顾及客观理性的认知逻辑,而是从作家自我感性的喜好出发,一厢情愿,痛快淋漓,"不管是批判乡土还是抗拒城市,两者都是以否定城或乡为叙事焦点,是城市或乡村的独语或自言自语,很难见到城市与乡村的对话和沟通"[②]。如此一来,作品中无论乡村还是城市,往往都成了带有作者极强主观情感色彩的凝固的"写照",从而失去了与现实生活紧密相连的复杂性和生命力。

　　赵本夫的《无土时代》也是这种非此即彼、二元对立思维模式的典

---

① 黄佳能:《新世纪乡土小说叙事的现代性审视》,《文艺理论与批评》2006 年第 4 期。

② 黄佳能:《新世纪乡土小说叙事的现代性审视》。

型。无论写城市还是乡村，作者都用先入为主的价值判断代替了描写对象本身的丰富复杂性，所有细节的堆砌似乎都是为了证明早已明确存在的观点。在写及城市时，作者仿佛实在无法按捺心头的厌恶和敌意，导致丰富的修辞指向单一的意旨，语言形式的复杂与扭曲并未带来感受的难度与延时，当然也不会有意蕴的张力与丰富。比如作者借柴门这一人物形象表达的对城市的一段看法：

> 他们为权为名为利为生存而拼搏而挣扎而相煎而倾轧而痛苦或精疲力竭或得意忘形或幸灾乐祸或绞尽脑汁或蝇营狗苟或不择手段或扭曲变态或逢迎拍马或悲观绝望或整夜失眠或拉帮结派或形单影只或故作清高或酒后失态或窃笑或沮丧或痛不欲生等等所有这些，都属于城市特有的表情。城市把人害惨了，城市是个培育欲望和欲望过剩的地方，城里人没有满足感没有安定感没有安全感没有幸福感没有闲适没有从容没有真正的友谊。①

这一大段中间没有标点符号的文字，可以说是在对城市的厌恶和仇恨的支配之下的语言狂欢，也是对现代城市在语言层面的恣意暴虐。赵本夫在接受采访时曾说："我不用标点完全不是玩形式，借用这种形式是为了人物内心表现的需要，他很急迫地很汹涌地表达一种观点，就像我们平时说话很快、很急、很冲动时，语不加点，甚至口吃，他就是要急迫表达一种观点，那是人物性格人物内心表现的需要。所以，我始终认为形式是为内容服务的。"② 或许正是由于表达愿望的过于急迫，才在一定程度上导致了审美层面的直白浅露，思想层面的简单武断。自然，这样一种对城市的批判方式是不会具有真正力度的。

同样的道理，当作者在激情和理想主义的支配之下表达对乡土诗意的热爱和向往，沉浸于虚构的乡村乌托邦时，笔下的乡土田园也会因为失去与现实世界的鲜活联系而变得虚无空洞，作者竭力呈现的农耕文化本身所具有的诗性传统也会凝固成一幅苍白的风景，变成无源之水、无本之木。比如《无土时代》中对草儿洼蓝水河的描写，就多少有些远离人间烟火

---

① 赵本夫：《无土时代》，人民文学出版社2009年版，第11页。
② 沙家强、赵本夫：《文学如何呈现记忆——赵本夫访谈录》，《南京师范大学文学院学报》2009年第4期。

的空中楼阁的味道。又比如在人物形象的塑造方面，也有着浓厚的理想主义色彩，导致了明显的概念化、类型化倾向。小说中有这样一段情节：草儿洼的村长方全林到城里去看望打工的村民，村民见到村长后都依依不舍，最后竟然请求村长给大家开个会，讲讲话。

> 方全林和天柱两口子聊了一阵子家常，互相问问情况。到傍晚时，院子里呼隆涌进一大群人，都是草儿洼的后生，大家听说方全林来了，都来看望，一片欢声笑语。后来人越聚越多，院里院外都站满了人，像是过年。方全林在屋里坐不住了。开始他还可以像接见一样在屋里见一拨又一拨，现在他必须出来了，就走出屋门和大家打招呼，一人一拳头，那个亲热劲！
> 天柱看大家不肯散去，就扯扯方全林的衣服，说全林哥，你开个会吧，给大家讲讲话。
> 方全林有些激动，又有些为难，说我讲啥？我不知道讲啥。
> 天柱鼓励他说你随便讲点啥，随便。
> 大伙也嚷起来，说村长咱们开个会吧！几年没开过会啦。开会，开会啦！……让村长给咱们开会！日他娘几年不开会啦，不开会怎么行啊！……①

在这段文字里，村民就像一家人，村长就像家长，这种看似其乐融融、温馨和谐的人际关系在中国农村恐怕是难得一见的。小说中不少人物形象都近于完美，除了村长方全林之外，还有包工头天柱，木城出版社总编石陀等，这些人物都有一个共同的特点，那就是对乡土大地的疯狂迷恋和执着信仰。作者努力通过一系列近乎完美的人物形象来打造想象中完美的乡土世界，但在这个乡土世界臻于完美的同时，其生命力可能也要大打折扣。

虽然在乡土文学创作中，作家对于传统文化的态度和立场很容易陷入非此即彼、二元对立的矛盾：要么否定、批判，要么赞美、留恋，但在现实生活中，作家的态度立场往往没有像在文学作品中所表现出的那样武断决绝。与现实生活比较起来，文学作品本来就是一个相对独立的艺术世

---

① 赵本夫：《无土时代》，人民文学出版社2009年版，第52—53页。

界。在营造这个艺术世界时,作者很容易在某种情绪和目的的支配之下,将一时的感慨和激情或明显具有个人色彩的偏好凝结成作品中固定的内容,这样做自然会导致作品越来越远离客观理性,但是同时也会让作品更加具有鲜明的个人风格和感染力量,而且这种片面的深刻在促进对传统与现代的进一步认识和反思方面往往比四平八稳的理性分析更为有效。比如以鲁迅为代表的五四乡土小说创作大多把中国乡村描绘成了暮气沉沉、毫无生机的僵死的社会,完全无视其可能依然存在的健康的诗意的一面,这种做法虽然有些偏激,但对民族传统文化的自我反思和现代启蒙理性的迅速传播却大有裨益。

然而自20世纪90年代以来,随着中国社会三农问题的日益凸显,中国农民的处境变得空前艰难,当一部分作家放眼广袤的乡村世界时,看到的往往是满目疮痍、民生凋敝的一番景象,中国文学强大的现实主义传统使得他们自然而然地将关注的目光投向了现实民生,他们忧愤难平,为民请命,自然不会将处于弱势地位的乡村和农民作为批判对象。新世纪以来,随着城市化运动轰轰烈烈地推进,越来越多的农民涌进了城市,土地被大量撂荒,几年前才新修的房屋也人去楼空,不少行政村都成了只有少量留守老人的空壳村。在现代化、城市化正毋庸置疑地快速变成现实的社会背景之下,乡土作家往往痛心于中国乡村世界的迅速衰败,担心传统文化的当下命运及未来出路。正是在这种忧虑的支配之下,他们的创作更容易聚焦于传统文化诗性的一面,并将这种诗性尽情发掘提炼,并希图用自己的创作将传统文化中的精华保留并承传下去。尽管新世纪乡土小说创作中依然保留着对传统农耕文化的激烈批判,比如阎连科就是典型的一例,但是从总体数量上来看,对传统农耕文化中诗性一面的眷恋和赞美明显多于批判。应该说乡土小说创作领域的这一现象适时地反映了社会文化急剧转型过程中比较普遍的关切和焦虑。当年以鲁迅为代表的一代知识分子对传统文化所进行的激烈批判,其主要目的在于为中国的现代化追求提供动力并扫清障碍。如今近百年的时间过去了,当现代化、城市化已经成为无法改变的历史潮流,穷凶极恶地向我们扑来,当我们曾经无比熟悉的农耕传统已有些若即若离甚至渐行渐远,这时我们关注的重点理所应当转向传统文化中值得我们珍惜的一面。此时如果还是一味像当年鲁迅那样,聚焦于传统封建文化的阴暗面并予以毫不留情的揭露和抨击,就多少显得不合时宜了。

对于新世纪乡土文学创作中存在的这一现象,评论界也有过担心,"认为这部分作品倡导了重返农业文明,重返封建愚昧的落后观念,这无疑是对现代化历史潮流的一次逆向与背离"①。这种担心可以理解,因为中国在走向现代的路途上一直不乏来自传统文化内部的种种阻力。但必须同时看到这样一点,那就是传统文化不能一概而论。中国传统文化在民主、科学等方面的确乏善可陈,但在艺术这样的领域却是博大精深,千古流芳。对农耕传统中诗性文化的眷恋和发掘不仅不会导致重返封建愚昧的落后观念,而且是对过于功利的现代文化十分必要的矫正和丰富。

第二节 从传统的"匮乏"走向现代的"丰裕"

就财富创造效率与物质生活水平而言,传统农耕社会与现代工商城市是无法相提并论的。按著名社会学家费孝通先生的说法,"中国传统处境的特征之一是'匮乏经济'(economy of scarcity),正和工业处境的'丰裕经济'(economy of abundance)相对照……匮乏经济不但是生活程度低,而且没有发展机会,物质基础被限制了;丰裕是指不断地积累和扩展,机会多,事业众"②。所以在自给自足的传统农耕文化环境之下,人的生存大多与"匮乏"相伴,并常常在"匮乏"的威胁与逼迫之下艰难度日,"匮乏"成了农耕社会里绝大多数人一辈子无法摆脱的基本生存状态。可以说,农耕社会最主要的忧虑是关于"匮乏"的忧虑,最显著的梦想是关于"丰裕"的梦想。在20世纪的乡土小说中,无论对传统乡土的批判还是赞美,读者从作品中看到的乡村社会都不可能是一个"丰裕"的世界。新世纪乡土小说中一样存在着大量关于贫穷的书写,这些关于贫穷的书写用文学的方式很好地印证和注释了费孝通先生的理论。

陈应松在《太平狗》中对神农架表现出无限的赞美和向往,并将其描写成现代工商社会的精神家园;然而在他的长篇小说《到天边收割》中,神农架则呈现出另一番完全不同的景象,那里不仅贫穷、封闭,而且

---

① 赵允芳:《寻根·拔根·扎根:90年代以来乡土小说的流变》,作家出版社2009年版,第94页。

② 费孝通:《中国社会变迁中的文化症结》,收入《乡土重建》,见《乡土中国》,上海人民出版社2007年版,第243页。

愚昧、顽固、狡诈，令人绝望和窒息。同样的神农架，在同一作家的不同作品里呈现出完全不同的面貌，说明作家并不想或者也不能在一篇作品里完整系统地表达出自己的看法和立场。《到天边收割》讲述的是一个神农架深处的贫困孩子寻找母亲的故事。余金贵的母亲不仅勤劳持家，而且还曾经是当地有名的歌手。余金贵五岁的时候，母亲因为不堪忍受丈夫的毒打，和伐木队的一个河南人跑了。后来余金贵初中肄业，回家务农，在经过一次冰灾之后，他逐渐认识到家乡的人们是如此的迷信、愚昧，神农架的生活是如此贫穷、绝望。他的父亲只知道装神弄鬼，故作高深。姐夫的生活内容就是盗伐林木、聚众赌博和打老婆。同村的伙伴一次在打猎时将余金贵误伤，不仅不愿承担责任，反倒造谣说他是一只獐子变的。余金贵越来越无法忍受神农架毫无希望的生活，加上对母亲的强烈思念，在他23岁那一年，终于下定决心走出神农架去寻找自己的母亲。他拖着伤病的身体，经过漫长的流浪，终于在河南找到离散多年的母亲。母亲在外面艰难创业，已经小有成就，但仍然无法忘记当年的伤痛，她给了余金贵一笔钱，希望就此了断。余金贵离开母亲后到城里打工，因无法忍受同事的故意陷害而杀了人，又逃回神农架躲藏。就在他因伤病奄奄一息之际，遭人告发，警方把他送进医院，反倒救了他一条命。余金贵被判死缓，他对警察说如果让他再见一次娘，他就不上诉。警察答应了他的请求。小说的结尾，余金贵在监狱里服刑，神农架老家的女友表示坚决等他出狱，他母亲回神农架承包荒山，把养猪场建在了望粮山上。

《到天边收割》是一个典型的关于"匮乏经济"的故事。神农架的自然资源虽然非常丰富，但在传统农耕生产方式之下，这里从来就不曾"丰裕"过，年复一年，生活在这里的人们体会到的只有土里刨食的艰辛。每年化冻时节，神农架人就在紧张和兴奋中开始了他们又一轮辛勤的耕作。

"化冻啦！化冻啦！"

人们从床上爬起来，从屋里走出来，抬出了马锣、梆鼓、勾锣、酥锣、火炮、钹，甚至老铳，顶着霹雳和刺得人睁不开眼的金钩闪电，在屋场上冒雨欢呼。化冻了，人们又能走向田野山冈，出坡放牧，拾掇庄稼。特别是麦子，今年的麦子啊，今年的"泥麦"和"六月黄"，总算从冰雪中挣扎出来扬眉吐气了。这些麦子是当地的当家麦子，适合这高寒和光照严重不足的气候，这些麦子统统叫着"南麦"——这是雅称，其实叫"懒麦"，长得懒，慢慢吞吞，成熟期达十个月甚至更长；而且撒下了种许多人家就懒得打理了，让荒草与其竞争，谁先成熟收谁。麦子与野草共同繁荣、互利双赢的局面却从来没有出现过。但是，勤劳的人家总是有的，薅草，薅草，薅草。咱神农架人干的就是虎口夺粮的营生。化冻啦！咱们又可以走上阳光照耀的山冈，提着茶水瓦罐，背着锄头，吆着狗，去田里锄麦了，挖垄了，追肥了。猪圈牛栏的厩肥早就沤出深厚的臭味，就等着这一天背到山上……人们怀着期盼，感激，张开双臂迎接这久违了的解冻的日子。①

化冻意味着又一年辛劳的开始，人们对辛劳的到来不仅没有丝毫的拒斥，反而满怀期盼，尽情欢呼。这热烈欢腾的背后其实隐含着对"匮乏"的担忧，一滴汗水一颗粮，对"虎口夺粮"的神农架人来说，甚至是数滴汗水一颗粮。正因为如此，闲来无事时他们体会到的不是轻松自在，而是心头没底的焦虑；而在田地里拾掇庄稼、辛勤流汗时，他们体会到的不是艰辛，而是收获在望的踏实。农耕文明形态下，人一方面要辛劳地付出，另一方面还得靠天吃饭。大地出产一切，也可以摧毁一切。神农架的人们就是在艰辛的劳作和虔诚的祈祷中战战兢兢过着日子。对"匮乏"的担忧和无能为力必然导致农耕社会的一个普遍现象，那就是迷信，而迷信的背后一般都伴随着生存安全感的缺乏。小说中关于望粮山的传说，是典型的"匮乏"社会的神话，同时也是"匮乏"社会的渴望，是农耕社会的普遍梦想。传说中孝子王圆的母亲化为仙女，给儿子的礼物竟然是一颗米。

  王圆说你是我老娘吗？那仙女点点头，给了他一颗米，要他赶快回家去。叮嘱他一次只刮一点点煮，便能吃饱。王圆把那颗米拿回家，心想，这一颗米全煮了也不能吃饱啊，便把一颗米全煮了。米一熟，长成了一座饭山。当地的老百姓都来吃，一餐吃光了。本来，那一颗米可以让望粮峡谷的老百姓永远有得吃的，刮一点煮一大锅，米

---

① 陈应松：《到天边收割》，江苏文艺出版社2008年版，第6—7页。

又会复原。可这下，老百姓没有现成的饭吃了，还得出坡种庄稼，一年到头风吹日晒，面朝黄土背朝青天，到土里刨食。后来，王圆后悔不过，每天到山上去望，希望他的老娘再一次下凡来，再见见儿子王圆，再给他一颗神米，让老百姓坐着吃坐着喝，不再风里雨里，流血流汗。王圆望呀望呀，想望见天边的粮，想望见天上的娘。年复一年，王圆望老了，也没能望到他的老娘再回来，也没能望到那永远吃不完的粮食。一来二去，这山就叫成了望粮山，也叫望娘山……①

一颗神米，永远吃不完的神米，这就是土里刨食的农耕民族最大的奢望。神米的传说还教育人们不能贪婪，贪婪的结果便是更加的"匮乏"。这其实也是在告诫人们要容忍和接受"匮乏"，因为"匮乏"是无法根本改变的。然而小说中神农架的人并非就不贪婪，虽然他们不曾想过从根本上改变"匮乏"的状态，但人与人之间却为了蝇头小利你争我夺，钩心斗角。余金贵虽然被同伴误伤，身体严重受损，但是同伴不仅没有恻隐之心，反倒对他处处提防，精心算计。赌徒康保在山上盗伐时被毒蛇咬伤，行将死亡时找王起山赌最后一次，结果王起山上当，将老丈人视为命根的香柏棺材输掉。余金贵和同村名叫一旦的女孩自由恋爱，但因为家里贫穷，无法满足一旦父亲的贪婪，一再被羞辱打击。最后他决定走出神农架，可以看作对"匮乏"的主动突围，也是对世代相袭的生活方式与悲剧命运的挑战。后来余金贵在城里找到一个烧锅炉的临时工作，虽然工作环境差，工资很低，但他觉得再怎么也比待在神农架强了许多。于是他给神农架的恋人一旦写信，希望她也能离开那个地方。

> 我写道：一旦，来吧，到我这里来吧，离开那个寒冷、荒凉、不近情理的地方，你若是看了外面的世界，根本就不想回去了。那是一个遍地虚妄，神经错乱的地方。②

在《太平狗》这篇小说中，太平是竭尽全力要摆脱城市回到美丽的故乡神农架；而余金贵刚在城市找到工作，就渴望恋人离开神农架到城里

---

① 陈应松：《到天边收割》，江苏文艺出版社2008年版，第52页。
② 陈应松：《到天边收割》，第185页。

来。显然,城市绝非余金贵刚刚接触时所感觉的那般单纯美好,随着打工生活的逐渐深入,他也渐渐体会到城市虚伪、狡诈、冷酷的一面,自己也被无情陷害。为了报复,余金贵在城里杀了人,不得不又逃回神农架的深山老林。这个被神农架逼走的无娘儿,竟然以逃犯的身份再次回到故乡。神农架又一次成为归宿,虽然是迫不得已,不再那么美好,但它终究敞开自己古老而博大的胸怀,接纳了伤痕累累的游子。

作为神农架的子民,余金贵离乡外出寻找理想生活,最后却不得不回到故乡,这一经历似乎暗示着外面的世界并不一定有他追求的理想生活。走出神农架山区之后,他发现外面的世界的确美好,即使是低山区的农村,条件也要优越许多,更不用说城市。他也找到了他日思夜想的母亲,然而母亲只给了他一笔钱,并没有给他想要的亲情和母爱。困在神农架时,他还可以思念自己的母亲,而在见了母亲之后,他连珍藏内心多年的最后一丝亲情也失去了,即使离散多年的亲生母亲也不能成为余金贵的归宿。他的归宿在哪儿呢?寄身城市的旅社里,余金贵感觉自己被掏空了。

> 我不知道我接下来要干什么。
> 这一趟,把我的过去整个掏空了,新的生活又没建立起来,让我无所适从。我有了钱,却没了目标,没了思念,更没了家。①

外面的世界很精彩,但精彩是别人的,对余金贵来说只是过眼烟云。他的根依然在神农架,他的血液里流淌着神农架赋予的农耕基因,因此在城市里他总是恍然若梦,是城市的外来者、异乡人。他只能梦游般漂浮在城市,而无法真正地扎根于城市。

> 所谓城市,就是到处都是陌生人。我总是把这些人当成村里的人,觉得这个人好像村长,这个人好像小满,这个人像我爹哩,这个人活脱脱像王起山那短命鬼!这个人就是死了几年的王爹,这个人的背影狗日的就跟康保一个样……从我进入十堰开始,我就犯下了这个毛病,把凡是看到的人跟村里的熟人联系起来。我把看到的车也跟神农架的动物联系起来。车各种各样,车也跑得飞快,就像受惊了的野

---

① 陈应松:《到天边收割》,江苏文艺出版社 2008 年版,第 181 页。

牲口，惊头慌脑地在大街上逃命。所有的车都在逃命，它们有的是麂子，有的是鹿，有的是青羊，有的是岩羊，有的是灵鬃羊，有的是獐子，有的是野猪，有的是老熊，有的是豹子……是哪个在追它们呢？如此失魂落魄？没哪个端着枪，吹着号，拿着钩子来杀它们呀？——整个城市都受惊了！①

余金贵就像神农架的一棵庄稼，被连根拔起之后移栽到城里。他的整个记忆及感受方式都还停留在神农架，虽然他从那里突围出来，对那里充满了怨恨。然而无法改变的是，神农架才是他的故乡，才是他的根之所在。正是在这一点上，余金贵和《太平狗》中的太平一样，在城市里才发现自己与神农架不可分割的血肉联系。然而余金贵同时又深切地体会到了神农架和城市相比的"匮乏"，这一点太平却体会不到。

余金贵因杀人获刑，进了监狱，这一结果多少有些让人遗憾。不过令人欣慰的是，他也给神农架带来了希望，正是由于他坚决地走出神农架，去寻找母亲和新的生活，最终还是感动了母亲，找回了亲情。小说的结尾不再让人窒息，一切都在改变，未来充满了希望。

> 我在监狱里服刑的时候，我得知我娘已经回神农架承包了一百亩荒山，把她的养猪场分场建在了望粮山上。猪是散养的，吃的是神农架百草，称为神农架百草猪，绝对的绿色食品。有一天，一旦来看我（她不顾她爹的反对，表示一定要坚持等我出狱），给我说我娘的猪场有三百多头猪了，她和我姐金菊都在猪场做事。连我爹也在猪场守大门。她还说，我娘准备发展野猪养殖，已抓了一头公野猪。野猪肉要比家猪贵七八倍。两年后要达到野猪存栏五百头以上……
>
> 我的心已经飞回到望粮山。我知道一切都在改变，而且会越来越好。
>
> 等着我啊，爹，娘，姐，一旦！我会回来的，我一定会尽早回来的！②

---

① 陈应松：《到天边收割》，江苏文艺出版社 2008 年版，第 185 页。
② 陈应松：《到天边收割》，第 244 页。

望粮山曾经让人不寒而栗，因为传说要是有人在那里望见天边有麦子，灾难就会降临。说到底，这是农耕社会对"匮乏"的忧虑，对"丰裕"生活可望而不可求的恐怖。如今余金贵的母亲回到神农架，在望粮山上投资建起了养猪场，把具有现代色彩的规模化养殖方式带进了这片古老的农耕社会。可以预期的是，这里将逐渐告别"匮乏"迎来"丰裕"，神农架——这片农耕文化的象征之地，也终将以自己的方式吸收现代的养分并再次焕发出无限的生机！

陈应松的《到天边收割》具有浓厚的象征意味，偶尔还有些魔幻色彩，与现实生活保持了相当的距离。而关仁山的长篇小说《麦河》则近距离关注中国农村当下的敏感话题——土地流转，并试图多方位地呈现出这一尚在探索中的政策给中国农民带来的前所未有的震动和改变。小说以麦河中游的鹦鹉村为背景，以土地流转为焦点，故事情节繁复曲折，跌宕起伏，通过鹦鹉村在变革过程中的恩怨情仇描绘出中国北方农村生动丰富的风土人情和农耕文明可能的未来走向。小说中最关键的人物形象是曹家大儿子曹双羊。曹家是鹦鹉村的大户，世代以务农为生，曹家的历史就是一部鲜活的土地史。曹双羊与本村的姑娘桃儿恋爱，因为家里穷，在桃儿母亲生病时没有给予必要的帮助，导致感情产生裂痕，于是曹双羊发誓要离开土地去挣钱。曹双羊和高中同学、县委副书记的儿子赵蒙一起开煤矿，赵蒙喜欢上了桃儿，曹双羊万般无奈，只得委曲求全。曹双羊和赵蒙明争暗斗，终于找机会借流氓之手除掉了赵蒙，之后又卖掉煤矿，成了富翁。为了开辟新的财路，曹双羊到一家方便面公司打工，很快做到副总级别，由于和老板意见分歧，他带着亲信另立门户，开发了自己的方便面品牌。曹双羊的公司需要大量的面粉，几经周折开始在故乡搞土地流转，农民以土地入股，公司采用现代工业的经营管理模式，收到了良好的经济效益。曹双羊的公司不断发展壮大，农民也跟着受益，不仅收入增加，而且还住进了楼房。曹双羊是地地道道的农民出身，当初为了梦想被迫离开土地，而在经商成功之后他又回到了土地，既延续了自己家族与土地的血脉联系，又把土地和乡亲带入了另一片崭新的发展空间。

改革开放之初，农村实行的土地承包责任制极大地发掘了农业生产的潜力，迅速解决了困扰中国多年的温饱问题。然而随后的二三十年，中国农业的生产力水平就再也没有实质性的提升。随着改革重点向工业和城市的转移，国民经济总体实力迅速增强，而农业的发展却越来越举步维艰，只能维持在一定水平原地踏步，有时甚至还会出现严重的倒退。中国经济整体的突飞猛进与中国乡村的徘徊不前甚至衰退形成了巨大的反差，广袤的乡村将何去何从成了当下中国最引人关注的社会问题。"乡村就处在传统/现代的夹缝中——面对过去，乡村流连忘返充满怀恋；面对未来，乡村跃跃欲试又四顾茫然。"① 而造成中国乡村这一尴尬现状的重要因素便是中国特殊的土地所有制。毫不夸张地说，如何改革中国的土地所有制成了决定中国乡村未来命运的最关键因素。关仁山的《麦河》呈现了以土地流转方式解决这一问题的可能性，以及这一方式可能引发的生活及文化领域的巨大冲击和改变。可以说，用文学的方式来关注如此现实而紧迫的社会问题，既需要极大的勇气，也需要承担相当的风险。

土地流转作为一项高度理性的政策措施，本来是不适合用文学来表现的。但是这一政策措施可能带来的社会文化和个人情感层面的巨大震撼，却值得文学领域的高度关注。在农耕传统源远流长的中国社会，人们对土地有着非同一般的感情。土地既承载了个人及家族的生存和梦想，也承载了悠久灿烂的民族传统文化。然而，在土地流转制度下，实物意义上的土地将转变成符号化的股份，这一形式层面的改变是空前的，背后涉及的生产方式的革命更是根本性的。当土地由实物转化为符号之后，人与土地的关系形态发生了巨大的改变，人对土地的感受方式自然也会随之发生变化，那么承载于土地之上的传统情感与梦想将会发生怎样的改变？这些改变又将对民族文化心理的现代转型产生怎样的影响？这些都应该是同时代文学无法绕开的重要主题。

"中国社会变迁的过程最简单的说法是农业文化和工业文化的替易"②，同时，这一替易过程也是一个从"匮乏经济"走向"丰裕经济"的过程。在中华民族努力走向现代的过程中，土地问题一直是焦点问题，每一历史时期也都留下了与土地变革相关的文学经典。比如，反映土地改革的有丁玲的《太阳照在桑干河上》，周立波的《暴风骤雨》等；反映互助合作的有柳青的《创业史》，赵树理的《三里湾》等；反映人民公社的有浩然的《艳阳天》和《金光大道》等；反映家庭承包责任制的有路遥

---

① 孟繁华、程光炜：《中国当代文学发展史》（修订版），北京大学出版社2011年版，第392页。

② 费孝通：《中国社会变迁中的文化症结》，收入《乡土重建》，见《乡土中国》，上海人民出版社2007年版，第242页。

的《平凡的世界》，高晓声的陈奂生系列等。每一次关于土地的重大变革，其动机都无外乎告别"匮乏"走向"丰裕"。土地改革时期，革命者在发动斗争时一般都要问群众这样一个问题：我们为什么这么贫穷？这种引导群众的方式充分利用了农耕子民对"丰裕"的向往，将眼前的"匮乏"作为发动革命的理由，自然有其历史的必然性。然而大半个世纪过去了，中国的土地经过多次折腾之后，依旧没有从根本上解决农村经济的"匮乏"问题，"丰裕"的理想距离中国农民仍然还很遥远。不难看出，无论是土地改革、互助合作、人民公社还是家庭承包责任制，在农业生产的基本方式上，都没有脱离传统农耕文化的窠臼。也就是说，20世纪中国关于土地的历次革命或变革，都是在传统农耕文化范畴之内的试验和摸索，无论成功还是失败，都无法构成对农耕传统的实质性突破。

土地流转是21世纪初才出现的新生事物。2004年，国务院颁布《关于深化改革严格土地管理的决定》，文件中有关于"农民集体所有建设用地使用权可以依法流转"的规定，明确指出"在符合规划的前提下，村庄、集镇、建制镇中的农民集体所有建设用地使用权可以依法流转"。2005年，农业部颁布了《农村土地承包经营权流转管理办法》，让这一政策变得更加详细具体。截至目前，土地流转政策尚未完善，依然处在探索过程中。但是和20世纪关于土地的历次变革不同，土地流转从根本上改变了农民和土地的依存关系，农民将不再因为靠农业谋生就被死死地和土地绑在一起，一辈子都被限制在有限的土地范围之内。土地流转政策在解放农民的同时，还可以将规模化的集约经营引入农业生产，使农业真正突破自给自足的传统小农经济的生产方式。因此，从这个角度说，土地流转政策是对传统农耕文明的实质性突破，是现代工业生产方式对传统小农生产方式的改造和取代。正是在现代意义上的公司化管理和集约化经营的比照之下，传统的零散耕作、各自为政的小农经济模式才相形见绌。只有从根本上认识到传统小农经济的局限性，中国农民才有可能真正告别传统社会的"匮乏"，走向现代社会的"丰裕"。

正是从这个意义上讲，关仁山在《麦河》中塑造的曹双羊这一农民形象具有划时代的标志性的意义。《太阳照在桑干河上》中的程仁，《创业史》中的梁生宝，《平凡的世界》中的孙少安孙少平兄弟，这些人物形象在20世纪的文学长廊中都是足以代表一个时代的文学典型。新世纪初的中国农村正在歧路徘徊，举步维艰，曹双羊在鹦鹉村搞的土地流转或许会为中国农村走出困境提供一些启发和借鉴。关仁山似乎有意让曹双羊这一文学形象标示出中国农村在走向现代过程中的一个特殊阶段，就像程仁、梁生宝和孙少安孙少平兄弟等一样。只是，文学作品的经典化需要多方面的条件，作品本身的质量自然是最关键的决定因素，而这一点还有待文学史大浪淘沙的检验。

第三节　农耕传统的整合与新生

就人与环境的关系来看，传统农耕文化与现代工商文明之间的差异是非常巨大的。"农业和游牧或工业不同，它是直接取资于土地的。游牧的人可以逐水草而居，漂浮无定；做工业的人可以择地而居，迁移无碍；而种地的人却搬不动地，长在土里的庄稼行动不得。"① 因此，对以农为生的人而言，生存空间相对来说是稳定的，同时也是有限的、封闭的；而对从事现代工商业的人而言，生存空间则是变化的，敞开的，无限的。前者长期在一个封闭而熟悉的环境里过着一种可以预期的稳定的生活，而后者则需在不断变动的环境里过着激烈竞争的充满变数的有着相当风险的生活。两种截然不同的生存方式自然会产生不同的生活态度和价值观，费孝通先生说："在匮乏经济中主要的态度是'知足'，知足是欲望的自限。在'丰裕经济'中所维持的精神是'无餍求得'。"② 中国漫长的农业社会属于典型的匮乏经济，一代代农耕子民面对熟悉的生存环境、有限的生存资源，过着一种没有多少变数同时也没有多少机遇的稳定的生活，这样一种生存方式所孕育的生命哲学自然是"知足"，因为面对土地，一切都是确定的，个人没有多少额外施展的空间。也只有在知足的状态下，人才会平心静气、沉潜专注地去感悟生命与世界，进而产生天人合一、物我两忘的东方智慧和诗性体验；现代工商经济则属于"丰裕经济"，在高效率创造财富的同时，也把人的物质欲望最大限度地发掘出来。这是一个充满变数和机遇的社会，没有做不到的，只有想不到的。人的未来命运呈敞开状态，有着无限多的可能。在现代社会，欲望和消费成为推动经济发展的

---

① 费孝通：《乡土中国》，北京出版社2004年版，第3页。
② 费孝通：《中国社会变迁中的文化症结》，收入《乡土重建》，见《乡土中国》，上海人民出版社2007年版，第243页。

核心动力,"丰裕经济"倡导永不满足,"无餍求得",积极进取,永无止境。

显然,无论是传统农耕文明的"匮乏"与"知足",还是现代社会的"丰裕"与"无餍",都不是人类生存的理想状态。从物质财富方面来讲,现代的"丰裕"自然优于传统的"匮乏",但是从人的内心状态与生命质量来看,传统的"知足"又胜过现代的"无餍"。无论从哪个角度看,传统与现代都是各有长短,它们之间的互补性是显而易见的。因此,中国社会的现代化进程绝对不是用所谓的"现代"取代传统,而是应该让传统与现代彼此烛照,相互借鉴,多元共生,和而不同。在当下中国正竭尽全力从"匮乏经济"迈向"丰裕经济","唯 GDP 是尊"的社会氛围之下,人的物质欲望早已被最大限度地激发出来,无限膨胀,令人生畏,这时候,数千年传统农耕文明孕育的哲学与艺术对于当下的世道人心无疑是一剂良药。

邵丽于 2011 年发表于《十月》的《城外的小秋》是这几年难得一见的佳作。小说讲的是一个名叫小秋的女孩儿与故乡的庄稼和土地的故事。小秋本来出生在城里,而且父亲还是一名医生,但她一生下来就病怏怏的,成天闹死闹活地哭。小秋七八个月大的时候,乡下的爷爷去世了,奶奶被接到城里带孙女,小秋依然每天哭闹,搞得奶奶也疲惫不堪。奶奶无奈,带着孙女回到乡下。没想到一到乡间田野,小秋就露出了从未见过的笑容,身体也一天天茁壮起来,什么毛病都没有了。小秋跟着奶奶在乡下生活、上学,过得非常开心,不经意间就到了谈婚论嫁的年龄。城市不断扩张,要在小秋的家乡征地建厂,同时政府开始新农村建设,要求农民搬离老院子,住进新楼房。搬离老院子之后,小秋和奶奶都不习惯。村里种庄稼的好把式、奶奶年轻时的恋人郝强一直住在老院子了,坚决不肯搬迁。他的孙子郝晴天和小秋青梅竹马,两小无猜,如今成了一对恋人。村里的年轻人都外出打工去了,但小秋依然不愿进城,郝晴天也就留在了村里,小秋对他说,她要留在乡下陪奶奶种地。村里反复做工作,但郝强就是不搬,成了钉子户、村子最后的守望者。拆迁工作组刚走,打狗队又进村了,不久,推土机就开进了长势正盛的庄稼地。推土机把小秋逼进了一条水沟,小秋被救上来后浑身冰凉,后来,她的腿莫名地瘫痪了。郝晴天不离不弃,天天陪着小秋。没有了庄稼地之后,小秋越来越虚弱。郝晴天和爷爷到淮河边一家废弃的农场承包了两百亩土地,小秋的父母答应了他们的婚事，一对恋人将在远离城市的地方开始他们新的生活。

《城外的小秋》总体风格显得清新淡雅，温婉细腻，无论在文风还是价值取向上都明显受到沈从文的影响，和《边城》《萧萧》等小说一脉相承，遥相呼应。小秋就是沈从文笔下的翠翠、萧萧，她们是传统乡土世界孕育的精灵，虽然渺小，甚至脆弱，然而她们却像田野乡间一朵朵小小的野花，兀自尽情绽放，虽然并不耀眼，却有一种超凡脱俗之美。她们扎根乡野大地，与大自然血脉相通，简单纯朴，静美自足，城市喧嚣繁俗的妖艳之美在她们面前只显得肤浅浮躁，过眼即烦。

小秋的父母经过奋斗从乡下到了城市，可是小秋生在城市却无法适应城市，只有在乡村大地上，她才会怡然自得，焕发出生命的活力。小秋第一次跟着奶奶回乡下时才七八个月大，但她第一次见到田野和庄稼时就一下子就变得生气蓬勃，仿佛一株奄奄一息的幼苗被重新植入了肥沃的大地，很快就重获生机。土地给了小秋神奇的生命力量。

> 小秋被奶奶带回乡下，正是玉米长缨子的时候。豆丁大的女孩儿被抱着经过玉米田，听到风吹叶子刷拉刷拉的声音，黑眼睛骨碌碌地转动，看不够地看，小细胳膊仿佛经不住风吹，舞动得像玉米叶子一样欢快。在城里奶奶不曾见她笑过，到了田地里，被风一吹，竟然风铃一样笑得咯棱咯棱响。
>
> 奶奶想，这孩子，命中属土，合该长在田地里。①

小秋与田野大地似乎存在着某种神秘的联系和感应，只要离开乡下，她就会很快枯萎、凋零。小秋的父母在城里开诊所，成天忙于挣钱，代表着现代城市的"无餍求得"与进取精神；而小秋和奶奶守在乡下，过着恬淡自足的田园生活。然而不幸的是，城市化浪潮汹涌而来，即使乡下也在劫难逃，小秋和奶奶不得不告别老院子，搬进按新农村规划建设的新楼房。

> 小秋最知道，打从搬了新屋，奶奶一天也没高兴过，整天唉声叹气的。奶奶也许是想念她的那些鸡，多少年了，院子里总是养着一群

---

① 邵丽：《城外的小秋》，《十月》2011年第5期。

精神抖擞的鸡。在奶奶看来，进屋子不抓一把粮食撒给鸡们吃，这个家就不是个真正意义上的家。小秋吃的鸡蛋，都是刚从鸡窝里捡出来的，握在手心里还热乎乎的。新屋没有院子，鸡没地方住，有一阵子奶奶每天还要奔几里路到老院给鸡喂食，晚上等鸡收了窝去关圈门。①

在当前中国唯 GDP 崇拜气势汹汹的现代化模式之下，传统似乎已经注定要成为记忆中的东西。绝大部分人（包括政府）都在不停地否定过去，推陈出新，追求天天变、日日新，每时每刻都在迫不及待地追赶一种并不确定的未来。一切都处于不断的变动之中，甚至刚刚建成的也被推倒重来。熟悉的东西越来越少，满眼都是陌生而狰狞的现代制造。时代和社会的主流仿佛无时无刻不在提醒人们：过去的都是过时的，是不得不抛弃和改造的，否则就不会有崭新的美好生活。每个人似乎都是为了未来而活着，而不是活在当下，更不可能满足于当下。

然而，小秋和奶奶偏偏不喜欢这种日日新、天天变的现代城市生活，她们热爱旧的环境和氛围，把日子过得有滋有味。她们的不安恰恰源于这个时代对她们熟悉的旧环境旧生活的破坏。她们并不热衷于未来的不确定的新生活，而是从容坦然地享受着弥漫着旧时意味的传统乡间生活。在整个社会都崇尚求新求变的这样一个时代，她们逆潮流而动，反其道而行之，在"旧"生活中如鱼得水，惬意自在。虽然小秋的父亲对女儿不愿进城这一点感到非常失望，仿佛女儿死不开窍，自毁前程，然而"旧"的乡下生活并未毁掉小秋，反倒一次又一次拯救了她。而且，小秋在乡下的生活似乎也并不"匮乏"，更不是勉强让自己"知足"，而是一种令人羡慕的自然淳朴、恬淡自足的生活。小秋的生存经验仿佛在提醒人们，过去的也可以是一种生活，而且还可能是一种很值得留恋的美好生活。

如果继续套用费孝通先生的观点，即中国传统经济是"匮乏经济"，"在匮乏经济中主要的态度是'知足'，知足是欲望的自限"②，这样的说法就无法解释小秋的生活了。首先，小秋在乡下的生活虽然并不丰裕，但也不算匮乏，只是没有了城市里五彩缤纷的诱惑，不过各方面似乎都恰到

---

① 邵丽：《城外的小秋》，《十月》2011 年第 5 期。
② 费孝通：《中国社会变迁中的文化症结》，收入《乡土重建》，见《乡土中国》，上海人民出版社 2007 年版，第 243 页。

好处；其次，小秋知足，但她的知足并不是"欲望的自限"，在乡下她基本上随心所欲，甚至还有点小小的任性。费孝通先生所说的欲望自限式的知足是在匮乏条件之下迫不得已的知足，是知难而止，苦中作乐。而小秋的知足则完全没有被动和无奈的味道，她是在适当的物质条件下自然而然享受生活，不为身外世界所累，自在自足。在匮乏经济条件下的知足是欲望的自限，这自然没错，接下来的问题是，在由匮乏走向丰裕的过程中，人的欲望大多得以逐渐满足，在条件改善之后人是不是就自然而然地知足了呢？答案显然是否定的，小秋父母在城里的生活方式就正好印证了费老的观点：在丰裕经济中所维持的精神是"无餍求得"。

"无餍求得"就是不断进取，永不知足，而且视知足为敌人。那么现代社会里匆匆忙忙的人们到底在求什么呢？"知足"是内心的一种状态，显然不是"无餍"所求的目标。"无餍求得"指向身外的世界，那就是利润、财富。人的需求其实是有限的，至少可以控制在一定的范围之内，但是资本追逐利润的欲望却是无限的，"无餍求得"就是资本逐利所遵循的原则。当人被资本所裹挟、所支配，人就会忘记自己本来的欲求，把自己交给资本，把资本的欲求视为自己的欲求，人也就迷失了自我，身不由己，变得跟资本一样贪得无厌。资本最害怕的就是社会公众的满足，因此它需要不断地制造超出人们实际需要的额外的消费欲求，让人永不满足，永远保持旺盛的消费欲望。现代社会的人大多被这些额外的、冗余的消费欲望所主宰，因此，人们在丰裕经济的社会环境里时时体会到的不是满足，反倒是更加强烈的匮乏，于是越发急切地沿着资本所指引的方向不知疲倦地奔波、奋斗，身不由己地变成了资本和财富的奴隶。

小秋的父母在城里开诊所，算是资本家的行列。他们成天忙碌着，连未来女婿郝晴天到诊所商量婚事，他们都抽不出闲暇。

> 郝晴天走进诊所的时候，任健成正在忙碌着，病号一个接一个，忙得他抬不起头。小秋妈也忙里忙外，连跟他说句完整的话的工夫都没有。郝晴天像个病号，坐着等了一个多小时。看着那些进进出出的病人，他有点惶惑，城里人没有田地，不下力，为什么还有这么多的人腰酸背痛？他们乡下人是因为劳动才会扭伤腰腿，没有闲出病来的。村子里经常病歪歪的人是让人看不起的。而城里人病了，竟然有满嘴的道理，还好意思说是什么富贵病。好像是病来找他们的，而他

们是无辜的受害者。①

作为一位乡下农民，郝晴天一度被小秋的父亲瞧不起，心头难免几分忐忑。而此刻，在这位农民眼中，城市不再是一处值得向往的所在，其富贵的表象之下是无可救药的病态。传统的乡下与现代的城市，不再代表着历时性的过去与未来、落后与先进，而是成了共时状态下两种不同的选择。城乡之间不再是高低悬殊、贵贱分明，而是两种不同的生存方式，呈现出平等互补的状态，至少在价值和尊严层面如此。小秋瘫痪之后，父母对她更多的是可怜，而郝晴天对小秋的父母说：我不是可怜她，我是想让她明白什么是快乐，也要让她明白什么是我们俩的快乐。对快乐的追求，展示出一对恋人坚定的自主性，他们像田野里的庄稼一样单纯无杂念，不为名利所惑，始终坚持自己内心深处想要的生活。

然而，在城市化浪潮的冲击之下，恬淡自足的传统乡村生活已经不堪一击，节节败退，代表着现代的城市处于绝对的优势地位，气势汹汹，咄咄逼人。小说中推土机把小秋逼入水沟，致使小秋双腿瘫痪，这一情节极具象征意义。强大坚硬的现代钢铁之躯是弱小的农耕子民所无法阻挡的，小秋和恋人只有后退、逃离。然而，逃离现代城市对他们而言并不意味着无奈和屈服，而恰恰是一种主动的回归和追求：回归传统的农耕生活，追求他们熟悉的知足的闲淡的田园生活。

需要注意的是，小秋和恋人对田园生活的向往和追求已经不再是为了传统农耕文化意义上的"知足"。著名学者赵园对传统农耕社会里的田园诗意有这样一段论述："乡村的诗意的平静、稳定、安全等等，是以生活的停滞、缺乏机遇、排摈陌生、拒绝异质文化、狭小空间、有限交际等等为条件的，是以一切都已知、命定、相沿成习，是以群体（宗族、村社）对于个人的支配为代价的。"② 赵园先生此处论及的田园诗意是典型的传统农耕社会的产物，与匮乏经济密切相关。然而，小秋和恋人所向往的田园生活已经不再是"已知、命定、相沿成习"的，更不是"以群体对于个人的支配为代价的"，恰恰相反，他们所向往的田园生活在他们的生存现实中已经不复存在，而是变成了一种理想和奢望，需要他们主动去追

---

① 邵丽：《城外的小秋》，《十月》2011年第5期。
② 赵园：《地之子》，北京十月文艺出版社1993年版，第92页。

求,去重新创造;而且他们的追求是对社会潮流的反抗,不仅不是被群体所支配,而且还是对群体的主动摆脱。他们听从内心的召唤,拒绝向潮流妥协,勇敢地追寻一份真正属于自己的生活。从小秋和她恋人身上,我们看到的不再是传统农耕文化封闭、停滞、保守的一面,也不是现代城市文明"无餍求得"、自我迷失的一面,而是把传统农耕文明所孕育的恬淡自足、诗意和谐的东方审美理想和现代城市文明所主张的进取精神很好地结合起来。他们有自己的理想和追求,懂得知足而不失进取精神,勇敢追求而不致贪得无厌,在传统与现代之间找到了一条通往理想未来的隐约蹊径。在物质主义的现代性大行其道、所向披靡的时代,传统农耕文化中知足、诗意的价值追求就更加构成了中国现代性不可或缺的精神资源。

如果说《城外的小秋》表现的是个人在传统与现代、乡土与城市之间的寻找与突围,那么阿来的《空山》系列呈现出来的则是一个偏远的藏族农业小村"机村"在现代历史阶段轰轰烈烈的演变历程。《空山》系列可视为《尘埃落定》的内在延续,继续讲述关于阿来故乡的历史。机村位于川西高原深处,无论从文化版图还是地理位置上讲,都显得非常偏僻。在过去的漫漫历史长河中,机村偏居一隅,原始淳朴,自给自足,千年不变,属于典型的农耕文化超稳定的社会结构。当历史逐渐步入现代,外面世界掀起的狂风巨浪逐渐波及机村,机村身不由己地被裹挟着,在短短几十年里"从农奴社会跃进到社会主义",社会经历了此前千年未有的剧烈转型。机村偏远、封闭、停滞的绝对前现代特征,就像陈应松笔下的神农架、阎连科笔下的受活庄一样,成为与现代社会相对的另一极。不同的是,阿来对机村在现代历史阶段的演变过程的揭示是连贯的、全方位的,既有自我民族文化的反思,也有对现代性的另眼审视,呈现出来的是一个偏僻的民族村庄立体的、惊心动魄的现代历史进程,指向的却是关于生命与存在的永恒追问。

阿来在他的散文集《大地的阶梯》中曾这样写道:"我想写出的是令我神往的浪漫过去,与今天正在发生的变化。特别是这片土地上的民族从今天正在发生的变化得到了什么和失去了什么?"[①] 阿来的小说创作同样秉持着这样的信念,他的小说不仅仅是以文学的方式建构历史的宏大叙事,同时也是平凡甚至琐碎的个体命运的细致呈现。阿来之所以有一种强

---

① 阿来:《大地的阶梯》,南海出版公司2008年版,第245页。

烈的要洞悉和把握历史及个体命运的冲动,是因为机村在这短短几十年的时间里发生的巨变是匪夷所思的、难以想象的,历史高密度的令人眼花缭乱的变迁让人仿佛跌进了时空隧道,越是变化无常,人往往就越渴望能够把握自我、确认自我。

小说中,机村人面对一日千里的现代社会,经常发出今非昔比的感叹。

> 是的,从前的机村人是不盼望什么的,如果没有上千年,至少也有几百年,机村人就这样日复一日,在河谷间的平地上耕种,在高山上的草场上放牧,在茂密的森林中狩猎。老生命刚刚陨灭,新的生命又来到了世上。但新生命的经历不会跟那些已然陨灭的老生命有什么两样。麦子在五月间出土,九月间收割。雪在十月下来,而听到春雷的声音,听到布谷鸟鸣叫,又要到来年的五月了。
>
> ……
>
> 达瑟说:"真是啊,以前的人,这么世世代代什么念想都没有,跟野兽一样。"①

现代性以不可思议的速度将机村人带进了另一片时空,让他们一下子拉开了和前人的距离,巨大的差异仿佛人兽之间,不可思议。正是由于现代性给机村带来的匪夷所思的改变,使得现在机村每个稍微年长一点的人常常都有一股话说当年的冲动。话说当年就是回顾历史,就是想弄清楚自我与当下的来龙去脉,就是努力在变幻莫测的现代世界中把握自己。

> 能够有一个地方坐下来话说当年,每一个过来人都能借着酒兴谈机村这几十年的风云变幻,恩怨情仇。在我看来,其实是机村人努力对自己的心灵与历史的一种重建。因为在几十年前,机村这种在大山皱褶中深藏了可能有上千年的村庄的历史早已是草灰蛇线,一些隐约而飘忽的碎片般的传说罢了。一代一代的人并不回首来路。不用回首,是因为历史沉睡未醒。现在人们需要话说当年,因为机村人这几十年所经历的变迁,可能已经超过了过去的一千年。所以,他们需要

---

① 阿来:《空山3》,人民文学出版社2009年版,第175页。

一个聚首之处，酒精与话题互相催发与激荡。①

和外面的世界一样，机村的现代化历程也是在强大的主流意识形态的指引下进行的；不同之处在于，在迈向现代的历史进程中机村似乎毫无主动性可言，而是一次又一次被动地听从外面世界的"告知"和左右。

> 人们不断地被告知，每一项新事物的到来，都是幸福生活到来的保证或前奏，成立人民公社时，人们被这样告知过。第一辆胶轮大马车停到村中广场时，人们被这样告知过。年轻的汉人老师坐着马车来到村里，村里有了第一所小学时，人们被这样告知过。第一根电话线拉到村里，人们也被这样告知过。②

因此，机村的现代性呈现出时间与空间的双重跨越：从时间维度讲，是告别千年不变的农奴社会快速跨入社会主义；从空间角度讲，则是告别与世隔绝的孤立状态，"外面的世界扑面而来"，与机村的联系越来越紧密，直至彼此交融，浑然一体，无可逃避。机村人一方面自身在发生着变化，在一定程度上拉开了与传统的距离；另一方面也在被动地承受外面世界给机村的说教，以及外面世界在物质层面给机村带来的巨大改变。

复仇在机村有着久远的传统和规矩，机村流传下来的故事中，有相当一部分都与复仇相关。仇恨可以代代相传，报仇的方式亦有规有矩，对机村人来说，这已构成他们传统生存方式的一部分。在疯狂盗伐、贩卖木材的年代，拉加泽里和更秋家几兄弟结下了仇恨，拉加泽里和更秋家老五先后进了监狱。十多年后，两人相继出狱。按机村的规矩，更秋家老五应该找拉加泽里复仇。然而在这个新的时代，仇恨似乎已经变得不再那么重要。当老五对复仇一事还念念不忘、耿耿于怀时，不仅有警察做他们的思想工作，而且他的后辈对复仇的事情也不感兴趣了。

> "不准砍树，不准这个，不准那个，连让儿子报仇都不准了?!"
> "现在是文明社会了，在里面没有讲过吗？我们从农奴社会跃进

---

① 阿来：《空山3》，人民文学出版社2009年版，第171—172页。
② 阿来：《空山》，人民文学出版社2005年版，第57页。

到社会主义社会，那些野蛮落后的风俗都应该抛弃了！"

拉加泽里知道，两个警察是来做工作让他们两个化解冤仇的，更知道他们说的都是大道理，但同情心却偏在了老五这边："好了，两位警官，这些道理我们在里面听了十几年，听够了。"

老五当然也感觉得出来，说："妈的，你为什么不恨我？"

"我也很奇怪。"

"求求你恨我吧。"

"为什么？"

"那样我就能找你报仇，我报不了，让儿子来报！"

拉加泽里说："你儿子就想唱歌，当歌星，不想替他老子报仇！"

老五一脸茫然："那就不报了？"

两个警察听了哈哈大笑，放心开上吉普车回乡里去了。①

机村曾经千年不变，有着许多代代相传的老规矩。然而正是在与外面世界的交流过程中，过去的一些观念发生了变化，传统的复仇情结也被一种新型的人际关系所取代。显然，机村在这方面的变化体现为一种文明在纵向历史发展进程中的巨大进步。然而，外面的世界也曾给机村带来无尽的困惑甚至劫难，从峡谷外面的世界蔓延而至的天火，伐木场对森林毫无节制的砍伐……这些都曾给机村留下了难以磨灭的伤痛记忆。再后来，机村的现代性之路从"被告知"走向了"被开发"，古歌中传唱的古老王国所在地、神秘的觉尔郎峡谷被成功开发成旅游胜地，每天都要接待大量的外地游客。机村的年轻人开始艳羡外面的世界，本地歌手刻意迎合外面的人，按照他们的审美需求和想象来打造自己，并成功地走向了外面的大城市。工作组又进村了，机村再次热闹起来，这次是水电开发，电站的水库将把整个机村淹没……

一切都在呈加速度地发展、变化，弄得人晕头转向，就像机村曾经唯一的读书人达瑟在本子上写的那样，"它们来了……这么凶，这么快"②，连停下来想想怎么招架的工夫都没有，就已经不容置疑，也无从改变了。

被迫不及待地不停开发的机村虽然获得了暂时的热闹与繁荣，但这显

---

① 阿来：《空山3》，人民文学出版社2009年版，第214—215页。

② 阿来：《空山3》，第290页。

然不是阿来理想中的故乡。物质主义的现代性追求是否会给机村带来进一步的伤害,这才是阿来最为忧心的。尤其值得注意的是,机村作为一个藏族小村庄,在风土人情等方面的确有其一定的独特性,但机村的现代历史进程和"外面的世界"又是高度同步的,所以阿来对机村风云变幻的现代历史的叙述其实有着更为广泛的指涉,自然包括所谓的"外面的世界"。阿来曾这样谈起《空山》,"我所要写的这个机村的故事,是有一定独特性的,那就是它描述了一种文化在半个世纪中的衰落,同时,我也希望它是具有普遍性的,因为这个村庄首先是一个中国的农耕的村庄,然后才是一个藏族人的村庄,和中国很多很多的农耕的村庄一模一样。这些本来自给自足的村庄从50年代起就经受了各种政治运动的激荡,一种生产组织方式、一种社会刚刚建立,人们甚至还来不及适应这种方式,一种新的方式又在强行推行了。经过这些不间断的运动,旧有秩序、伦理、生产组织方式都受到了毁灭性的打击。维系社会的旧道德被摧毁,而新的道德并未像新制度的推行者想象的那样建立起来"①。所以机村不是孤立的,它和外面的世界息息相关;机村的故事和命运也不是孤立的,外面的世界也一直在上演相似甚至相同的故事,经历了大致相同的命运。仿佛是担心读者因为猎奇的阅读心理而忽略了机村背后的普遍性,阿来一再强调:"我写的是一个村庄,但不只是一个村庄。写的是一个藏族的村庄,但绝不只是为了某种独特性,为了可以挖掘也可以生造的文化符号使小说显得光怪陆离而来写这个异族的村庄。再说一次,我所写的是一个中国的村庄。"②而且他还提醒读者注意,"我们的报章上还开始披露,这本书所写的那个五十年,中国的乡村如何向城市,中国的农业如何向工业——输血"③。今天,在我们面对弱势的乡村时,很容易把现代城市和工业误认为是传统农耕文化的拯救者。其实对历史稍作了解,我们就会发现真实的情形恰恰相反——是农业和乡村哺育了新中国襁褓中的工业和城市。换句话说,不管今天代表着现代的工业和城市多么高高在上,自以为是,它的母亲永远是源远流长的传统农耕文化。

在藏语里,机村是"根、种子"的意思,阿来写机村的命运其实也

---

① 阿来:《我只感到世界扑面而来——在渤海大学"小说家讲坛"上的讲演》,《当代作家评论》2009年第1期。
② 阿来:《我只感到世界扑面而来——在渤海大学"小说家讲坛"上的讲演》。
③ 阿来:《我只感到世界扑面而来——在渤海大学"小说家讲坛"上的讲演》。

是在写传统文化的命运。《空山》的结尾耐人寻味：机村在水电开发的过程中发现了祖先生存的遗址，并将在遗址上修建一座现代化的博物馆。小说中的博物馆具有明显的象征意义：它既是现代的，也是古代的，似乎暗示着"机村"最终将在传统与现代的融合中找到自己的方向与出路。

结　语

　　当农耕传统的古老中国遭遇坚船利炮的现代西方，在"常"与"变"的辩证关系中，中国历史的发展不得不逐渐向"变"的一面倾斜。1947年底，毛泽东在陕北米脂县杨家沟为到场的中央委员、候补中央委员和边区负责同志作了一次报告，指出："中国人民的任务，是要在第二次世界大战结束、日本帝国主义被打倒以后，在政治上、经济上、文化上完成新民主主义的改革，实现国家的统一和独立，由农业国变成工业国。"① 应该说，从中华民族将"现代"确立为追求目标的那一刻起，"由农业国变成工业国"的这一梦想就开始付诸实践了，只是这一过程太过宏大而复杂，且不时被连绵的战火和政治斗争所中断，以致在20世纪的绝大部分时间里，"工业国"仿佛只是一个梦想，可望而不可即。然而，尽管这一历史进程曲折坎坷，却一直在坚定不移地向前推进，直到20世纪末期突然加速，绝大部分农耕子民措手不及，还在犹疑张皇之际，一个工业化、城市化的时代就已经到来了。

　　截至目前，中国的工业化、城市化带来的主要是建设的高潮，而非一种常态的稳定的生活方式。持续高效的建设使得中华大地日新月异，不断地变化成了常态，每个人都不知道明天醒来之后世界是什么样子。整个社会被强大的、甚至过度的建设欲望所支配，过去的被不断地否定或改造，关于未来依旧众说纷纭，莫衷一是。而当下，每个人都无可奈何地以自己的方式担当着历史之"变"，同时也无可避免地经历着自身由传统而现代的蜕变过程。

　　在这场社会转型的疾风暴雨中，处于风暴中心位置的无疑是中国农

---

① 毛泽东：《目前形势和我们的任务》，《毛泽东选集》第四卷，人民出版社2003年版，第1245页。

民。每年年头岁尾,春运都会成为全社会最热门的话题,在这场号称全世界最大规模的人类迁徙活动中,绝大部分都是农民工。本来,"乡土社会是安土重迁的,生于斯、长于斯、死于斯的社会。不但人口流动很小,而且人们所取给资源的土地也很少变动"①。而今,这些曾经对土地怀有深厚情感的中国农民却不得不弃土离乡,岁岁奔波,被迫成为不断迁徙的候鸟。春运以一种奇特的方式将中国的城市与乡村、先进与落后、现代与传统连接起来,农民工往返其间,在夹缝中艰难谋生。这一人口庞大的群体和中国的改革开放与历史变迁紧密联系在一起,毫不夸张地说,他们的命运就是中国的命运,他们的未来就是中国的未来。

新世纪以来的小说创作对夹缝中的中国农民予以了特别的关注,显然,这不仅仅涉及一个阶层或群体,而是关乎整个民族、国家和社会。农民工的生存困境与前途命运既是一个现实的社会问题,也是这个时代无法回避的价值问题、文化问题。当曾经梦寐以求的工业化、城市化变成汹涌澎湃的浪潮席卷而来,摧枯拉朽,势不可当,这时,我们到底该如何面对自己几千年的农耕传统?我们的生命与农耕传统到底是怎样一种关系?农耕传统与现代城市是否势不两立?传统文化的某些部分是否可以在城市化时代得以延续?农耕传统中是否存在"城市病""现代病"的抗体?……文学不一定能回答这些问题,但应该以自己的方式关注并提出这些问题,并以艺术的方式呈现出这些问题在现实生活中的生动表现。

作家是时代和社会最敏感的神经,一个时代的文学往往能最形象生动地反映出那个时代特有的情感体验和精神困惑。在新世纪以来的小说创作中,关于城市化进程中农民的出路问题成了不少作家关注的焦点问题,"乡下人进城"这一中国现代文学的传统题材在新世纪初又有了新的演绎。而且,在急剧城市化的这一背景之下,农民与城市的关系比以往任何时候都更具现实和历史的内涵,折射出更为深广的社会文化信息。因此,对农民生存境遇的关注和书写成了当代作家把握和表现这个时代最有效、最重要的方式之一。

同样是关注农民,不同作家往往有不同的精神背景和价值立场,其笔下的农民、乡村和城市也相应呈现出不同的面貌。他们有的继续站在启蒙立场上,对传统农耕文化藏污纳垢的一面进行无情的揭示和批判;有的面

---

① 费孝通:《乡土中国》,北京出版社2004年版,第72页。

对气势汹汹、毫无节制的城市化浪潮，对传统文化的溃退和弱势表现出无尽的担忧；有的甚至以极端的姿态拒斥现代城市文明，无限放大传统农耕文化田园诗意的一面；有的主要从社会现实和制度的层面为农民的遭遇鸣不平，替农民代言，批判社会的不公……不管什么立场，他们的创作都无一例外地丰富了这个时代的思考和探索，在社会转型的历史进程中留下了或深或浅的足迹。

这是一个处于不断变化中的复杂时代，社会在不断进步的同时，也暴露出方方面面的问题，繁荣富丽的表象之下甚至千疮百孔，惨不忍睹，加上各种势力的角逐较量，更加增加了历史发展的不确定性。然而，就是这样一个尚不健全和成熟的社会，对文学而言却是一个不容置疑的伟大时代，因为正是在不断的变动和不确定性中，生活在这个时代的人们除了需要不断地调整自己以适应变幻莫测的生存环境，同时还注定要经历更加漫长的心路历程和精神探索，而这些恰恰是这个时代对文学的最大馈赠。然而，与这样一个复杂而伟大的时代比较起来，当下中国的文学创作还未能达到相应的高度，取得相应的成就。就本课题涉及的范围而言，当下不少作家都注意到了具有深厚农耕传统的中华民族在走向以工业化城市化为标志的现代社会的这一转型过程中所经历的情感和文化的阵痛，并努力表达这一民族蜕变的复杂历程，但就总体而言，这些作家对这个时代的解读还偏于现象层面，在民族精神文化总体走向的把握方面似乎还显得有心无力。尽管如此，我们还是不能求全责备，而应该和他们一起思考和探索，并对已有的文学成就进行及时的清理和总结。

可以确信的是，现代化、城市化进程绝非一个消灭传统和乡土的过程。现代城市与传统乡土的对立仅仅是表象，互补与融合才是二者更深层更本质的关系。离开现代与城市的生存背景，我们很难更好地认知和体验传统与乡土；抛开传统与乡土的历史渊源，我们不可能诗意地栖居于现代的城市。

主要参考文献

学术著作

［美］爱德华·格莱泽：《城市的胜利》，刘润泉译，上海社会科学出版社2012年版。

［英］安东尼·吉登斯：《现代性的后果》，田禾译，译林出版社2000年版。

［英］安东尼·吉登斯：《现代性与自我认同》，赵旭东、方文译，生活·读书·新知三联书店2000年版。

［美］保罗·诺克斯等：《城市化》，顾朝林、汤培源等译，科学出版社2009年版。

［美］布赖恩·贝利：《比较城市化：20世纪的不同道路》，顾朝林等译，商务印书馆2010年版。

陈桂棣、春桃：《中国农民调查》，人民文学出版社2004年版。

陈国和：《当代性与新世纪乡村小说研究》，南开大学出版社2012年版。

陈继会等：《中国乡土小说史》，安徽教育出版社1999年版。

陈嘉明等：《现代性与后现代性》，人民出版社2001年版。

陈思和主编：《中国当代文学史教程》，复旦大学出版社1999年版。

陈廷湘主编：《中国现代史》，四川大学出版社2004年版。

陈晓明主编：《现代性与中国当代文学转型》，云南人民出版社2004年版。

陈昭明：《中国乡土小说论稿》，大众文艺出版社2007年版。

崔致远：《乡土文学与地缘文化：新时期乡土小说论》，中国书籍出版社1998年版。

丁帆：《中国乡土小说史》，北京大学出版社2007年版。

丁帆等：《中国乡土小说的世纪转型研究》，人民文学出版社 2013 年版。

段崇轩：《乡村小说的世纪浮沉》，中国文联出版社 2000 年版。

费孝通：《乡土中国》，上海人民出版社 2007 年版。

［美］弗里曼、毕克伟、赛尔登：《中国乡村，社会主义国家》，陶鹤山译，社会科学文献出版社 2002 年版。

高秀芹：《文学的中国城乡》，陕西人民教育出版社 2002 年版。

郜元宝：《拯救大地》，学林出版社 1994 年版。

贺雪峰：《乡村的前途：新农村建设与中国道路》，山东人民出版社 2007 年版。

贺雪峰：《新乡土中国——转型期乡村社会调查笔记》，广西师范大学出版社 2003 年版。

贺仲明：《一种文学与一个阶层——中国新文学与农民关系研究》，人民出版社 2008 年版。

贺仲明：《中国心像——20 世纪末作家文化心态考察》，中央编译出版社 2002 年版。

洪子诚：《问题与方法：中国当代文学史研究讲稿》，生活·读书·新知三联书店 2004 年版。

黄平主编：《乡土中国与文化自觉》，生活·读书·新知三联书店 2007 年版。

黄曙光：《当代小说中的乡村叙事——关于农民、革命与现代性之关系的文学表达》，巴蜀书社 2009 年版。

黄亚生、李华芳主编：《真实的中国：中国模式与城市化变革的反思》，中信出版社 2013 年版。

［英］埃比尼泽·霍华德：《明日的田园城市》，金经元译，商务印书馆 2010 年版。

［加］简·雅各布斯：《美国大城市的死与生》，金衡山译，译林出版社 2013 年版。

江晖、陈燕谷主编：《文化与公共性》，生活·读书·新知三联书店 2005 年版。

［加］杰布·布鲁格曼：《城变》，董云峰译，中国人民大学出版社 2011 年版。

雷达：《思潮与文体：20世纪末小说观察》，人民文学出版社2002年版。

李欧梵：《中国现代文学与现代性十讲》，复旦大学出版社2002年版。

李培林主编：《农民工：中国进城农民工的经济社会分析》，社会科学文献出版社2003年版。

李强：《农民工与中国社会分层》，社会科学文献出版社2004年版。

李小云、赵旭东、叶敬忠主编：《乡村文化与新农村建设》，社会科学文献出版社2008年版。

林建法、徐连源主编：《中国当代作家面面观》，春风文艺出版社2006年版。

刘小枫：《现代性社会理论绪论——现代性与现代中国》，上海三联书店1998年版。

刘旭：《底层叙述：现代性话语的裂隙》，上海古籍出版社2006年版。

鲁迅：《鲁迅全集》，人民文学出版社2005年版。

陆学艺：《当代中国社会阶层研究报告》，社会科学文献出版社2002年版。

罗平汉：《土地改革运动史》，福建人民出版社2005年版。

[美] 马泰·卡林内斯库：《现代性的五副面孔》，顾爱彬、李瑞华译，商务印书馆2002年版。

[英] 迈克·费瑟斯通：《消费文化与后现代主义》，刘精明译，译林出版社2000年版。

毛泽东：《毛泽东选集》，人民出版社1991年版。

孟繁华：《游牧的文学时代》，作家出版社2009年版。

孟繁华：《众神狂欢：世纪之交的中国文化现象》，中央编译出版社2003年版。

孟繁华、程光炜：《中国当代文学发展史》（修订版），北京大学出版社2011年版。

[美] 明恩溥：《中国乡村生活》，陈午晴、唐军译，中华书局2006年版。

[加] 道格·桑德斯：《落脚城市》，陈信宏译，上海译文出版社

2012年版。

邵明波、庄汉新主编:《中国20世纪乡土小说论评》,学苑出版社2001年版。

汪民安:《身体、空间与后现代性》,江苏人民出版社2006年版。

王德威:《想象中国的方法——历史·小说·叙事》,生活·读书·新知三联书店1998年版。

王铭铭:《走在乡土上:历史人类学札记》,中国人民大学出版社2003年版。

王庆:《现代中国作家身份变化与乡村小说转型》,华中科技大学出版社2007年版。

王又平:《新时期文学转型中的小说创作潮流》,华中师范大学出版社2001年版。

温铁军:《三农问题与世纪反思》,生活·读书·新知三联书店2005年版。

吴秀明主编:《中国当代文学史写真》,北京大学出版社2010年版。

吴炫:《中国当代文学批判》,学林出版社2001年版。

徐杰舜等:《新乡土中国:新农村建设武义模式研究》,中国经济出版社2007年版。

徐勇:《乡村治理与中国政治》,中国社会科学出版社2003年版。

徐勇、徐增阳:《流动中的乡村治理:对农民流动的政治社会学分析》,中国社会科学出版社2003年版。

杨宏海主编:《打工文学纵横谈》,社会科学文献出版社2009年版。

叶君:《乡土·农村·家园·荒野》,中国社会科学出版社2007年版。

[美]张彤禾:《打工女孩:从乡村到城市的变动中国》,张坤、吴怡瑶译,上海译文出版社2013年版。

张乐天、徐连明、陶建杰等:《进城农民工文化人格的嬗变》,华东理工大学出版社2011年版。

张鸣:《乡土心路八十年:中国近代化过程中农民意识的变迁》,上海三联书店1997年版。

张柠:《土地的黄昏——中国乡村经验的微观权力分析》,东方出版社2005年版。

张卫中:《新时期小说的流变与中国传统文化》,学林出版社 2000 年版。

张一兵:《问题式、症候阅读与意识形态:关于阿尔都塞的一种文本学解读》,中央编译出版社 2003 年版。

赵顺宏:《社会转型期乡土小说论》,学林出版社 2007 年版。

赵园:《地之子》,北京十月文艺出版社 1993 年版。

赵允芳:《寻根·拔根·扎根:90 年代以来乡土小说的流变》,作家出版社 2009 年版。

周其仁:《城乡中国》,中信出版社 2013 年版。

周宪:《审美现代性的批判》,商务印书馆 2005 年版。

周晓虹:《传统与变迁:江浙农民的社会心理及其近代以来的嬗变》,生活·读书·新知三联书店 1998 年版。

文学作品

阿来:《尘埃落定》,人民文学出版社 1998 年版。

阿来:《大地的阶梯》,南海出版公司 2008 年版。

阿来:《空山》,人民文学出版社 2005 年版。

阿来:《空山 2》,人民文学出版社 2007 年版。

阿来:《空山 3》,人民文学出版社 2009 年版。

白烨主编:《中国当代乡土小说大系》第 3 卷(2000—2009)(上、中、下),农村读物出版社 2010 年版。

毕飞宇:《毕飞宇文集》,江苏文艺出版社 2004 年版。

毕飞宇:《平原》,凤凰出版传媒集团、江苏文艺出版社 2005 年版。

毕飞宇:《玉米》,作家出版社 2005 年版。

陈应松:《豹子最后的舞蹈》,春风文艺出版社 2004 年版。

陈应松:《到天边收割》,江苏文艺出版社 2008 年版。

陈应松:《马嘶岭血案》,群众出版社 2005 年版。

迟子建:《额尔古纳河右岸》,北京十月文艺出版社 2005 年版。

迟子建:《清水洗尘》,中国文联出版社 2001 年版。

关仁山:《麦河》,作家出版社 2010 年版。

关仁山:《天高地厚》,北京十月文艺出版社 2002 年版。

鬼子:《被雨淋湿的河》,时代文艺出版社 2001 年版。

韩少功：《马桥词典》，人民文学出版社 2004 年版。

贺享雍：《厚土》，重庆出版社 2006 年版。

贾平凹：《高兴》，作家出版社 2007 年版。

贾平凹：《秦腔》，作家出版社 2005 年版。

姜戎：《狼图腾》，长江文艺出版社 2004 年版。

蒋子龙：《农民帝国》，人民文学出版社 2008 年版。

荆永鸣：《外地人》，文化艺术出版社 2006 年版。

李洱：《石榴树上结樱桃》，北京十月文艺出版社 2008 年版。

李佩甫：《城的灯》，作家出版社 2009 年版。

李锐：《太平风物——农具系列小说展览》，生活·读书·新知三联书店 2006 年版。

刘亮程：《凿空》，浙江文艺出版社 2013 年版。

刘庆邦：《刘庆邦中短篇小说精选》，花山文艺出版社 2002 年版。

刘醒龙：《凤凰琴》，武汉出版社 2005 年版。

刘醒龙：《黄昏放牛》，北京出版社 1998 年版。

刘醒龙：《刘醒龙作品精选》，长江文艺出版社 2008 年版。

孙惠芬：《吉宽的马车》，作家出版社 2007 年版。

孙惠芬：《民工·孙惠芬小说精品选》，作家出版社 2005 年版。

孙惠芬：《上塘书》，作家出版社 2010 年版。

谈歌：《绝唱》，长江文艺出版社 2001 年版。

王安忆：《长恨歌》，人民文学出版社 2004 年版。

王安忆：《上种红菱下种藕》，文汇出版社、上海文艺出版社 2006 年版。

夏天敏：《好大一对羊》，云南人民出版社 2006 年版。

阎连科：《受活》，春风文艺出版社 2004 年版。

尤凤伟：《泥鳅》，春风文艺出版社 2002 年版。

张承志：《张承志中篇小说选》，上海社会科学院出版社 2004 年版。

张炜：《丑行或浪漫》，云南人民出版社 2003 年版。

张炜：《九月寓言》，上海文艺出版社 2001 年版。

赵德发：《缱绻与决绝》，人民文学出版社 2006 年版。

赵德发：《青烟或白雾》，人民文学出版社 2002 年版。

文学期刊

《长城》2000 年至 2012 年。
《当代》2000 年至 2012 年。
《芳草》2000 年至 2012 年。
《人民文学》2000 年至 2012 年。
《山花》2000 年至 2012 年。
《十月》2000 年至 2012 年。
《小说选刊》2000 年至 2012 年。

学术论文

阿来：《我只感到世界扑面而来》，《当代作家评论》2009 年第 1 期。

陈晓明：《回归传统与文化民族主义的兴起》，《天津社会科学》1997 年第 4 期。

陈晓明：《乡土叙事的终结和开启——贾平凹的〈秦腔〉预示的新世纪的美学意义》，《文艺争鸣》2005 年第 6 期。

陈雪虎：《全球化语境中的文学民族性问题研讨会综述》，《文学评论》2002 年第 4 期。

陈振华：《过于温情的民间道德化叙事——刘玉堂"新乡土小说"文化意识批判》，《文艺争鸣》2004 年第 6 期。

段崇轩：《90 年代乡村小说总论》，《文学评论》1998 年第 3 期。

段崇轩：《乡村小说，一个世界性的文学母题》，《文艺争鸣》2000 年第 1 期。

贺绍俊：《接续起乡村写作的乌托邦精神——评周大新的〈湖光山色〉》，《南方文坛》2006 年第 3 期。

黄佳能：《新世纪乡土小说叙事的现代性审视》，《文艺理论与批评》2006 年第 4 期。

黄轶：《论世纪之交乡土小说的"城市化"批判》，《文艺研究》2010 年第 4 期。

黄轶：《新世纪小说的城市异乡书写》，《小说评论》2008 年第 3 期。

雷达：《2004 年的长篇小说》，《小说评论》2005 年第 1 期。

雷达：《废墟上的精魂——〈白鹿原〉论》，《文学评论》1993 年第

6 期。

雷达：《新世纪以来长篇小说概观》，《小说评论》2007 年第 1 期。

李洁非：《还原的乡村叙事》，《小说评论》2002 年第 1 期。

李运抟：《从乡村到城市的迷惘——论新世纪两种乡土书写意识的矛盾》，《江汉论坛》2008 年第 10 期。

梁海：《世界与民族之间的现代汉语写作——阿来〈尘埃落定〉和〈空山〉的文化解读》，《吉林大学社会科学学报》2010 年第 3 期。

柳建伟：《立足本土的艰难远行——解读阎连科的创作道路》，《小说评论》1998 年第 2 期。

孟繁华：《风雨飘摇的乡土中国——近年来长篇小说中的乡土中国》，《南方文坛》2008 年第 6 期。

孟繁华：《精神裂变与众神狂欢》，《山东文学》1997 年第 6 期。

孟繁华：《生存世界与心灵世界——新世纪长篇小说中的"苦难"主题》，《文艺争鸣》2005 年第 2 期。

孟繁华：《重新发现的乡村历史——本世纪初长篇小说中乡村文化的多重性》，《文艺研究》2004 年第 4 期。

孟繁华：《作为文学资源的伟大传统——新世纪小说创作的"向后看"现象》，《文艺争鸣》2006 年第 5 期。

温铁军：《第二步农村改革面临的两个基本矛盾》，《战略与管理》1996 年第 3 期。

向荣：《地方性知识：乡土文学抵抗"去域化"的叙事策略——以四川乡土文学发展史为例》，《当代文坛》2010 年第 2 期。

徐德明：《乡下人的记忆与城市的冲突——新世纪"乡下人进城"小说》，《文艺争鸣》2007 年第 4 期。

轩红芹：《"向城求生"的现代化诉求——90 年代以来新乡土叙事的一种考察》，《文学评论》2006 年第 2 期。

周水涛：《略论近年"生态乡村小说"的创作指向》，《小说评论》2005 年第 5 期。

周罡、刘震云：《在虚拟与真实间沉思——刘震云访谈录》，《小说评论》2002 年第 3 期。